DistelLiteraturVerlag

Tonino Benacquista, wurde 1961 in Choisy-le-Roi, einem Pariser Banlieu, geboren. Er gab sein Filmstudium auf und jobbte unter anderem als Pizzalieferant, Zugbegleiter, Hilfskraft in einer Galerie für zeitgenössische Kunst. Die Jobs dienen ihm als Grundlage für seine Romane, die er seit 1985 veröffentlicht. Er lebt und arbeitet in Paris.
In deutscher Sprache hat der Autor bisher folgende Kriminalromane veröffentlicht: «Itakerblues» und «Liegewagentango».

Tonino Benacquista

Drei rote Vierecke auf schwarzem Grund

Aus dem Französischen
von Stefan Linster

DistelLiteraturVerlag

Dieses Buch erscheint mit Hilfe des
Ministère français chargé de la culture –
Centre national du livre

Sonnengasse 11, 74072 Heilbronn
Die Originalausgabe erschien 1990
unter dem Titel «Trois carrés rouges sur fond noir»
in der Série Noire bei Éditions Gallimard (Paris)

Umschlagentwurf: Jürgen Knauer, Heilbronn
Druck und Bindung: Fritz Steinmeier, Nördlingen
ISBN 3-923208-69-3

Für Mosko, den Maler.

Juan Gris, der spanische Kubist, hatte Alice Torkas überredet, ihm für ein Stilleben Modell zu sitzen, und mit seiner typisch abstrakten Auffassung von den Dingen begonnen, ihr Gesicht und ihren Körper in die geometrischen Grundformen zu zerlegen, bis die Polizei kam und ihn von ihr fortriß.

WOODY ALLEN

Um nur mal befreundete «Maler» aufzuzählen, die sich umgebracht haben – Arshile Gorky erhängte sich 1948; 1956 setzte Jackson Pollock seinen Wagen auf einer einsamen Landstraße im Suff vor einen Baum... Drei Wochen später schob sich Terry Kitchen eine Pistole in den Mund und drückte ab... Ja, und 1970 tötete sich Mark Rothko durch Messerstiche, obwohl er genug Schlaftabletten in seinem Arzneischränkchen hatte, um einen Elefanten in die ewigen Jagdgründe zu befördern...

Blaubart
KURT VONNEGUT

1

Fünfunddreißig Gemälde, praktisch immer das gleiche, unbeschreibliche schwarze Kratzspuren auf schwarzem Grund. Eine Obsession. Ein Unbehagen.

An dem Tag, an dem sie in der Galerie eintrafen, habe ich sie eines nach dem anderen, immer schneller und schneller, ausgepackt und nach der Überraschung, nach dem Farbtupfer gesucht. Auf den ersten Blick hatte sie jedermann als düster empfunden. Selbst Jacques, mein Kollege. Er ist der Aufbaumeister, und ich, ich bin sein Stift.

«Wir müssen uns beeilen, Kleiner. In zwanzig Minuten werden die Türen aufgemacht.»

Die Leiterin der Galerie hatte uns nur vier Tage Zeit gelassen, um die Ausstellung, also sämtliche Gemälde sowie die drei monumentalen Skulpturen, die Jacques beinahe ein verrenktes Kreuz gekostet hätten, zu arrangieren. Aneinandergeschweißte Stahlteile von vier Metern Höhe, die aussahen wie sich verästelnde Risse. Zwei ganze Tage haben wir gebraucht, um die zu positionieren – zu zweit. Ich sehe noch deutlich vor mir, was die Möbelpacker für ein Gesicht gemacht haben, als sie die Dinger angeliefert haben. «Diese unfähigen Künstler, können die nicht mal Sachen machen, die wenigstens in den Laster reinpassen!» Möbelpacker tun sich häufig etwas schwer mit den Werken der zeitgenössischen Kunst. Wir übrigens auch, selbst Jacques, obwohl wir's ja gewohnt sind. Man weiß wirklich nicht immer, wie man diese Werke nehmen soll. Im eigentlichen wie im übertragenen Sinne. Da kann man noch so sehr auf alles gefaßt sein, man weiß nie, was hinter den Türen des Sattelschleppers auftaucht.

17 Uhr 40. Und um 18 Uhr soll die Vernissage offiziell beginnen. Der Champagner steht kalt, die Kellner haben die Schlipse angelegt, und die Putzfrau ist gerade mit dem Saugen der 450 Quadratmeter Teppichboden fertig geworden. Und wir, bei uns taucht immer in letzter Minute ein Problem auf. Das bleibt nie aus. Doch da muß schon Schlimmeres passieren, um meinen Kollegen in Panik zu versetzen.

«Wo tun wir das jetzt hin?» frage ich.

Genau das ist nämlich das Problem. Fünfunddreißig schwarze, irgendwie verwandte, homogene Gemälde aufzuhängen, ist leicht. Doch unter ihnen gibt es ein Waisenkind, völlig verloren. Als ich es ausgepackt habe, dachte ich zunächst, es wäre aus Versehen dazwischengeraten, und daß ich es schon mal anderswo, in irgendeiner anderen Sammlung gesehen hätte. Im Gegensatz zu allen übrigen ist dieses hier nämlich sehr farbig, viel lebhaftes Gelb mit einem leuchtenden Etwas, der herkömmlichen Zeichnung einer Kirchturmspitze, die sich aus der Farbe heraushebt. Ein helleres Teil, ein heitereres, kann man sagen. Ein fröhliches sogar. Allerdings glaube ich nicht, daß dies ein von den höheren Sphären der Kunst zugelassener Begriff ist.

Wir hatten es bis zum Schluß aufgespart. Die Galeristin, die hervorragende Madame Coste, eine Spezialistin der sechziger Jahre, hat auf einen Sprung vorbeigeschaut, ohne uns aus der Bredouille zu helfen.

«Dieses Bild ist ein Problem, ich weiß, es harmoniert

schlecht mit den anderen. Finden Sie dafür ein kleines diskretes Plätzchen, wo es frei atmen kann. Machen Sie nur, ich vertraue Ihnen dabei voll und ganz, also bis gleich.»

Ein diskretes Plätzchen... Wie soll dieses kleine gelbe Ding inmitten all dieser großen schwarzen Geräte zurechtkommen. Die übrigens ziemlich schön sind, aber auch furchterregend aggressiv.

Jean-Yves, unser Restaurator, lacht sich krumm und schief, wie er uns so rotieren sieht. Er liegt mit seinen weißen Handschuhen am Boden und bessert gerade die Ecke eines Bildes aus, das beim Aufhängen beschädigt wurde. Er jedenfalls ist fast fertig.

«Nur noch eine Viertelstunde!» brüllt er, um uns noch ein bißchen nervöser zu machen.

Ein paar Gäste kleben bereits, ihre Einladungskarte in der Hand, mit der Stirn an der Glastür, und beim Gedanken an die *Petits fours* läuft ihnen schon das Wasser im Mund zusammen.

«Versuch's mal auf der Fensterseite», meint Jacques.

Ich halte das Bild am ausgestreckten Arm hin. Er geht ein paar Schritte zurück, um zu sehen, ob es funktioniert.

«Na ja...»

«Wir haben nur noch zehn Minuten», sage ich.

«Ist trotzdem na ja.»

Er hat recht. Ein schlechter Kontrast zwischen den Spots und dem Tageslicht. Es ist die Rede davon, daß der Minister auf der Vernissage vorbeischaut. Und falls man uns dann hier mit einem Bild unterm Arm dumm rumstehen sieht, wird die alte Coste ein Drama daraus machen. Das erinnert mich an jenen Abend, an dem wir ein Werk aus Australien erst zwei Stunden vor der Eröffnung erhalten hatten. In einem Holzkoffer finden wir fünfzehn mehr oder weniger mit Wasser gefüllte Flaschen vor, und das Werk trägt den Titel: «Hai». Kein Foto, keine Aufbauanleitung, und der Künstler ist auf der Biennale von São Paulo. Die

Besucher beginnen schon an der Tür zu kratzen. Unter Aufbietung höchster Konzentration versucht Jacques, sich in den Kopf des Künstlers zu versetzen. Klick: In einer bestimmten Reihenfolge aufgestellt, zeichnen die Wasserhöhen einen Hai im Profil nach, mitsamt Maul, Rückenflosse und Schwanz. Wir werden in letzter Minute fertig. Ein jeder bewundert besagtes Objekt. Und ich, ich habe Jacques bewundert.

Er dreht sich um die eigene Achse, zornig und ruhig zugleich. Jean-Yves hat seine Ausbesserung beendet und lacht wieder hämisch.

«He, ihr zwei Komiker, die Galerie wird sich gleich auf eure Kosten amüsieren ...»

«Halts Maul», meint Jacques gelassen.

Er nimmt einen Hammer aus seinem Holster und einen X-Haken aus der Tasche seiner Drillichhose.

«Ich hab's, Kleiner ...»

Er stürzt los, ich folge ihm, so gut es eben geht, mit dem Bild in einen Raum, in dem bereits vier Gemälde ihren Platz gefunden haben. Er nimmt zwei davon ab, hängt eins wieder hin, geht einmal herum, nimmt die anderen herunter, alles liegt am Boden, ich habe das Gefühl, daß die Sache in ein Massaker ausartet, er tauscht zwei aus, macht seine Entscheidung fieberhaft wieder rückgängig. Liliane, unsere Saalwächterin, teilt uns mit den Schlüsseln in der Hand mit, daß sie die Eröffnung nicht mehr länger hinauszögern kann, Jacques hört ihr gar nicht zu, er setzt sein Walzertänzchen in einer Choreographie fort, die nicht einmal er selbst versteht. Ein ganzes Wandstück ist plötzlich frei und kahl, und er schlägt den Stift des Hakens ein, ohne auch nur die Höhe nachzumessen.

«Los, häng es hin», meint er zu mir.

Ich hänge das Bild auf und blicke mich paranoisch im Raum um. Alles befindet sich an Ort und Stelle, die Schwarzen sind nach der Oberkante ausgerichtet, und das

Gelbe hängt an einer «Rückkehrwand», beim Eintreten sieht man es noch nicht, sondern nur im Hinausgehen. Isoliert, und dennoch da. Ich brauche nicht mal mit der Wasserwaage nachzuprüfen.

Das reinste Wunder.

Ich habe wieder eine Lektion gelernt. Jean-Yves stößt einen lauten Pfiff aus, ganz Fairplay.

«Hut ab ...»

Quirlig und mächtig ausstaffiert kommt die Coste in ihrem Abendkleid hinzu.

«Das habt ihr gut gemacht, Jungs, ihr habt euch einen tüchtigen Schluck Champagner verdient. Aber geht euch erst mal umziehen.»

In unserem Drillich und mit unserem Werkzeug passen wir nicht in diesen Rahmen. Jean-Yves tritt an das gelbe Gemälde heran und nimmt es aus nächster Nähe unter die Lupe.

«Dieses Bild ist ein echtes Problem», sagt er.

«Wissen wir schon.»

«Nein, nein, da ist noch was anderes ... Ich weiß nicht, was genau ... Irgendeine Öl-Acryl-Mischung ... das wird nie halten. Und außerdem stimmt was nicht mit der Turmspitze, ich weiß nicht, was ...»

«Jeder darf doch malen, womit er will, oder?»

Langsam aber sicher nehmen die ersten Gäste den Raum in Beschlag.

«Hat dieses Gemälde einen Titel?» fragt mich Jean-Yves.

«Keine Ahnung.»

«Komisch ...»

Coste bittet uns mit bestimmtem Lächeln, endlich hinauszugehen. Wir gehorchen.

Zehn Minuten später treffen Jean-Yves, Jacques und ich uns frisch und sauber wieder beim Empfangstisch, wo Liliane emsig ihre Kataloge an Journalisten verteilt. In weißen Lettern auf schwarzem Grund ist *Rétrospective Étienne Morand* zu lesen. Eine Bedienung reicht uns Champagnerschalen. Ich lehne ab.

«Warum trinkst du eigentlich nie was?» fragt Jacques.

Den Eingangsbereich erfüllt allmählich das typische Getöse. Die Leute ballen sich um die ungeheure Skulptur im vorderen Teil zusammen.

«Ich mag keinen Champagner.»

Was nicht stimmt. Den mag ich schrecklich gern. Doch nach 18 Uhr muß ich so klar wie möglich im Kopf sein. Es wird ein langer Abend werden. Nicht hier, aber ganz in der Nähe. Ein paar hundert Meter entfernt. Doch es würde zu lange dauern, ihnen das zu erklären.

Jean-Yves hebt den Blick aus einem Katalog und klappt ihn wieder zu.

«Das gelbe Bild trägt den Titel *Essai 30*, und es ist Morands letztes Werk.»

«Wieso sein letztes?»

«Er ist ziemlich bald danach gestorben, an Krebs. Und kein anderes trägt den Titel ‹Essai›. Ist schon merkwürdig, ständig nur Schwarzes zu malen und dann mit was Gelbem zu enden.»

«Oh, das gehört zu den unergründlichen Rätseln des kreativen Schaffens», sage ich. «Woher soll man wissen, was im Kopf eines Malers so vor sich geht. Erst recht, wenn er gerade von seinem Krebs erfahren hat. Außerdem hat ihn das ja auch nicht daran gehindert, Skulpturen mit dem Schweißbrenner zu machen, also ... warum nicht was Gelbes ...»

Jean-Yves hat jedoch recht. Das Bild ist merkwürdig. Was mich aber noch mehr stutzig macht als die Farbe, ist die Zeichnung selbst. Morands gesamte übrige Produktion ist rein abstrakt, mit Ausnahme dieser einen Kirchturmspitze in unglaublich präziser Ausführung ... Ich habe wirklich das Gefühl, dieses Zusammenspiel von Farbe und Motiv schon einmal gesehen zu haben. Schon komisch, man hat den Eindruck, der Maler hätte sein Werk mit der Verleugnung von allem, was er bis dahin geschaffen hatte, beenden wollen, mit einem Tupfer ... einem Tupfer Leben ... Doch ich habe keine Zeit, mich länger damit aufzuhalten. Die Zeit vergeht.

«Bleibst du nicht?» meint Jacques.

«Kann nicht.»

«Du bleibst nie. Nach sechs rast du los wie der Teufel! Da sieht man dich nicht mehr! Irgendwann erzählst du mir mal, was du nach sechs so treibst. Bist du verliebt?»

«Nein.»

«Also was dann?»

Ich beginne mein Leben, das ist alles. Mein Leben findet anderswo statt. Es beginnt nach achtzehn Uhr und endet spät in der Nacht.

Ich nehme meinen Mantel und verabschiede mich von allen mit einem Gruß in den Raum. Ich langweile mich bei Vernissagen sowieso immer. Liliane bittet mich noch, morgen vorbeizukommen, um den Stundenzettel auszufüllen und meinen Lohn abzuholen. Ein dickes Küßchen an die ganze Mannschaft und ein langes auf Wiedersehen an die zeitgenössische Kunst. Jetzt befasse ich mich mit meiner eigenen Kunst.

Monsieur Perez, der Concierge, sieht mich abzischen.

«Na ja, die Jugend! Es geht zu den Freunden, nicht wahr!»

«Ja, genau! Bis morgen!» sage ich wie üblich, um's kurz zu machen.

Und los geht's ...

Ich verlasse die Galerie und gehe schnell in Richtung Rue du Faubourg-Saint-Honoré. Die Tage werden bereits länger, die Straßenlaternen sind noch nicht eingeschaltet. Es lebe der Februar! Vor allem gegen Ende. Ein Bus fährt vorbei, ich gehe bei Grün über die Straße. Schneide die Avenue Hoche, wobei ich meinen Mantelkragen hochschlage, der Winter ist hartnäckig. Am Place des Ternes wird der Blumenmarkt mit jedem Tag schöner, die Austernverkäufer der Brasserie werfen mülleimerweise Muschelschalen fort, noch ist Saison dafür. Heute abend bin ich gut gelaunt. Und werde abräumen, daß die Wände wakkeln.

Avenue Mac-Mahon. Ein R 5 hupt mich an, ich benutze nie den Fußgängerüberweg, da kann man nichts machen.

Ich bin da.

Ich hebe den Kopf, bevor ich eintrete, nur um das riesige Schild des Tempels zu sehen. Meines Tempels.

ACADÉMIE DE L'ÉTOILE

Ich steige die Treppen hoch, zwei Stockwerke, um in den Saal zu gelangen. Ich atme einmal kräftig durch, wische meine Hände an den Mantelrevers ab und geh hinein.

Die Lichter, der Lärm, der Geruch, das ständige Hin und Her. Ich bin zu Hause. Benoît und Angelo stoßen einen Willkommensschrei aus, die weiter oben auf dem Mezzanin hockenden Spieler senken den Blick zu mir hinunter, ich strecke die Hand nach oben und winke, der Geschäftsführer René klopft mir auf den Rücken, und Mathilde, die Bedienung, kommt auf mich zu, um mir den Mantel abzunehmen. Das spielt, das raucht, das scherzt und lacht. Nach den ganzen Stunden voller Konzentration auf Nägel und X-Haken brauche ich das, all diese Ausbrüche des Lebens. Das Publikum ist nicht das gleiche wie das bei Vernissagen. Hier denkt es an nichts, vergißt selbst das Spiel, johlt rum und kann sogar über Stunden stumm bleiben. Und ich, ich bin ein Junkie, der nach der ersten Dosis, bei Einbruch der Nacht, wieder er selbst wird. Und glücklich noch dazu. Sämtliche Neonröhren über den Billardtischen brennen, außer bei Nummer 2. Der ist reserviert. Ich entdecke einen

Knaben, der schüchtern von seinem Stuhl aufsteht und auf mich zukommt. Ich weiß nicht warum, er kommt mir wie ein Junge vor, obwohl er doch mindestens in meinem Alter ist. Also etwa knapp Dreißig. Kaum daß er den Mund aufmacht, unterbreche ich ihn auch schon, wobei ich so höflich wie möglich bleibe.

«Wir hatten uns für achtzehn Uhr verabredet, nicht? Hören Sie ... es ist mir sehr unangenehm, aber heute abend findet eine Partie mit dem französischen Vizemeister statt, ich spiel zwar nicht mit, will sie aber nicht verpassen. Ich hab Sie umsonst kommen lassen ...»

«Äh ... ist nicht schlimm, wir können die Stunde ja auf morgen verlegen», sagt er.

«Morgen ...? Ja, morgen, und dafür, daß Sie umsonst gekommen sind, verlange ich kein Geld von Ihnen. So gegen achtzehn Uhr, wie heute.»

«Ist okay ... Nur, heute abend, darf ich da hier bleiben? Ich meine ... darf ich zusehen?»

«Sicher! Aber nutzen Sie doch besser die Gelegenheit, um sich einen Tisch zu mieten, und trainieren Sie, machen Sie eine Reihe *Nachläufer*.»

Um es klarer zu machen, positioniere ich die Kugeln, die René gerade gebracht hat.

«Nicht mehr als zwanzig Zentimeter zwischen den Weißen, und bei der Roten variieren Sie die Weite, beginnen Sie mit einer Handbreit zu der, mit der Sie stoßen. Kümmern Sie sich vorerst nicht um den Anschluß.»

«Was ist das doch gleich, der Anschluß? Sie haben es mir schon mal gesagt, aber ich ...»

«Auf Anschluß spielen bedeutet, den Punkt so zu spielen, daß die Bälle danach möglichst nah beieinander liegen, um so den nächsten Punkt vorzubereiten. Doch das werden wir dann später sehen, ja?»

Ich spiele den Punkt so langsam wie möglich und halte die Position, damit er sich die Bewegung einprägt.

«Das wichtigste dabei ist, schön parallel zum Tuch zu bleiben, und das ist wirklich wichtig … nur ein bißchen angewinkelt, und schon ist die Sache verpfuscht, okay? Sie stoßen die Kugel im oberen Bereich mit ein ganz klein wenig Linkseffet an, und dann läuft's.»

Ich habe keine Lust, noch einmal all die Besonderheiten zu wiederholen, die sich hinter dem Wort «Nachläufer» verbergen. Beim letzten Unterricht hat mich das eine gute Stunde gekostet. Und außerdem gibt es einen Zeitpunkt, an dem alle Formulierungskünste nichts mehr bringen, entweder man spürt es, und es kommt nach und nach, oder man spürt es nicht. Dem Jungen ist nicht wirklich wohl in seiner Haut, als er sein nagelneues Billardqueue an sich nimmt, mit blauer Kreide über die Lederkappe an der Spitze fährt und sich die Bälle wieder zurechtlegt. Ich schaue woandershin, um ihn nicht zu stören.

Am Tisch 2 scheint alles bereit zu sein, René hat soeben die Plane weggenommen und bürstet das Samttuch. Langloff, der Champion, schraubt in einer Ecke des Saals seinen Mahagonistock zusammen. Er wohnt weit draußen, in der abgelegenen Banlieue, und kommt nur sehr selten nach Paris, lediglich für die französischen Meisterschaften oder für einige Schaupartien und manchmal eben, wie an diesem Abend, um seine alten Kumpels zu besuchen. Er hat zwar ein etwas farbloses Spiel, ohne jede Schnörkel, doch eine Technik, die ihm dreimal den Titel brachte. Zu der Zeit war er sechsunddreißig Jahre alt. Jedesmal, wenn ich ihn spielen sehe, stehle ich ihm etwas. Einen Tick, eine Gebärde, einen Stoß. Ich werde noch etliche Jahre harter Arbeit brauchen, ehe ich dieses Niveau erreiche, das hat René zu mir gesagt. Doch er spürt, daß es langsam kommt.

Tatsächlich bin ich nicht nur zum Zuschauen hergekommen. Ich weiß, daß Langloff gern Dreier spielt, und René hat versprochen, mich für die Partie des heutigen Abends vorzuschlagen. Seit einer Woche denke ich ständig daran. Und genau aus diesem Grund hatte ich auch Feuer unterm Hintern, als ich die Vernissage verließ.

René unterhält sich mit Langloff. Ich durchschaue seine Masche, er spricht über mich, ich sitze auf meiner Bank, verschränke die Arme und starre an die Decke. Ist ja auch gar nicht so selbstverständlich, gegen einen Jüngeren zu spielen. Ich würde es vollkommen verstehen, wenn er ablehnte.

«He, Antoine! Komm mal rüber ...»

Ich springe mit einem Satz auf. René stellt uns einander vor. Langloff drückt mir die Hand.

«Dann sind Sie also das Wunderkind? René hat mir erzählt, Sie hätten ordentlich Biß, für einen jungen Burschen.»

«Er übertreibt.»

«Das werden wir noch sehen. Hätten Sie Lust auf eine Partie Dreiband?»

Und wie ich darauf Lust habe!

Heute abend darf ich die Kumpels auf gar keinen Fall enttäuschen. Ich schüttelte einem alten Herrn die Hand, der die ganze Zeit hier rumhockt, aber seit zwei Jahren nicht mehr spielt. «Meine Arthritis!» erwidert er, wenn man ihm ein Spielchen anbietet. Er ist neunundsechzig, und ich bin sicher, daß er sich noch recht gut schlagen würde. Und wenn ich mir seinen Lebensweg so anschaue, dann sage ich mir, daß ich mit meinen dreißig noch vierzig Jahre brauche. Vierzig Jahre Erfahrung. Vierzig Jahre Vergnügen und unbändige Freude, jedesmal wenn ich den Punkt mache. Über kurz oder lang werde ich mich zur französischen Meisterschaft einschreiben. Alles, was ich will, ist Punkte machen, ich will Preise für schönes Spiel erringen, ich will Dinge zustande bringen, die den Gesetzen der Physik trotzen, ich will, daß der Mahagonistock zur Verlängerung meines Zeigefingers wird, ich will, daß die Bälle unmögliche Winkel beschreiben, daß sie den verschrobensten Befehlen gehorchen und von meiner Hand und meinem Willen ferngesteuert werden. Billard ist eine Welt der Reinheit. Alles wird möglich. Und einfach. In seinem ganzen Leben wird man nie zweimal denselben Punkt spielen. Drei Kugeln in einem Viereck. Da ist alles drin.

Mein Leben ist hier. Um dieses Rechteck.

Vierzig gute Jahre.

Angelo spielt mit uns. Er hat gerade die Bälle plaziert, um zu ermitteln, wer von uns dreien die Partie eröffnen wird. Ich nehme meine Armbanduhr ab und bitte um einen kleinen Augenblick zum Aufwärmen, nur um mal zu sehen, wie mein Holz so reagiert. Bei den Händen geht's, die arbeiten völlig von allein. Und meine Augen gewöhnen sich ans Licht, das sanft über das Tuch streicht, ohne über die Umrisse des Tischs hinauszureichen. Wir können loslegen.

In einem kurzen Erinnerungsblitz denke ich an meinen Onkel, den alten Basile, zurück. Ich hätte mir gewünscht, er könnte mich heute abend sehen, er, der mir das Spielen beigebracht hat, damals in Biarritz. Ich war achtzehn Jahre alt, ich konnte schnell rennen, kräftig zuschlagen, weit sehen. Und er, er stand kurz vor der völligen Senilität, trug Bifokalgläser und brauchte zehn Minuten, um durch den Raum des Cafés zu gehen. Doch sobald er sein Billardqueue nahm, zeigte er mir, wie man mit der geometrischen Perfektion flirten kann. Mit der Schönheit der Kugeln, die aneinanderprallten. Die Bälle tanzten.

Damals habe ich wirklich etwas für vierzig Jahre mitbekommen.

*

Während der vergangenen zehn Partien bin ich nur elfmal aufgestanden. Angelo hat uns, Langloff und mich, in den letzten beiden Stunden im Tête-à-tête allein gelassen. Meine schönste Serie brachte mir vierundzwanzig Punkte in

Folge ein. Langloff hat mich komisch angeschaut. Nicht beunruhigt, nein. Irritiert. Wir wußten ja alle, daß er uns eine Lektion erteilen würde, dennoch habe ich mich mit der Bissigkeit eines jungen Hundes an seine Rockschöße gehängt. In einem bestimmten Moment habe ich sogar die Variante eines Stoßes nachgemacht, den er letztes Jahr gespielt hatte. Den hatte ich derart schön gefunden, daß ich anschließend stundenlang geübt habe, um ihn fertigzubringen. Langloff hat sich an ihn erinnert und sich darüber fast schiefgelacht. Ich habe kaum den Lärm der Queues gehört, mit denen wir bei einem schönen Stoß anerkennend auf den Boden klopfen. Das ist unsere Art von Applaus. Ich war wie hypnotisiert. Heute abend ist mir alles geglückt, vor allem die «Rückläufer». Als ich die Augen wieder geöffnet habe, waren sämtliche Neonlichter erloschen, bis auf unseres, und ein Dutzend *aficionados** schaute uns schweigend zu. Die Kreide in der Hand, notierte Angelo meinen Score mit unverhohlener Freude. René hatte die Rollos heruntergelassen, wie er es für gewöhnlich nach elf Uhr tut. Langloff hat die Partie herrlich beendet – mit einem Punkt über mindesten fünf Bande. Nur so, um in Schönheit abzuschließen.

Wir haben alle geschrien. René hat die Neonröhren von Tisch 2 ausgeschaltet. Und Langloff hat mich beim Arm genommen, um mich etwas beiseite zu ziehen.

«Du hast mir angst gemacht, Junge.»

«Sie scherzen! Sie haben mir drei Sätze um die Ohren gehauen ...»

«Nein, nein, ich weiß, wovon ich spreche. René hat mir gesagt, du hättest keinen Trainer.»

«Äh ... Ja und nein ... Ich hab René, Angelo und Benoît.»

---

* Erklärungen zu einigen Wörtern und Begriffen am Ende des Buches *(Anm. d. Übers.)*.

«Du mußt einen Gang höher schalten. Dieses Jahr ist meine letzte Meisterschaft, und danach will ich mich um den Nachwuchs kümmern. Und du, du hast den Dreh raus. Glaub mir.»

René gesellt sich wieder zu uns, er tätschelt mir die Wange. Ich weiß nicht, was ich sagen soll. Er ist mit Langloff einer Meinung. Ich bin die Hoffnung aller hier.

Der Champion zieht seinen grauen pelzgefütterten Chinémantel an.

«Überleg's dir, Junge. Am Ende des Jahres können wir uns wiedersehen. Überleg's dir ...»

Sobald er aus dem Saal ist, verpassen René und Angelo mir ein paar leichte Klapse ins Genick.

«Wenn du das ablehnst, bist du eine Null. Mit ihm als Trainer bist du in zwei Jahren reif für die Meisterschaft.»

Ich fühle mich ein wenig verloren. Das Ganze bricht ohne jede Vorwarnung über mich herein. Ich muß hier raus, um die Sache zu überdenken, in aller Ruhe, zu Hause in meinem Bett.

Ich habe meinen Holzstock in seinem Schutzköcher verstaut und verabschiede mich von allen.

«Bis morgen ...»

Unten habe ich ein Taxi genommen.

In meinem Bett, bei geschlossenen Augen, hat der Walzer der Bälle noch eine ganze Zeitlang weiter gewirbelt.

*

Zur Zeit schlafe ich nicht erholsam, vielleicht wegen des Bettzeugs. Mit meinem heutigen Lohn werde ich mir eine neue Matratze leisten können. Die Galerie hat gerade aufgemacht, Liliane ist taufrisch. Es ist ja auch bereits elf Uhr.

«Jacques ist schon um neun vorbeigekommen. Er läßt dich herzlich grüßen.»

Halbwach setze ich mich an den Empfangstisch, auf dem noch eine leere Champagnerschale rumsteht.

«Ist es spät geworden?»

«Mitternacht», sagt sie. «Ein irrer Betrieb. Und bei dir, wieviel Uhr war's da? Nach deinem Gesicht zu schließen, hast du ordentlich einen draufgemacht?»

Als einzige Antwort gähne ich.

«Ich hab deinen Lohnzettel schon vorbereitet, brauchst nur noch die Stunden zu überprüfen, dann laß ich ihn von der Coste abzeichnen. Und wenn der Antoine seine Kohle in der Tasche hat, dann verschwindet er auch schon wieder, und man sieht ihn nicht mehr bis zum Abhängen, oder?»

Es stimmt, daß ich zwischen Auf- und Abbau einer Expo niemals den Fuß hier hineinsetze. Jacques hingegen kümmert sich um die Betreuung, einmal die Woche.

«Wem gehören die Werke eigentlich?» frage ich.

«Dem Nationalen Kulturbesitz. Morand hat eine Schenkung an den Staat gemacht.»

Dem Nationalen Kulturbesitz ... Uns allen also. Mir auch ein bißchen. Coste hat uns erklärt, sie sei Morand nach seiner Rückkehr aus den Vereinigten Staaten begegnet, und dessen Arbeit habe ihr sehr gefallen. Sie legte großen Wert darauf, diese Retrospektive zu veranstalten.

«Das Kulturministerium hat die Werke für einen Monat ausgeliehen», meint Liliane. «Nach dem Abhängen wandern sie allesamt wieder ins ‹Depot›. Das Depot magst du doch gern, nicht Antoine?»

Sicher mag ich das. Ein gigantisches Vorratslager, in dem ein Teil des Kulturbesitzes gehortet ist. Dort arbeite ich im Sommer, wenn die Galerie geschlossen ist, in der Saurengurkenzeit. Die Coste hat mich empfohlen, damit ich diesen Job bekam.

«Wann ist übrigens die nächste Expo?»

«Am 22. März, ihr werdet vier Tage Zeit zum Aufbauen haben. Und wenn man sich die Werke so ansieht, wird das 'ne ziemlich Plackerei.»

«Was sind das für Dinger?»

«Installationen, Objekte auf Sockeln.»

Keine gute Nachricht… Ich befürchte das Schlimmste. Ich habe einen Horror vor so was: Objekte, afrikanische Statuetten mit Walkmen, Zahnbürsten auf Hohlblocksteinen, Basketbälle in Aquarien und anderes Zeug. Das ist die Post-Emmaus-Strömung. Seit drei Jahren hat sich die zeitgenössische Kunst angeschickt, dem Trödelhandel Konkurrenz zu machen. Das ist der Kult des «Practico-Inerten». Man betrachtet einen Büchsenöffner auf einem Sockel, und man stellt sich all die Fragen, die man sich in der eigenen Küche nie stellen würde. Meinetwegen… Wir haben noch längst nicht ausgelacht, Jacques und ich. Wie viele Male habe ich Besuchern schon geantwortet, daß der Aschenbecher und der Schirmständer nicht zu den ausgestellten Werken gehören.

«Kannst du mal ein Viertelstündchen auf den Laden aufpassen. Ich komm dann mit deinem Scheck zurück.»

Das übliche Prozedere. Ich spiele ganz gern den Museumswächter, das macht mich sanft wach. Tatsächlich aber verbirgt sich dahinter eine Arbeit für Titanen. Dabei bedarf es einer wahren Wissenschaft der «Inertie». Über Museumswächter macht man sich immer lustig, ständig fragt man sich, woran denken die nur; man erzählt, die wären in ein Werk verliebt und würden ihren ganzen Arbeitstag damit verbringen, sitzend vor sich hin zu dösen, dreißig Jahre lang, der Blick leer und starr zugleich auf das immer gleiche Stilleben geheftet. Meistens ein gerupfter Fasan und zwei schön reife Äpfel in einem Weidenkorb. Hier aber wären das eher ein Weidenfasan und ein schön reifer Korb auf zwei gerupften Äpfeln.

Aus Neugier richte ich meinen Blick auf das Goldene Buch, um die gestern abend von den Gästen hinterlassenen Loblieder, Beschimpfungen und Kritzeleien zu lesen. Wenn man diese Liste gleich am Morgen nach der Vernissage überfliegt, weiß man sofort, ob die Expo laufen wird oder nicht. Und was die Retrospektive Morand betrifft, so sieht es ziemlich trübe aus. *«Nullismus, und wer zahlt? Der Steuerpflichtige!»* oder auch *«Sehr schöne Ausstellung. Bravo!»* oder *«Soviel kann ich auch, und hier ist meine Adresse…»* oder sogar *«Dreißig Jahre Rückstand. Das Zeitgenössische hört nicht mit den Sechzigern auf!»*

Ich mag diese dicke weiße Schwarte ganz gern, sie ist die einzige Möglichkeit für das Publikum, ob anonym oder unter eigenem Namen, eine Meinung über das abzugeben, was es soeben gesehen hat. Die «Expo Morand» wird keine zehn Besucher pro Tag anlocken. Obwohl die Leute sich schon bewußt sind, ein Risiko einzugehen, wenn sie eine Galerie für moderne Kunst betreten, die erwarten ja nicht unbedingt, Schönes, Properes zu sehen. Sonst würden sie in den Louvre gehen. Und diejenigen, die wie ich keine große Ahnung von all dem haben und die dennoch drei kleine, doch keineswegs schüchterne Schritte auf etwas zuwagen, zu dem der Zugang wohl der schwierigsten einer ist, die haben dann auch das Recht, ein Wörtchen in dieses Goldene Buch zu kritzeln.

Ein Typ kommt herein und lächelt.

«Darf man sich umsehen?»

«Ja.»

«Kostenlos?»

«Ja. Nur zu.»

Er wirft nicht mal einen einzigen Blick auf die Skulptur im Eingangsbereich und verdrückt sich in einen der Säle. Ziemlich schnell, der Bursche. Er trägt die gesamte Ausstaffierung des Gentleman-Farmers, wenn ich Kohle hätte, würde ich mich auch so anziehen, Anzug mit Fischgrätenmuster, sicherlich ein *Harris tweed*, beigefarbenes Hemd, Krawatte in einem schillernden Braun, und ein zerknautschter *Burberry's* über der Schulter. Bei meinem nächsten Lohn werden wir sehen…

Wenn Liliane doch auf die tolle Idee käme, mit einem Kaffee zurückzukommen… Ich würde dann in Topform mit meinem Scheck und einem langen Nachmittag «Dolcefarniente» in Aussicht wieder abziehen. Um die Langeweile zu vertreiben, nehme ich einen Katalog zur Hand und blättere ihn auf der Suche nach der Biographie des Malers durch.

«Étienne Morand wird 1940 in Paray-le-Monial (Bourgogne) geboren. Nach dem Besuch der École des Beaux-Arts geht er 1964, von der Bewegung des Abstrakten Expressionismus angezogen, nach New York. Sein besonderes Interesse gilt dabei den Techniken…»

Ich höre mit einem Schlag auf zu lesen.

Ein Geräusch…

Irgend etwas hat da geknistert.

Liliane kommt noch immer nicht zurück.

Vielleicht ist es ja nichts Besonderes, ein gerade durchschmorender Spot oder ein Drahtseil, das unter dem Gewicht eines Gemäldes nachgibt, trotzdem bin ich gezwungen aufzustehen. Unter Umständen war es auch dieser Besucher von eben, der wie viele vor ihm versucht, die Ausrichtung eines Rahmens zu korrigieren und mit dem Daumen etwas nachgeholfen hat. Falls dem so ist, werde ich anschließend mit der Wasserwaage durchgehen müssen.

Ich muß also eine kleine schnelle Runde durch den hinteren Saal machen, unauffällig, obwohl ich es schrecklich finde, den Argwöhnischen zu mimen. Je weiter ich komme, desto lauter wird das Knistern. Ich komme in den Saal, und der Typ dreht sich um. Ich stoße einen Schrei aus…

«Aber…!!! Sie… Sie sind…»

Ich suche nach einem passenden Wort, einer Beschimpfung vielleicht, weiß aber nicht, was man in solchen Fällen sagt…

Der Mann setzt einen letzten Schnitt mit dem Cutter, um

das Bild vollständig aus dem offenen Rahmen zu lösen. Das gelbe Bild.

Ich stammele, flüstere irgendwelche Wörter, die mir ihm Hals steckenbleiben.

In aller Ruhe beendet er seine Arbeit.

Ich möchte den Abstand zwischen uns verringern, doch ich kann nicht mal den kleinsten Schritt tun, ich trete vor einer unsichtbaren und unüberwindlichen Wand auf der Stelle.

Schiß ...

Zweimal beuge ich mich nach vorn, ohne die Beine bewegen zu können, ich müßte ein Loch in diese Mauersteine stemmen, aber meine Sohlen bleiben wie festgenagelt. Auch er kommt nun aus dem Konzept, zerknittert das Gemälde und schafft es lediglich, es wütend unter seinen Burberry's zu zerknüllen. Um hier herauszukommen, muß er entweder durch mich hindurch, an mir vorbei oder mich umrennen, er zögert, dieselbe Wand hält ihn davon ab, eine Initiative zu ergreifen, er schüttelt den Kopf und hebt drohend den Cutter.

«Gehen Sie zur Seite ... Mischen Sie sich nicht ein!» schreit er.

Ich kann mich nicht prügeln, ich müßte ihm an die Kehle springen oder aber ... oder aber zum Ausgang rennen und die Türen verriegeln ... ihn einschließen ...

Ich müßte auf ihn zugehen, ihm ja nicht zeigen, daß ich völlig durcheinander, leer bin ... Meine Arme sind schwach. Ich habe Mühe, sie über diese Wand aus Schiß zu bekommen.

«Gehen Sie zur Seite ... Verdammt noch mal ... gehen Sie doch zur Seite!»

Ich habe die Fäuste vor dem Sprung geballt und bin auf ihn losgestürmt, meine Hände haben sich an seinem Kragen festgekrallt, und dann zerre ich wie ein Irrer an ihm, um ihn zu Boden zu reißen, ich falle mit ihm hin, er schlägt um sich, auf dem Teppich kniend kracht meine linke Faust in seine Fresse, ich haue nochmals drauf, ich wende den Kopf ab, und die Klinge des Cutters bohrt sich in meine Wange. Ich brülle auf, löse meine Umklammerung, er rammt mir die Klinge noch tiefer ins Fleisch, und ich spüre, wie mir die Wange bis zum Kieferknochen aufreißt.

Ich habe mich eine Sekunde lang nicht mehr gerührt. Ein Blutteppich hat sich in meiner Kehle ausgebreitet.

Ich schreie.

Blut- und Speicheltröpfchen schießen zwischen meinen Lippen hervor. Und dann erstickt ein ganzer Schwall noch das leiseste Röcheln.

Aus dem Augenwinkel sehe ich, wie er sich hochrappelt und seinen Regenmantel aufhebt.

Schwerfällig.

Dabei habe ich die Schmerzen vergessen, ein Aufflammen von Wut bringt mich wieder auf die Füße. Er rennt los. Ich ihm nach, chaotisch, die eine Hand auf die Backe gepreßt, um was weiß ich was zurückzuhalten, Blut, das mir auf den Ärmel tropft, Fleischfetzen, ich weiß es nicht, ich sehe nur noch ihn, seinen Rücken, ich laufe schneller und hechte vorwärts, um ihn auf den Boden zu stoßen. Er wirbelt herum und fällt hin, am Fuß der Skulptur am Eingang, er bearbeitet mein Gesicht mit dem Absatz, irgend etwas knackt nicht weit von der Schnittwunde in meiner Wange entfernt, und mein rechtes Auge schließt sich wie von selbst.

Mit dem anderen habe ich noch sehen können, wie er auf den Knien sein Gleichgewicht wiedererlangt und sich an den Sockel der Skulptur klammert. Seine Hand hält sich an einem der metallischen Äste fest, er zieht daran und bringt den gesamten Schrottbrocken zum Schaukeln. Er verpaßt mir einen letzten Tritt ins Gesicht, ich brülle wie ein Tier, ich reiße den Arm vor die Augen und dann wird alles schwarz.

Ich habe mich gezwungen, den Kopf zu heben.

Ich spüre, wie ich davongleite, ganz langsam, auf den Rücken. Ich habe die Ohnmacht wie einen Schluckauf aufsteigen gespürt. Einen einzigen.

Davor aber war da noch diese kleine Sekunde wie in Zeitlupe.

Ich habe alles im selben Augenblick wahrgenommen, die Stille, die Hitze, den Blutschwall auf meinem Oberkörper.

Und diese silbrige Lawine, die auf mich zuzuschwanken beginnt, während ich in die Bewußtlosigkeit eintauche.

2

Heiß hier.

Meine Kehle ist trocken. Wenn ich das Kinn heben würde, könnte ich es vielleicht unter dem Laken hervorziehen. Mein Hals bekäme etwas Luft. Aber nicht nur das stört mich hier. Als ich eben die Augen öffnen wollte, begriff ich sehr wohl, daß nur ein einziges reagierte, und selbst das nicht so toll, nur einen Schlitz breit. Das andere weigert sich nach wie vor, sich zu entkrampfen. Und außerdem ist da noch dieses piksende Band über meine Stirn, eine säuerliche Binde, die an meinem Schweiß festklebt. Ich kann noch so sehr den Kopf von rechts nach links bewegen, es will einfach nicht verrutschen.

Vorhin habe ich versucht, den Mund zu öffnen, die Sache aber nicht weiter forciert. Unmöglich, die Lippen auseinander zu bekommen. Und jetzt hab ich's kapiert. Über der Nase, da bin ich sicher, klebt ein Verband von einem Ohr zum anderen, er reicht von der Oberlippe bis hinauf zum Lid meines geöffneten Auges. Das Ding riecht nach nichts, zum Glück.

Ich höre Geräusche, draußen. Irgendwas bewegt sich. Auch ich würde mich gern von hier fortbewegen. Wenn ich meinem Nacken etwas Gewalt antue, könnte ich vielleicht den Rest meines Knochengerüsts sehen.

Von wegen... Ich habe noch nie ein derart fest eingeschlagenes Bett erlebt. Um es nur mal eben für eine Minute zu verlassen, hebe ich mich ein bißchen zur Decke hinauf, ganz behutsam, ich entweiche, ich schwebe und schaue nach unten, um herauszufinden, wonach ich wohl aussehe.

Ein Kunstwerk... Schon ein komisches Gefühl, in der Haut eines kubistischen Porträts zu stecken. Das Profil flächig ins Gesicht gedrückt, mit einem herabhängenden Auge und einer von warmen Farben geriffelten Wange. Niemals hätte ich mir vorgestellt, eines Tages zu erfahren, was ein Porträt von Picasso fühlen mag. Und das ist nicht schön, die andere Seite des Bildes.

Ich muß viel geträumt haben. Wenn ich mein Auge schließe, kann ich die letzten Bilder wieder sehen. Eine Tribüne, mit stehenden Leuten. Mein Hals ist zu trocken, das wird mich daran hindern, erneut einzuschlafen. Sie sind alle im selben Moment aufgesprungen. Der Schiedsrichter ist ebenfalls aufgestanden, um nachzuprüfen, ob der weiße Punktball auch tatsächlich den Roten berührt hat. Es stimmt, wenn man die Nase nicht genau drüber hält, kann man nicht sicher sein, ob der Punkt gemacht wurde. Ich aber weiß es. Ich habe den Ball die Bande entlang rollen lassen, mit noch gerade genug Effet, damit er in der Ecke eine Haaresbreite abdreht. Mit einem etwas nachhelfenden Schubs Gottes. Ich habe Mühe, meine am Gaumen klebende Zunge zu lösen, und die Geschmackspapillen erheben Einspruch. Dies ist sicher das erste Mal in meinem Leben, daß ich Durst leide. Was ganz Seltenes. In der Académie de l'Étoile erlaube ich mir nicht mal das kleinste Bier, ich habe Angst, mir die Sicht zu trüben, und sei es nur ein ganz klein wenig.

Irgend etwas hat mir gerade die Stirn gekühlt. Eine Hand, die sich bereits wieder entzieht, ich hebe den Kopf und versuche dabei, mein Auge so weit wie möglich aufzureißen.

Eine Frau.

Ein schmaler Streifen Frau. Ihr Mund bewegt sich.

«... aufwachen! ... vor allem nicht ... langsam ...»

Ich höre fast nichts. Mein rechtes Ohr ist zu, und die Krankenpflegerin redet auf der falschen Seite. Und nicht laut. Die darf mir jedoch auf keinen Fall durch die Lappen gehen!

«Wa ... sser ... Ooooooh ...!»

Schon bei diesem Laut tun meine Lippen weh oder meine Wange, aber ich weiß sowieso nicht mehr so recht, wo was endet oder anfängt. Sie hält mir ein Glas hin.

«Bewegen Sie sich nicht.»

Ich möchte allein trinken, lasse sie aber machen. Ist das gut. Ich werde mich erneut ans Träumen machen, sobald dieses Mädchen wieder draußen ist.

Ich weiß genau, weshalb ich in dem Bett hier liege, das ist mir ins Bewußtsein gesprungen wie eine gereizte Katze, kaum daß ich das Auge geöffnet habe. Ich bin alle Schmerzen durchgegangen, und kein einziger fehlt beim Appell, vor allem diejenigen nicht, die mir das Gesicht verzerren. Wie lange wird es dauern, bis ich meine volle Sehschärfe wiedererlange? Der Rest ist mir scheißegal, selbst wenn ich nicht mehr sprechen kann oder nichts mehr höre. Nichts von all dem ist wirklich unentbehrlich für mich.

Das Gesicht eines Mannes mit einem halben Lächeln. Auch der wird für irgendwas gut sein.

«... Krahhssen ... irn.»

«Bleiben Sie ganz ruhig. Schlafen Sie ein bißchen, Sie stehen noch unter den Nachwirkungen der Anästhesie. Möchten Sie jemanden sehen? Wir haben bei Ihrer Arbeitsstelle nachgefragt, ob wir jemanden im Notfall benachrichtigen sollten, doch die haben keine entsprechende Information gefunden. Sobald Sie wieder sprechen können, werden wir versuchen, was zu unternehmen.»

Welche Anästhesie? Die Backe? Und dieser Schwachkopf hat nicht kapiert, daß es mich unter dem Verband an der Stirn entsetzlich juckt, und daß er ganz einfach nur die Binde etwas hochschieben und mir den Schweiß abwischen bräuchte. Dann werde ich es eben selbst machen müssen. Mein rechter Arm ist ruhiggestellt, allein meine linke Hand verfügt über genügend Spielraum, um mir über meinen Schädel zu streichen. Doch es ist mühsam. Der Mann hält meinen Arm beinahe mit Gewalt zurück und legt ihn wieder hin.

«Bewegen Sie sich nicht, bitte. Stört Sie irgend etwas? Sitzt der Verband zu fest?»

Binnen drei Sekunden realisiert er, woher meine Aufregung kommt, und tupft mir dann die Stirn und die Schläfen mit einer kalten Kompresse. Ich seufze vor Wonne.

«Schlafen Sie jetzt, ich schau in ein paar Stunden wieder vorbei. Dann können wir uns ein wenig unterhalten.»

Wir werden mittels Gebärden plaudern. Die Anästhesie, von der er spricht, betrifft meine Wange, die ganze rechte Seite meines Gesichts reagiert nicht. Die dürften mich wieder zugenäht haben. Bald werde ich die Wundklammern spüren. Diese blöden Mistdinger müssen wahrscheinlich weh tun. Vielleicht bin ich entstellt. Die Jungs von der Académie werden sich totlachen. Und in der Galerie, da wird's zum Gruselkabinett. Welchen Tag haben wir eigentlich? Ist das Ganze gestern oder heute morgen passiert? Ich habe nichts gehört, keine Sirene, keinen Schrei. Ich habe keinerlei Erinnerung an einen Schock, wahrscheinlich bin ich kurz vor dem Sturz dieses ungeheuren Dings ohnmächtig geworden. Sämtliche Schmerzen in meinem Gesicht erwachen nun, ganz allmählich. Sie stimmen sich aufeinander ab, bis zum völligen Einklang, um bloß noch eine einzige Wunde zu bilden. Meine Zunge hat gerade die Innenseite meiner Wange abgetastet, und prompt habe ich einen Stromschlag gespürt. Meine Visage ist eine einzige offene Wunde. Doch all das ist gar nichts. Der Schmerz will mich zum Schreien bringen, und ich kann nicht, ich würde gern die Verwüstungen in meinem Gesicht in einem Spiegel anschauen, kann aber die Augen nicht öffnen, ich würde gern meine Finger über jede Schramme wandern lassen, aber meine Arme liegen wie mit Blei beschwert auf den Bettkanten. Ich brauche mein ganzes Knochengerüst. Ich muß jeden Tag trainieren, Langloff wird mich weniger gut finden. Er wird sich nicht mehr um mich kümmern wollen.

Mein Leben ist woanders.

*

«Niemand zu benachrichtigen?»

«Nheinnn!!!»

«Regen Sie sich nicht auf.»

Wenn er das noch einmal sagt, spucke ich ihm ins Gesicht. Falls nötig, werde ich mir die Bandage abreißen. Meine linke Hand gehorcht mir wieder, ich konnte mich mehrere Male kratzen, doch die rechte ziert weiterhin ein Knäuel Gaze. Und dieser Blödmann im weißen Kittel will mit aller Gewalt, daß irgend jemand herkommt und an meinem Bett heult. Ich bin ein Einzelkind, meine Eltern leben in Biarritz, und ich will sie nicht beunruhigen mit diesen ganzen Geschichten. Sie sind alt, die wären glatt imstande, sich auf die Reise zu machen, nur weil ein Schweinehund versucht hat, mich zu entstellen. Mein Vater gehört nicht zur stabilen Sorte, und meine Mutter ist eine Mutter, das wär's!

«Keine Familie? Eine Lebensgefährtin? Ein Freund? Das könnte Ihnen vielleicht helfen. Ich geb Ihnen einen Zettel, schreiben Sie eine Telefonnummer auf.»

Mir wobei helfen? Zu brüllen? Hier alles kaputtzuschlagen?

Während er anschließend in seinem Kittel kramt, wendet er den Blick ab und fragt mich verstohlen:

«Sind Sie eigentlich Linkshänder?»

Überrascht habe ich augenblicklich ein Nein geknurrt.

«Gut. Dann nehme ich jetzt Ihre linke Hand und helfe Ihnen schreiben.»

Bevor ich noch reagieren kann, ist er schon in Position und schiebt mir einen Bleistift zwischen Daumen und Zeigefinger. Die blanke Wut steigt mir die Kehle hoch, ich stoße ein zunehmend bedrohlicheres Knurren aus, er hält mir den Zettel vors Auge. Ich sehe fast nichts, ich habe noch nie mit links schreiben können und ich will auch niemanden benachrichtigen. Und was ihn angeht, so habe ich große Lust, ihn aufzuschlitzen. Der Bleistift würde dafür nicht genügen. Wie ein Tobsüchtiger bohre ich die Mine in das Papier und kritzele mit unglaublicher Langsamkeit Zickzacklinien, die ich nicht in den Griff bekomme, die über den Papierrand hinwegrutschen oder einfach aufhören, ohne daß ich es will. Noch nie habe ich auch nur ein Wort mit meiner trotteligen Hand gezeichnet. Die reine Abstraktion.

Als ich das Gefühl habe, fertig zu sein, entgleitet mir der Bleistift und fällt zu Boden. Ich hoffe, es sieht dem ähnlich, was ich wollte. Er liest:

SCHMERZEN

«Ja, es tut Ihnen weh, das ist die Aufwachphase, aber ich verstehe nicht, was sie dort, direkt dahinter, geschrieben haben, ein I und ein P und der Rest… ein J, oder?»

Direkt dahinter wollte ich IDIOT schreiben, habe es dann aber doch gelassen. Ich schüttele die Hand, um der Frage auszuweichen.

«Ich ruf die Krankenschwester, die wird Ihnen was geben. Versuchen Sie, sich nicht allzuviel zu bewegen.»

Ja, ich habe Schmerzen und kenne niemanden in Paris,

der sich deshalb Sorgen machen würde. Ist das wirklich so sonderbar?

«Hören Sie, ich will Ihnen ja nicht lästig werden, daher stelle ich Ihnen die Frage nun ein letztes Mal, um sicher zu sein, daß Sie niemanden sehen wollen, also, Sie können ja mit dem Auge zwinkern, und zwar einmal für Ja und zweimal für Nein, okay?»

Um dieser Geschichte ein Ende zu machen, zwinkere ich sofort zweimal. So, Schluß damit, jetzt soll man sich um meine Haut kümmern, mein Schädel brennt wie Feuer, ich habe sogar den Eindruck, daß sämtliche Zähne auf der rechten Seite beschlossen haben, sich einzumischen. Ich weiß nicht mehr, wie ich dieser Maske des Schmerzes entkommen kann. Gebt mir eine Spritze, schläfert mich ein, oder ich krepiere!

Die Krankenpflegerin kommt herein, vielleicht um mich zu retten. Die beiden wechseln einen Blick, ich sehe nicht allzu viel, er scheint verneinend den Kopf zu schütteln.

«Verdoppeln Sie die Schmerzmitteldosis, Mademoiselle.»

Sie streckt die Hand nach einer Apparatur aus, die ich noch gar nicht gesehen hatte, eine in der Luft hängende Flasche. Ich bekomme Schluckauf vor Überraschung. Ein Tropf... Der Schlauch steckt nun schon seit Stunden in meinem rechten Arm, und ich habe bis jetzt nichts davon gespürt.

«Das ist etwas zur Beruhigung und ein Blutaufbaumittel», sagt er.

Ich versuche, den rechten Ellbogen unter der Decke hervorzuschieben, doch sofort pressen sie ihn zurück aufs Bett, alle beide gleichzeitig. Das Mädchen hat sogar ein «He!» entschlüpfen lassen. Sie blicken sich erneut an, ohne etwas zu sagen, und trotzdem habe ich das Gefühl, daß sie miteinander reden. Meine rechte Hand scheint irgendwie anzusprechen, trotz der Verbände. Ich hätte gern, daß sie

sie losließen. Ich kann mich gar nicht erinnern, wann genau sie verletzt wurde.

«Rufen Sie Monsieur Briançon, Mademoiselle.»

Der Arzt mißt mir den Blutdruck, ein anderer kommt sogleich hinzu, als ob er hinter der Tür gewartet hätte. Sie wechseln ein paar Worte, die ich nicht höre, und dann geht der erste, ohne mich anzusehen. Der neue ist jünger und trägt keinen Kittel. Er setzt sich auf die Bettkante, ganz nah zu mir.

«Guten Tag, Monsieur Andrieux, ich bin Doktor Briançon, ich bin Psychologe.»

Ein was ...? Ich muß mich verhört haben.

«Sie werden schon in kurzer Zeit wieder auf den Beinen sein, in spätestens einer Woche. Man hat Ihnen die Wange wieder zusammengenäht. In zwei Tagen kann man Ihnen die Bandage über den Augen abnehmen, und dann werden Sie wieder normal sehen. In fünf oder sechs kommen die Klammern heraus, und dann können Sie wieder anfangen zu sprechen. Alles in allem müssen Sie ungefähr vierzehn Tage hier bleiben, damit alles gut verheilt. Zu Anfang haben wir noch eine Gehirnerschütterung befürchtet, aber das Enzephalogramm war in Ordnung.»

Vierzehn Tage ... Noch vierzehn Tage hier? Kommt nicht in Frage. Nicht mal eine Minute kommt noch in Frage. Wenn es sein muß, werde ich mumifiziert, taub und stumm in die Académie gehen, doch ich werde hingehen. Ich blöke noch einmal, einfach so, spüre aber wohl, daß das Argument recht schwach ist. Ich würde ihm gern Fragen stellen, ihm meinen Fall erklären, ihm sagen, daß ich meine ganzen Reflexe benötige. Billard ist ziemlich speziell, da kann einem in kurzer Zeit viel verlorengehen. Ich knurre erneut und hebe die Arme, er steht auf und geht hinüber auf die andere Seite. Ich schwenke den Knäuel, damit er begreift, was mich wirklich sorgt. Die rechte Hand.

«Wasss ... and ... assiert ...»

«Versuchen Sie nicht zu sprechen. Legen Sie den Arm wieder runter. Bitte ...»

Ich gehorche.

Und schon beginnt irgend etwas, mir im Magen zu zwicken. Ein neuer Schmerz, unbekannt, unbeschrieben. Als er so eindringlich «bitte» gesagt hat, habe ich begriffen, daß er wirklich Wert darauf legt, nicht wie der andere Quacksalber.

«Wir haben nichts mehr tun können.»

Mein Gesicht wird kalt. Ich habe nirgendwo mehr Schmerzen, außer im Bauch. Wie eine brennende Kolik. Ein Überschuß an Harn. Ich brauche etwas Stille.

«Beim Sturz hat die Skulptur das Handgelenk glatt abgetrennt.»

Irgend etwas entgeht mir da. Er hat «die» Skulptur und «das» Handgelenk gesagt, das alles erscheint mir sehr präzise. Und klar. Das Handgelenk glatt abgetrennt. Abgetrennt. Glatt abgetrennt. Glatt. Das Handgelenk, abgetrennt, glatt.

«Es tut mir leid ...»

Schweigen.

Mein ganzer Körper hat sich gerade entleert. Lava ist über meine Schenkel geflossen.

Das linke Auge hat sich geschlossen, ganz von allein. Und ist dann wieder aufgegangen.

Er bleibt da, völlig regungslos.

Ich habe ein Kribbeln in der Nase verspürt, durch den Mund geatmet.

«Ihre Hand war in einem zu schlechten Zustand... Es war nicht daran zu denken, sie wieder anzunähen.»

Er wartet.

Er irrt sich.

Ich bin kein Mediziner... Aber er irrt sich. Und ich brauche Stille.

Meine linke Hand hat blindlings auf dem Nachttisch

herumgetastet und den Bleistift gefunden. Dann hat sie ihn in die Luft gehalten.

Er reagiert, hebt den Block auf und hält ihn mir unter die Mine.

Sie hat dann zitternd gekritzelt, weiteres, anarchisches Gekrakel. Diese Hand macht einfach nur, wonach ihr grad der Kopf steht, als ob ihr meiner scheißegal wäre, mein verbeulter Kopf, der außerstande ist, einen einfachen Befehl zu übermitteln, ein Wörtchen, nur ein einziges, und diese undankbare Hand nutzt das aus, sie weigert sich, mich zu übersetzen, sie will einfach nicht funktionieren, sie entscheidet hier, dieses Wörtchen ist ihr erstes, nun kann sie Revanche nehmen, und ich zittere noch etwas mehr.

Am Ende meiner Kraft lasse ich sie wieder fallen.

Und er, er hat unseren Kampf mit Blicken verfolgt.

Er liest.

RAUS

Die Türe schließt sich lautlos. Das Kribbeln hat sofort aufgehört, als mein Auge endlich seine Tränen fließen lassen konnte.

*

In der Nacht bin ich mit einem Satz hochgefahren. Ich habe nichts gespürt, bis auf den heißen und eiskalten Schweiß, der auf meinem ganzen Körper klebt, und dann, sehr rasch, ein scharfes Ziehen Richtung Nabel. Ein heftiges Brennen zwischen meinen Nieren. Ich konnte meinen Harn nicht zurückhalten. Mit meiner törichten Hand habe ich so ziemlich überall auf dem Nachttisch herumgeklopft, Gegenstände sind runtergefallen, die Wasserkaraffe, wahrscheinlich, nach dem Scheppern zu schließen, aber ich habe es nicht geschafft, Licht anzumachen. Und dennoch muß ich klarsehen, ich muß sie sehen, sie berühren. Sie ist da, ich spüre sie, ganz nah, sie will sich meinem Gesicht nähern, es streicheln, um die Form der Nase wieder zu entdecken und meine Augen zu trocknen. Mit einem kurzen Ruck des Arms ziehe ich sie aus einer Stoffschlaufe, die das Handgelenk hält. Mein Bauch brennt, der Verband sitzt sehr straff, ich knurre, sehe nichts, meine linke Hand reicht nicht aus, um die Sicherheitsnadel und den Knoten zu lösen, ich verliere die Geduld, öffne den Mund, ohne auf die Wunde zu achten, nichts ist mehr wichtig, ich beiße, kratze in den Knäuel, reiße ab, was immer nur geht, ich brülle vor Zorn, schlucke Spucke und Blut, endlich werde ich sie sehen, sie spreizt die Finger so weit wie möglich, um mitzuhelfen, von innen her, sie arbeitet mit, so gut sie kann, die Bandage gibt endlich nach, und der Knäuel entrollt sich auf den Boden. Ich schwenke den Arm wie ein Besessener, die Nadel des Tropfs ist herausgerissen, es ist soweit, die Hand ist frei und nackt, ich werde sie in den Mund nehmen und an meinen Fingern lecken können, die Faust schließen und gegen die Wand hauen, all das schreiben können, was ich in die Dunkelheit hineinbrüllen möchte, sie streift sacht meinen Oberkörper, sie bewegt sich wie eine irre Spinne, die an meinem Hals hochkrabbelt…

Doch ich spüre sie nicht auf meiner Haut!

Das Licht ist wieder an. Zwei Frauen in Weiß haben sich auf mich geworfen, doch ich habe geschrien wie ein Tier, damit sie nicht näherkommen.

Und dann habe ich SIE gesehen. Endlich.

Ich habe diese dicke zappelige Spinne gesehen. Ungreifbar und unsichtbar auf einem schlecht abgeschnittenen Stumpf hockend. Eine Spinne, die nur ich allein sehen konnte. Und die nur mich erschreckt hat.

3

Um den Place des Ternes zu meiden, bin ich an der Métrostation Courcelles ausgestiegen. Während ich durch den Parc Monceau ging, bin ich einer Reihe Kinder in blauen Anzügen begegnet und habe realisiert, daß wir ja schon beinahe Frühling haben. Auf einem der Wege habe ich gespürt, daß ich im nächsten Moment das Gleichgewicht verlieren werde, und mich auf eine Bank gesetzt. Das passiert mir jedesmal, wenn ich über eine freie Fläche gehe, ohne Mauern drum herum. Im leeren Raum fühle ich mich wakkelig auf den Beinen. Ich weiß wirklich nicht, weshalb, aber es dauert nie sehr lange, nur ein paar Sekunden, bis ich wieder zu Atem komme.

Mir ist kalt an den Füßen. Ich hätte mir Stiefel kaufen sollen statt dieses Paar Slipper, die nicht mal die Knöchel bedecken. Stiefel könnten mir ersparen, Zeit mit den Strümpfen zu verlieren. Ich habe begonnen, Schnürsenkel zu hassen, und das ist ja nicht einmal der erste morgendliche Akt.

Davor gibt es schon einen Haufen anderer.

Viele.

Das habe ich erst vor kurzem gelernt. Es gibt so viele davon, daß ich wählen muß. Das Aufstehen ist weniger beschwerlich als das Erwachen. Wenn ich meine Augen geöffnet habe, ist die schwerste Arbeit des Tages getan.

Während ich die Avenue de Friedland hinaufgehe, schaue ich auf einem Parkscheinautomaten nach der Uhrzeit. 10 Uhr 30. Die Vorladung lautet auf 9 Uhr.

Nichts hat Eile. Seit meiner Genesung weiß ich, mir Zeit zu nehmen. Nach meiner Entlassung aus dem Hôpital Boucicaut habe ich überlegt, hinunter nach Biarritz zu fahren, zu meinen Eltern, um dort einen Monat physischer und psychischer Umstrukturierung zu verbringen, bin aber vor der ersten Hürde zurückgewichen: mich ihnen zu zeigen. Ich habe nicht mal angerufen, um ihnen mitzuteilen, daß meine Chancen, so wie der zu werden, der ich gern geworden wäre, beeinträchtigt seien. Also: nichts, ich habe ganz feige bei mir zu Hause abgewartet, bis der Stumpf vernarbt war. Ich habe gelernt, mir meinen Stolz zu verkneifen und anzuerkennen, daß ich nicht mehr zum Volk der Schnellen gehöre. Ich habe mich in die Kategorie der Plumpen, Schwierigen und Ungeschickten eingereiht. Es kostet mich eine ungeheure mentale Anstrengung, mich selbst von dieser Vorstellung zu überzeugen, die schon nach den ersten Sekunden des Halbschlafs augenblicklich verblaßt, in denen ich mich dann, ohne mir Schlimmes dabei zu denken, wieder heil und ganz und liebenswürdig sehe.

3. April. Das Krankenhaus liegt schon lange zurück. Coste und Liliane haben mich dort besucht, sie haben mir ein paar Bonbons ausgewickelt, und ich habe geduldig gewartet, daß sie wieder gingen. Jacques hatte nicht den Mut dazu, und dafür danke ich ihm.

Aus Reflex bleibe ich vor der Conciergeloge von Monsieur Perez stehen, statt direkt in die Galerie zu gehen. Er hat mich seit mehr als einem Monat nicht mehr gesehen, tut aber so, als hätte ich ihm erst am Vorabend die Schlüssel zurückgegeben. Sein Lächeln erstirbt plötzlich, seine Blicke weichen mir aus und streifen flüchtig über meine Taschen.

«Antonio… Jede Menge Leute in der Galerie… Geht's, Antonio…?»

«Und selbst?»

Ein Wagen fährt in den Hof für Ehrengäste, und Perez stürzt darauf zu.

«Die parken einfach, wo's ihnen gerade paßt… Mein Gott!…»

Die Leute, denen ich begegne, teilen sich von nun an in zwei Kategorien auf: diejenigen, die nicht lange brauchen, bis sie kapieren, und die anderen, die so tun, als ob nichts wäre. Die ersten wissen nicht, wie sie ihren Händedruck wegstecken sollen, die zweiten, die Schlauen, erfinden eine andere Begrüßung. Eine innovative. Und ich kenne niemanden in ganz Paris, der es wagen würde, mir die üblichen Küßchen zu geben.

Dreimal konnte ich die Rekonstruktion ohne triftigen Grund hinausschieben. Letzte Woche habe ich beim Erhalt einer richtigen Vorladung begriffen, daß ich es nicht zu weit treiben durfte. Während meines Genesungsmonats hab ich sie ganz für mich allein gemacht, meine Rekonstruktion.

Rekonstruktion…

Hätte ich meine Hand auf einem Autoschrottplatz, unter dem Wrack eines R 16 verloren, dann hätte man dieses ganze Tamtam nicht veranstaltet. Findet man sie jedoch zermalmt unter einem Doppelzentner zeitgenössischer Kunst, im Zusammenhang mit dem merkwürdigen Raub eines merkwürdig gelben Bildes und Gemeineigentums, so stellt man sich zwangsläufig Fragen. Der Flic im Krankenhaus hat mir gesagt, ich hätte tatsächlich einen Mordversuch überlebt, weil ich das Ding, diese Skulptur, tatsächlich mit voller Wucht hätte abbekommen sollen. Und mir wäre das Wrack des R 16 viel lieber gewesen.

Was soll das eigentlich genau heißen, eine Rekonstruktion? Ich weiß nicht mehr so ganz, ob man mit mir nun das

Opfer oder den Zeugen vorgeladen hat. Wird man mich nötigen, Haß zu mimen? Eine Backsteinwand vorzutäuschen, die niemand sehen wird? Eine unsichtbare Spinne zur Schau zu tragen? Ich spüre sie noch, meine Hand. Sie hängt herab, in meinem schlenkernden Ärmel. Man hat mir gesagt, das könnte ein ganzes Jahr lang anhalten, diese Illusion. Krüppel ohne Beine versuchen zu gehen und fallen überrascht hin. Einarmige stützen sich mit dem Ellbogen auf und schlagen sich die Nase an. Und ich, ich werfe die Kaffeetasse um, wenn mein Stumpf dagegen stößt. Sofern es mir überhaupt gelingt, mir Kaffee zu machen. Und dies ist dann erst die dritte Handlung eines nicht enden wollenden Tages.

Ich erkenne den Flic wieder, der mich im Krankenhaus aufgesucht hat. Seinen Namen und ein paar Einzelheiten seines Fachgebiets habe ich bereits wieder vergessen, ich wußte ja nicht mal, daß so was überhaupt existiert wie dieses Zentrale Dingsbums für Diebstähle von Kunstwerken und ähnlichem Krempel. Bis auf ihn selbst gibt es wohl auch kaum jemanden, der seine Dienstbezeichnung vollständig aufsagen kann. Auf meinem Bett liegend, habe ich ihn, stumpfsinnig vor Langeweile, gefragt, ob er den Mord als eine der Schönen Künste betrachte. Und er hat mir angeboten, nochmals vorbeizukommen, wenn ich wieder ganz bei mir sei. Am nächsten Tag wollte er mich dazu bewegen, über den Angreifer zu sprechen, und die einzige Beschreibung, die ich ihm liefern konnte, war die eines höflichen und behäbigen Gentlemans. Meine einzige Erinnerung. Er hat das ziemlich dürftig gefunden.

«Kommissar Delmas. Wir haben auf Sie gewartet.»

Versteckter Hinweis: seit anderthalb Stunden. Ich glaube, ich werde mehr und mehr zum Zeugen und immer weniger Opfer. Liliane ist ebenfalls da, an der Seite von Madame Coste, die dieses eine Mal nicht nur auf einen Sprung vorbeischauen wird. Zwei weitere Flics lungern in den Sälen herum und schauen sich die neue Expo an. Ich selbst hätte die eigentlich mit aufbauen sollen. Offenbar mußte Jacques sich allein mit diesem Wald weißer Sockel herumschlagen.

Heute morgen hat mir noch keiner die Hand gereicht. Sie alle haben diesen Moment gefürchtet, und alle haben sich geschworen, jeden Schnitzer zu vermeiden. Nur Liliane hat eine Annäherung versucht, die Arme zu meinem Kragen hin ausgestreckt.

«Willst du deinen Mantel ablegen?»

«Nein.»

«Dir wird warm werden.»

«Na und?»

«Du wirst dich wohl fühlen müssen, um Handbewegungen zu machen, um zeigen zu können, wie das passiert ist...»

«Handbewegungen...?»

Man hat doch nicht von mir verlangt, den Schauspieler zu geben. Delmas hat mir dieselben Fragen wie im Krankenhaus gestellt, nur eben diesmal in Bewegung. Hier, nein dort, etwas weiter nach links, und der Regenmantel, den hatte er über dem Arm und nicht angezogen, und die Fingerabdrücke? Da werden sie welche auf dem Teppichboden finden, sage ich, mit der Hand als Zugabe, um die Arbeit zu erleichtern. Ja, wo ist die übrigens, diese Hand?

Bei der Skulptur hingegen weiß man, was aus der geworden ist, die wurde wieder im Depot verstaut, dort, wo sich Tausende von Werken anhäufen, die darauf warten, von einem Provinzmuseum oder einem Rathaus erwählt zu werden. Besagtes Objekt wird sicherlich einmal den Park eines Gemeindeschwimmbads irgendwo in Frankreich zieren. Hätte ich es in der Galerie, aufgerichtet und bedrohlich, wiedergesehen, hätte mich das zweifellos gestört. Ich hätte mir nicht verkneifen können, den Ast, der mich amputiert hat, eingehend zu untersuchen. Mir wäre der R 16 wirklich lieber gewesen. Das Schlimmste aber ist, daß man diese Kisten zusammenpreßt und daß die dann ebenfalls Kunstwerke abgeben. Ganz zu schweigen von jenen extremistischen Künstlern, die sich selbst amputieren, in Avantgarde-Galerien, mitten unter ein paar Privilegierten. Body-Art heißt das, glaube ich. Ich muß gestehen, daß ich ein bißchen den Überblick verliere bei all diesen Ausdrucksformen ...

Die Spuren sind entfernt worden, einige Quadrate neuen Teppichbodens beißen sich ein wenig mit dem alten, die rechte Wand im Gang wurde stellenweise neugestrichen.

Nach einer guten Stunde Komödie und haarspalterischer Details hat sich der Flic schließlich an mich gewandt, allerdings glaube ich, daß er mehr das Ohr unseres *Big Boss,* der Coste, suchte:

«Wir haben seine Beschreibung. Falls es tatsächlich jemand aus dem Kunstmilieu ist, und dazu aus dem der zeitgenössischen Kunst, dann bestehen noch Chancen. Meiner Meinung nach war das jedoch eine Auftragsarbeit für einen Sammler. Irgend jemand wollte Morands letztes Gemälde, man hat es ihm beschafft, und das war's. Wenn das Werk einen großen Marktwert besessen hätte, dann hätten wir von anderen Vermutungen ausgehen können. Hier aber ... bei Morand ... wer kennt den schon? Wie hoch steht der im Kurs? Ich werde meine Fachleute bitten, Erkundigungen über die Nachfragen, über eventuelle Sammlungen im Umfeld des Künstlers einzuholen, doch ich denke nicht, daß so was viele Käufer interessiert.»

Er schaut beiläufig zur Coste hinüber und fragt sie, was sie dazu meint. Im Grunde hat er ja recht. Mir jedenfalls ist Morands Kurs genauso scheißegal wie die Zukunft der Kunst.

«Der größte Teil seines Werkes kommt aus den Vereinigten Staaten zu uns. Ich habe mich entschieden, diese

Retrospektive auszurichten, weil ich es interessant fand, das Werk eines Emigranten zu zeigen, der wie jeder beliebige Auswanderer in einem anderen Land Arbeit sucht, und zu zeigen, wie Morand sofort, damit meine ich direkt von 64 an, erfaßt hat, daß die meisten Entwicklungen in den Vereinigten Staaten aufkeimen werden. Ich habe die entsprechenden Werke in seinem letzten Atelier in Paray-le-Monial ausgesucht, das ich noch zu seinen Lebzeiten, ein Jahr nach seiner Rückkehr, besucht hatte.»

Ich langweile mich. Ich will nach Hause. Meine Blicke bleiben bei einem der Sockel hängen, auf dem irgendein ganz besonders häßliches Etwas thront.

«Als er sein Werk schließlich bei seinem Ableben dem Staat vermacht hat, dachte ich, man müsse dies öffentlich zeigen, das ist alles. Aus seinem Atelierbestand habe ich dann das ausgesucht, was der Grundlinie seiner Arbeit am ehesten entsprach, also die schwarzen Gemälde, die drei Skulpturen, die meiner Meinung nach gewissermaßen das Pendant zu seinem graphischen Werk darstellen, sich aber radikal vom amerikanischen Einfluß entfernen.»

Unterdessen betrachte ich eingehend sämtliche Ausstellungstücke dieses fürchterlich prätentiösen Werkes. Ernst wie eine Päpstin fährt Coste mit ihrer weitschweifigen Ansprache fort. Sie mochte die Expo Morand wirklich, allerdings frage ich mich, nach welchen Kriterien sie sich wohl für die neue hier entschieden hat.

«Und dann noch dieses Bild, ein einzigartiges mit dem Titel *Essai 30*... Für mich ist es ein Rätsel: die allerletzte Studie, eine Arbeit, bei der das Motiv seinen Platz hat, eine Arbeit der Ableugnung, denke ich. Genau deshalb habe ich es ausgewählt, wegen dieses Fragezeichens, das Morand hinterließ. Ein Kunstliebhaber, und zwar ein sehr bewanderter Kunstliebhaber, hätte an dem Jahrzehnt 65–75 interessiert sein können, in der Zeit hat Morand nämlich ein Kondensat all dessen hervorgebracht, was man später vorfinden wird. Hier aber… bei diesem Bild… äh… diesem ikonoklastischen, sagen wir mal… da muß ich zugeben, daß ich es nicht verstehe.»

Delmas macht sich Notizen. Unsere Chefin weiß in der Öffentlichkeit zu parlieren. Einmal hat sie sogar einem Minister, der von Zeit zu Zeit ein paar «Ja, ja» unterlegte, einen Vortrag über die neue Figuration gehalten. Wir, also Jacques und ich, wir haben damals kräftiger als üblich gehämmert.

Alle setzen sich in Bewegung, Liliane, unser Boß, die Flics sammeln ihre Akten und Mäntel ein, ich nehme ein leicht unentschlossenes Drängen in Richtung Ausgang wahr, keiner richtet mehr ein Wort an mich, bis auf den Kommissar, der darauf besteht, sofort benachrichtigt zu werden, falls irgendein Detail wieder an die Oberfläche käme. Im Krankenhaus hat er mir erzählt, zur Zeit habe er viel Ärger mit den Post-Impressionisten. Ich wußte nicht, warum, aber ganz blöde habe ich einen auf interessiert gemacht.

Das wär's.

Ende der Rekonstruktion.

Allein und von dieser plötzlichen Stille überrascht, bin ich ein paar Schritte durch die Säle gegangen, um wieder zu mir zu kommen und mich mit dem Gedanken abzufinden, daß mein armseliger Fall niemanden mehr interessiert. In einer Ecke sehe ich eine Art Konstruktion auf der Basis ineinander verschachtelter Dachrinnen. Venezianische Masken sind an den Röhren festgemacht und hängen so ziemlich überall rum. Ein am Fuße stehendes Schildchen verdeutlicht: OHNE TITEL. 1983. Plastik und Gips.

Eine Sekunde lang hätte ich mich fast gehen lassen und diese Verschachtelung der Dummheit angebrüllt. Während dieses kurzen Augenblicks konnte ich die ganze Absurdität dessen ausmachen, was mir zugestoßen ist, nur einige Meter von hier entfernt.

Wie ich dann zum Park hinausschaue, erinnere ich mich wieder an jenen Haufen welken rötlichen Laubs, der ihn letzten Sommer bedeckte. Ein Künstler hatte es für interessant befunden, mitten im Monat Juni so ein klein wenig herbstliche Stimmung zu schaffen. Keinem einzigen Besucher war es aufgefallen. Abgesehen von dem Gärtner, der sich – ja, auch er – ein wenig mehr von der zeitgenössischen Kunst entfernt hat.

Das Wort «Raub» scheint alle Welt zu befriedigen. Einen Augenblick hatte ich Lust, ihnen zu sagen, daß mir das Ganze doch etwas simpel vorkommt. Dieses Bild hatte praktisch keinerlei Wert, und wenn man es dennoch gestohlen hat, so muß es etwas anderes gezeigt haben. Die Coste selbst hat es ja gesagt, und das springt einem auch förmlich ins Auge. Schließlich ist es die Arbeit des Experten, herauszulesen, was in einem Gemälde steckt, sein Geheimnis zu ergründen. Genau deswegen habe ich eine Hand verloren. Wenn man meinen Angreifer nicht aufspürt, werde ich sterben, ohne je zu wissen, was dieses Ding, dieses Bild aussagen sollte.

Als ich die Stufen hinuntergehe, bemerke ich, daß ich geschwitzt habe. Ich muß mich doch langsam dazu durchringen, meinen Mantel öfters abzulegen, falls ich mich nicht dauernd erkälten will. Meinem Stolz zum Trotz.

«Ich muß mit Ihnen reden, Antoine. Können wir uns in meinem Büro unterhalten ...?»

Ich stehe auf der Schwelle des Portals, und Coste hebt die Stimme. Dies ist das zweite Male, daß sie mich bei meinem Vornamen nennt. Beim erstenmal war es, um mir dafür zu danken, daß ich den Trafo eines Mobile-Kastens, der einfach nicht aufleuchten wollte, wieder zurechtgebastelt hatte. Ich habe keine Lust, ihr durch die Stockwerke zu folgen und mich erneut ins Schwitzen zu bringen. Ich muß raus und gebe ihr dies mit einer etwas unschönen Kopfbewegung zu verstehen.

«Ich hätte es zwar vorgezogen, Sie in meinem Büro zu empfangen, kann aber verstehen, daß Sie nach all diesen schmerzlichen Fragen erschöpft sind… Nun, also, äh… Reden wir nicht lange drum herum, Sie werden nicht mehr mit aufbauen…»

«Nein», antworte ich. Ohne zu wissen, ob es tatsächlich eine Frage ist.

«Ich werde einen Ersatz finden müssen, der Jacques dann zur Hand geht. Doch ich will Sie nicht im Stich lassen.»

Sie läßt zwischen den Sätzen einiges aus, und ich wüßte nichts, aber wirklich gar nichts, mit dem man diese Lücken füllen könnte.

«Ihren Sommerjob im Depot werden Sie auch nicht mehr behalten können, vermute ich. Haben Sie andere Einkommensquellen?»

«Die Sozialversicherung hat mich verrentet.»

«Das weiß ich schon, aber… Sie werden doch nicht einfach so bleiben… Ohne jede Arbeit… Ich habe gedacht, Sie… Nun ja… also, ich werde Liliane fürs Sekretariat brauchen und trage mich daher mit der Absicht, Sie als Wächter anzustellen.»

«Als was?»

«Als Wächter, ganztags.»

Gegen Ende ihre Ankündigung läßt sie eine leichte Erregung erkennen. Ich sage nichts. Ich pfeif drauf. Ich warte. Mir ist kalt.

«Danke.»

Ich weiß nicht, was ich sonst sagen soll. Sie versteht es nicht. Während ich unter dem Portalvorbau durchgehe, wische ich mir über die Stirn und lasse schließlich den Galeriebereich hinter mir.

Keine Zeit.

Etwas weiter dann, als ich um die Straßenecke biege, hole ich den Katalog hervor, den ich vorsichtig in meine Manteltasche gesteckt hatte. Ich lege ihn auf dem Boden ab und blättere, um die richtige Seite zu finden.

Essai 30.

Ich nehme sie zwischen die Lippen, reiße sie mit einem kurzen Ruck heraus und stopfe sie in meine Tasche. Der Rest, auf der Bordsteinkante, wird sicherlich irgendeinen Clochard neugierig machen. Man trifft auf alle möglichen Clochards, sogar auf Kunstliebhaber, ja selbst auf verkannte Maler.

*

Museumswächter, auf Lebenszeit... Als ob sich mein Leben dort abgespielt hätte, und sei es auch nur für eine Sekunde. Gleichwohl steckte eine gute Absicht dahinter. Madame Coste sagt sich, ein Museum zu bewachen, ist einer der wenigen Jobs auf der Welt, bei denen man seine Hände nicht braucht. Das ist alles. Zu einer gewissen Zeit gab es sogar Krüppel im Louvre, deren blaue Ärmel mit einer großen Sicherheitsnadel hochgesteckt waren. So was ist nicht neu. Das fällt in den Rahmen der obligatorischen 5 Prozent Behindertenquote.

Ist aber auch nicht wichtig. Das Wichtige ist, was ich vor Augen habe, dort drüben, vor meinem Bett, mit Stecknadeln festgemacht. Auf dem Rückweg habe ich in einem Fotokopierladen am Boulevard Beaumarchais haltgemacht, um eine Farbvergrößerung anfertigen zu lassen. Die haben mir das *Essai 30* in 21 x 27 abgezogen. Das Gelb verläuft zwar ein wenig, wird aber gehen.

Das Telefon klingelt, ganz nah an meinem Bett, und ich habe noch den Reflex, den verkehrten Arm auszustrecken.

«Hallo ...?»

«Monsieur Andrieux, guten Tag, hier ist Doktor Briançon. Legen Sie nicht gleich auf. Kann ich Sie heute abend sehen, das wäre einfacher?»

Sein allwöchentlicher Anruf. Seit meiner Entlassung aus Boucicaut will er mir einen Platz in einem Rehabilitationszentrum verschaffen.

«Hören Sie, ich danke Ihnen, daß Sie sich derart für mich einsetzen, nur versteh ich nicht, weshalb. Was Sie Umschulen nennen, ist für mich ... also ...»

«Davor dürfen Sie auf keinen Fall Angst haben, im Gegenteil. Sie müssen nur ...»

«Ich will aber nicht lernen, ein Krüppel zu werden. Was ich verloren habe, werde ich nicht mehr wiederkriegen. Das können Sie nicht verstehen.»

«Hören Sie, was Sie da empfinden, ist völlig normal, Sie werden durch eine Wüste gehen, durch eine Wüste der Verbitterung, das ist ganz klar, doch Sie kommen auch wieder heraus.»

Eine was? Wenn Ärzte einen auf lyrisch machen ... Warum nicht ein Gebirge der Bitterkeit oder ein Meer des Schmerzes? Doktor Briançon und seine tödlichen Metaphern ... Na ja, besser so etwas hören, als ein Krüppel sein. Wenn ich ihn jetzt weiterreden lasse, werde ich Anrecht auf den medizinischen Katechismus haben, wie im Krankenhaus.

Beim Auflegen werfe ich die beiden dicken Schmöker runter, die auf dem Rand meines Nachttischs lagen. Einer davon, der teurere, hat ein paar Eselsohren. 360 Franc für einen dicken Wälzer über die letzten dreißig Jahre zeitgenössischer Kunst in Frankreich. Er ist ja ganz nett, der Doktor, aber seine Sitzungen interessieren mich einen Scheiß. Ich ziehe den Stecker des Telefons heraus. Auf die Dauer wird er es leid werden. Kein Mensch geht mit seinem missionarischen Eifer zu weit.

Was soll ich in Valenton, im Val-de-Marne, unter lauter Krüppeln?

Morand wird lediglich als ein *«Exilierter der künstlerischen Schaffenskrise im Frankreich der Sechziger Jahre»* erwähnt. Ist zwar weniger klar als das, was die Coste sagte, bringt aber denselben Gedanken zum Ausdruck. Alles in allem widmet man ihm gerade mal ein Dutzend Zeilen. In dem anderen Schinken halb so viele, abgesehen von einer biographischen Notiz, die auf eine amerikanische Abhandlung verweist, in der anscheinend mehr dazu stehen soll. Außerdem habe ich die Reproduktion eines der schwarzen Bilder aus dem Jahr 74 gefunden, das auch in der Galerie ausgestellt war. In Anbetracht des Gewichts der Bände bin ich gezwungen, auf dem Bauch liegend zu lesen, und das tut mir im Kreuz weh. Meinen Lendenwirbeln bekommt das nicht. Im Grunde ist der Katalog der Retrospektive das einzige relativ umfassende Werk über Morand, das heißt: ein so gut wie unverständliches Vorwort der Coste über den «mentalen Raum eines Künstlers ‹auf der Durchreise›» und eine Biographie, die in New York ihren Anfang nimmt und auf zwei Zeilen in Paray-le-Monial endet. Nichts, was ich nicht schon wüßte.

Und selbst wenn.

Im hintersten Winkel meines Bewußtseins habe ich nun zwei oder drei Gewißheiten, die mehr und mehr Gestalt annehmen, die langsam an Raum gewinnen, und ich lasse sie nach ihrem eigenen Rhythmus wachsen. Und das geht jetzt schon einen Monat so, daß sie vor sich hin reifen. Bald kann ich sie für mich selbst mit lauter Stimme in Worte fassen. Das könnte in den Rahmen dessen fallen, was der Flic «die Details, die wieder an die Oberfläche kommen», nennt. Ja, man könnte es so ausdrücken. Wüßte er aber tatsächlich, was bei mir gerade wieder an die Oberfläche kommt, dann würde es ihm, denke ich, von neuem Sorgen bereiten.

Zunächst das geraubte Bild. Es und ich, wir sind uns schon einmal über den Weg gelaufen. Vielleicht nicht dieses da, aber ein dem Original genau entsprechendes, aus demselben Geist oder demselben System geborenes Etwas. Eine Kopie? Eine Reproduktion in Originalgröße? Ich weiß es noch nicht, für den Augenblick ist es erst einmal nur ein Phantom, eine Präsenz, die jeden Tag ein wenig mehr an Materie hinzugewinnt. Eine Bewegung, eine Farbe, dieses gleichmäßige helle Gelb. Und dann dieses Motiv, die Turmspitze einer Kirche, oben akkurat ausgemalt und an der Basis von wilden Strichen überpinselt. Sie taucht lediglich aus einer gelben Schicht auf, man hat den Eindruck, sie wächst noch, und zwar unter Mühen. Drum herum wieder Gelb, doch ein aggressiveres, ein Magma, das unmittelbare Drohen eines Urknalls, irgend etwas wird hervorschießen, vielleicht ist es aber auch schon geschehen, vielleicht ist es ja die Turmspitze selbst. Und diesen Ausbruch habe ich schon mal irgendwo gesehen. Dessen bin ich mir sicher, obwohl ich ja überhaupt nichts davon verstehe. Das Gemälde ist schon problematisch für eine Spezialistin wie die Coste, und aller Logik nach müßte es den Horizont eines Banausen wie mich übersteigen. Ich habe noch nie irgendwelche andere Galerien besucht, nicht mal das Centre Beaubourg, ich kenne kaum den Louvre, und die Malerei im allgemeinen hat bei mir bislang nichts als dumpfen Argwohn erregt. Dafür war ich nicht offen. Als ich nach Paris kam, verspürte ich keine Lust, mich am *Kulturerbe* vollzufressen. Mein Großonkel aus Biarritz hatte mir die Adresse der Académie de l'Étoile gegeben, und ich bin direkt dorthin gegangen. Manchmal, beim Aufbauen, habe ich mir schon Gedanken gemacht über meinen Mangel an Einsatz, über dieses Fehlen von Emotion, dieser Sache, über die sich die Kataloge dozierend auslassen. Ich habe geglaubt, ich sei nicht kreativ und weit entfernt von all dem, was bildende Kunst ist, von dieser Kunst mit einem sehr großen K, weil man Künstler sagt, wenn man einfach Maler meint, und Werk für Bild. Ich selbst habe mich stets geweigert, «Werk» zu sagen, ich fand das deplaziert, übertrieben, also habe ich von «Arbeit» gesprochen, was technischer, neutraler klingt. Meine ureigene Kunst, die spürte ich in den Eingeweiden brodeln, eine Suche nach der Schönheit in drei sich leicht streifenden Kugeln, nichts, was einen Blick oder einen «Diskurs» gebraucht hätte, und keine Coste dieser Welt hätte das verstehen können. Die Leute, die die Malerei lieben, reden viel, und ich bin nicht geschwätzig. Ja, ich hatte andere Sehnsüchte im Kopf, doch ohne diese Fragen, ohne neurotische Sinnsuche.

Heute finde ich mich von allem amputiert wieder, und jetzt tauchen die Fragen auf. Denn nichts wird einfach so enden. Ich fange gerade erst an. Allein. Ohne die Fachleute und die Kommissare. Für mich gibt es nichts Dringenderes, als das Ganze zu verstehen, selbst ohne die geringste Hoffnung, die Ordnung der Dinge eines Tages wieder herstellen zu können. Niemand vermag auch nur zu erahnen, was ich erlitten habe, und all das wegen eines gelben Bildes, das mehr aussagt, als man meint. Meine vierzig verheißungsvollen Jahre sind in einem Spritzer Zitronengelb zunichte gemacht worden.

Dieses Bild habe ich jedenfalls schon mal gesehen. Und wenn man es recht bedenkt, so kann meine krasse Unbildung auf diesem Gebiet auch ein Trumpf sein. In Paris gibt es keine tausend Orte, wo ich das Ding gesehen haben kann. Und sicherlich nicht in einem Wälzer: Der hier, den ich gerade vor Augen habe, ist wirklich der erste, den ich aufschlage. Jedes Gemälde oder jede Skulptur konnte mir also nur im Rahmen meines Jobs unter die Augen gekommen sein, und seit ein paar Tagen denke ich dabei ans Depot. Das Vorratslager für Kunst. Dort habe ich die beiden letzten Julimonate mit Putzen, Aufräumen und dem Inventarisieren von altem Krempel zugebracht, den niemand haben will und bei dem keinerlei Chance mehr besteht, jemals ausgestellt zu werden. Dort habe ich Hunderte staubige Dinge in der Hand gehabt. Nachher werde ich dort mal vorbeischauen, auf gut Glück. Ansonsten finde ich es sicher woanders, wird dann zwar länger dauern, doch letzten Endes werde ich herausfinden, wo ich dieses Gemälde gesehen habe.

Gegen Mittag bin ich losgezogen, um eine Schreibmaschine zu kaufen. Anfangs habe ich mir überlegt, eine zu mieten, aber sehr schnell realisiert, daß dieser Gegenstand künftig zu meinem Leben dazugehört. Dieses Drecksding von linker Hand wird mir nicht helfen, einen Brief zu schreiben. Also habe ich das nötige Kleingeld bezahlt. Die Verkäuferin hat mir Fragen gestellt und herauszubekommen versucht, welches Gerät für meine Bedürfnisse am geeignetsten wäre, doch nach einigen Sekunden der Unschlüssigkeit sowie einem Blick auf meinen Stumpf, den ich gut sichtbar auf dem Thekenrand liegen ließ, hat sie gemeint, sie sei neu hier und ihre Chefin könne mich wohl besser beraten. In der Tat war die Chefin besser, und sie hat mir ein elektronisches Teil verkauft, ein ganz einfaches, mit automatischem Rücklauf und einer Taste, die den letzten Buchstaben korrigiert. Ich habe begonnen, mich mit der Maschine vertraut zu machen. Und sogar geglaubt, sie sofort benutzen zu können.

Der Brief an die Eltern.

Ich hatte mir bereits ein paar Floskeln zurechtgelegt. Am schwierigsten aber ist, das Papier einzuziehen. Das vermurkse ich häufig. Im Augenblick bin ich bei der Anrede, «Ihr zwei Lieben», ein wenig schief zwar, aber bislang ist es mein bestes Ergebnis. Was soll's, wird eben kein properer Brief, sondern leicht verknittert, mit unmöglich zu korrigierenden Tippfehlern. Das Schwerste bleibt noch zu tun. All meine Floskeln sagen nichts aus, ich weiß nicht, wie ich das Kind beim Namen nennen soll. Sie haben eine schwache Konstitution, meine Eltern. Sie haben mich spät bekommen.

Ich habe Jean-Yves erneut angerufen. Er konnte mir nicht mehr sagen als beim letzten Mal. Ich habe ihn gebeten, sich anzustrengen, sich zu erinnern, was er über die Textur des Gemäldes gesagt hatte. «War nur so ein Eindruck, Alter, tut mir leid...» Er riet mir, die Sache fallenzulassen, ich fragte ihn, was, doch darauf wußte er nichts zu antworten.

Das Problem mit der Kleidung habe ich nun etwas besser geregelt, seit ich einen Sack voller alter Klamotten wiedergefunden habe, und besonders zwei Sweatshirts, die sich ein für allemal überstreifen lassen. Eine alte Jacke aus Kammgarn, die ein massiger Typ in der Académie vergessen hatte. Drei Nummern zu groß – ich schlüpfe im Handumdrehen hinein. Bis morgen werde ich mir ein Paar Halbstiefel und eine Hose mit Reißverschluß besorgt haben. Ich sehe höchstens etwas schlampiger als gewöhnlich aus. Müßte meine Eingangstür reparieren lassen, bis jetzt habe ich sie geschlossen, indem ich sie fest zugezogen habe, doch mit der Rückkehr des schönen Wetters wird das Holz aufquellen, so wie letzten Sommer. Zum Glück bin ich geduldig.

*

Es ist zwei Jahre her, daß ich das erste Mal den Fuß ins Depot gesetzt habe. Bevor ich es betrat, hatte ich ein durch und durch sakrales Bild von diesem Ort: so eine Art Heiligtum. Ich dachte, da müsse man weiße Handschuhe überziehen, um sich andächtig der Sammlung zeitgenössischer Werke, die der Staat seit gut einem Jahrhundert aufbaut, zu nähern. Fachleute der bildenden Künste, Kritiker und

Berater kommen seit 1870 regelmäßig zusammen, um zu erwerben, was den französischen Kulturbesitz an zeitgenössischer Kunst bilden soll. 60 000 Werke, im Augenblick. Tatsächlich sind jedoch gut drei Viertel dieser Arbeiten, und zwar die besten, an nationale Einrichtungen, an Rathäuser, öffentliche Ämter, Botschaften usw. ausgegeben worden. Jeder bedient sich seit hundert Jahren, und was bleibt?

5 000 von dem Zeugs, das niemand haben will, nicht mal der unbedeutendste Bürgermeister des kleinsten Weilers, aus Angst, seine drei Wähler damit zu verschrecken. 5 000 vernachlässigte, ungeliebte und keineswegs stolze Häppchen Kunst. Gemälde, Skulpturen, Stiche, zusammengerollte Zeichnungen, «Art-Déco»-Objekte, und Unmengen rätselhaften und nicht einzuordnenden Krempels. Bilder und Plastiken sind in unterschiedlichen Sälen eingelagert, doch nur unter den letzteren habe ich mich gern verloren. Das Mischen der Epochen und Stile macht diesen Bereich zu einem staubigen und eigenartigen Dschungel. In den ersten Tagen bin ich stundenlang in den mehrere Meter hohen Mittelgängen und zwischen den von Statuetten überquellenden Metallregalen herumgeturnt, bin in diesem Amalgam der Formen und Farben umherspaziert. Die lebensgroße Statue aus patinierter Bronze eines Zuaven, der einer riesigen Hand mit Fingern aus rotem Kunstharz die Stirn bietet, steht unweit von einem mit Kieselsteinen verzierten Toaster. Dutzende von Büsten und erstarrten Gesichtern, die in alle Ecken schauen – ausgeschlossen, ihnen zu entkommen. Aufeinandergestapelte Kartons, aus denen Elektrokabel heraushängen, Kupferschlangen, Kraken mit blauen Saugnäpfen, leere Gehäuse. In einer Ecke ein Motorrad, aufgebockt auf einem Dreifuß und von einer Frau aus lackiertem Holz gelenkt. Ein Tisch, auf dem Geschirr und Besteck angeordnet sind, als ob die Tafelgäste soeben erst die Flucht ergriffen hätten. Hybride Wesen,

halb Mensch, halb Maschine, unter bunten Tüchern. Ein gelangweilter Husar, der einem grünen Etwas gegenübersitzt.

5 000 sind es. Unverständliche. Fesselnde. Und gerade inmitten dieser grausamen Überfülle, dieser Rumpelkammer der Kunstgeschichte habe ich so allmählich zwei oder drei Dinge über das Erhabene und das Lächerliche zu begreifen begonnen. Das, was bleibt, und das, was man lieber vergißt. Was der Zeit trotzt, und was sich in weniger als einem Jahrzehnt überlebt.

An Lebenden übrigens gibt es hier nicht mehr als zwei. Véro und Nicolas, ganz verloren in einem großen, als Büro eingerichteten Saal, dort wo es zu den Lagerhallen geht. Seit Jahren verbringt Véro den größten Teil ihrer Zeit damit, ein Verzeichnis darüber anzulegen, was drin und vor allem was «draußen» ist, wie sie sagt: nämlich all die 55 000 so ziemlich über die gesamte Erdkugel verstreuten Werke. Theoretisch müßte alles in Registern inventarisiert sein, doch jedesmal, wenn sie eines aus der Zeit vor 1914 öffnet, zerfällt es zu Staub. Das Ministerium hat eine EDV-Abteilung eingerichtet, um das Ganze auf Computer zu bringen, doch einstweilen kommt man nicht um die Archive herum, und wie Véro sagt: «da gibt's Lücken». Für den Augenblick heißt der Computer Nicolas. Während zehn Jahren Arbeit ist er zum Gedächtnis des Depots geworden. Dessen Seele. Er kann einen Druck aus mehr als zehn Schritten Entfernung wiedererkennen und weiß, wo sich die 1934 gekaufte Büste von Victor Hugo befindet, nämlich im allgemeinen zwischen einer Bronze aus dem 19. Jahrhundert und einer kinetischen Plastik von 1955 versteckt. Was ich gleich an ihm gemocht habe, ist diese subtile Mischung aus Achtung vor dem Werkstoff und völliger Respektlosigkeit gegenüber dem Werk selbst.

Véro schenkt sich, mit dem Rücken zu mir, einen Kaffee ein.

«Wo ist der 53 gekaufte Matisse?» gebe ich von mir.

Sie schreckt hoch, sieht, daß ich es bin, und seufzt tief.

«In unserer Botschaft in Algier... Hast du mir eine Angst eingejagt!»

Sie lächelt, hört auf zu lächeln, fängt wieder an, aber anders.

«Geht's, Antoine?»

«Ja.»

«Wir haben gehört, was in der Galerie passiert ist, und... Willst du einen Kaffee?»

«Nein, danke. Ist Nicolas da?»

«Ja, er führt einen Typ durch die Säle, ein Präfekt, oder irgendwas in der Art... Der will die Eingangshalle seiner Präfektur ausschmücken. Er hat einen Dufy verlangt, kannst du dir das vorstellen? Dufy! Hier! Der wird mit einem Blumenkohlkopf in Gouache zurückfahren, das rieche ich von hier.»

An Blumenkohlköpfen in Gouache, wie sie sagt, gibt es nämlich einen ordentlichen Vorrat. Das war das Zeitgenössische der Zwanziger. Einfach unmöglich, die jemandem anzudrehen, nicht einmal dem kitschverliebtesten Zweiten Bürgermeister.

Ich sacke in einen Sessel neben ihrem von Papierkram übersäten Schreibtisch.

«Habt ihr kürzlich irgendwas Gutes reinbekommen?»

«Ach was... Die haben ziemlich witzige Graphiken gekauft und einen Satz von sieben Stahlkanistern, jeweils gefüllt mit zweihundert Litern Wasser aus einem der sieben Weltmeere. Und das stimmt sogar.»

«Wißt ihr denn, wohin damit?»

«Wir haben keinen Platz, du kennst die Rumpelkammer so gut wie ich. Erzähl mir mal lieber was von dir... Wirst du weiter in der Galerie arbeiten?»

«Sehen wir noch... Und bei dir? Geht's voran mit der Bestandsaufnahme?»

«Seit Jahren fordere ich eine Praktikantin an. Bis auf Nico und mich findet sich hier niemand zurecht. Wir beide sind, wie man so schön sagt, unentbehrlich in diesem Ozean des Chaos.»

Nicolas kommt schimpfend herein.

«Gehen die einem auf den Wecker... Der hat mich gefragt, ob ich einen Braque hätte... Ja, was denn sonst noch...?»

Er sieht mich und schimpft weiter.

«Ah, du bist auch hier!»

Mit den Jahren werden sich Véro und er immer ähnlicher. Sie lieben sich abgöttisch. Brüllen sich an. Und geben sich nicht mal das kleinste Küßchen, weder morgens noch abends. Sie lieben sich eben abgöttisch.

«Mit was ist er abgezogen, unser Präfekt?»

«Mit nix... Doch, einem Schnupfen. Und du, mein Freund, was willst du?»

«Ich wollte eine kleine Runde durch die Magazine drehen. Willst du für mich eine Führung machen?»

Ohne zu verstehen, folgt er mir in die Lagerhalle für die Skulpturen.

«Im Grunde bräuchte ich eine Auskunft. Na ja... eigentlich wär's schon eher eine in diesen Ozean des Chaos geworfene Flaschenpost. Und ich will lieber unter vier Augen mit dir darüber reden.»

Ich habe Vertrauen zu Véro, ziehe es aber vor, sie nicht in diese ganze Sache hineinzuziehen. Leicht besorgt sieht er mir zu, wie ich um eine Venus von Milo aus Styropor herumgehe.

«Dann leg los, sag schon, um was es geht... Ich mag keine Geheimniskrämerei.»

«Habt ihr hier im Depot schon mal Sachen von Morand gehabt, na ja, abgesehen von den Dingern der Retrospektive.»

«Ich kapier nicht.»

«Hat das Ministerium nie was von Morand gekauft, vor der Schenkung?»

«Nichts. Ich hab erst zum Zeitpunkt der Retrospektive von diesem Typ gehört, das ist alles.»

Damit hatte ich gerechnet. Wenn es was anderes von Morand gäbe, hätte die Coste sofort darüber gesprochen.

Ich hole meine Katalogseite hervor.

«Also, weißt du, ich hab mich nämlich gefragt, ob ihr hier nicht irgendwas habt, das diesem Teil ähnelt. Ich weiß, das erscheint vielleicht merkwürdig, aber ich hab den Eindruck, daß ein Bild von der Sorte hier rumliegt. Hier gibt's soviel Plunder, da kann man nie wissen.»

In dem Plunder gibt es beispielsweise eine gefährliche Skulptur, bei der man besser kein Stück von sich selbst herumliegen läßt.

«Von dem haben wir nie was dagehabt.»

«Ich weiß nicht, ob ich tatsächlich ein weiteres Bild von Morand suche. Ich hab es nur irgendwie mit dem gestohlenen Bild in Verbindung gebracht. Da besteht nur ein visueller Zusammenhang, vielleicht die Farbe, oder eine Bewegung.»

«Eine Bewegung?»

«Ja.»

«Willst du mich verarschen? Eine Bewegung? Bei dem Haufen, den ich hier hab? Das ist genauso, als würdest du zum Flohmarkt von Saint-Ouen gehen, um dort nachzufragen, ob die nicht zufällig eine Krakelüre gesehen hätten.»

Ich weiß, ein bißchen ist es schon so. Ich gehe die Sache noch einmal auf Umwegen an.

«Ja, aber bei dir ist das was anderes, du könntest ein Bild sogar anhand der Staubschichten datieren, du könntest den Vergilbungsgrad einer Litho bestimmen, du bist der einzige, der eine Skulptur von Caillavet von einem Stalagmiten unterscheiden kann.»

Er lächelt unwillkürlich.

«Jaja, und du bist der einzige, der soviel Blödsinn erzählen kann. Ich werd über deine Sache nachdenken. Hast du noch immer dieselbe Telefonnummer?»

«Ja. Und dann wollte ich euch noch sagen ... Diese Geschichte, die geht nur mich was an ... Damit will ich sagen ... das ist was Persönliches ... und je weniger darüber bekannt wird, desto besser wär's.»

«Brich dir keinen ab. Du willst nicht, daß ich darüber rede, stimmt's? Nicht mal mit Véro? Aber mein armer Junge, wen soll das denn deiner Meinung nach interessieren, dein gelber Scheiß ...?»

*

Das *Essai 30* und seine wachsende Turmspitze. Ich habe den Eindruck, diese Anstrengung mit ihr zu durchleben. Beim Auspacken habe ich es mir genauer angeschaut als die anderen, die zum Verzweifeln schwarzen, und dann bin ich zum nächsten übergegangen, ohne mir Zeit zu nehmen, und letzten Endes hat das Ganze bloß den staubigen und namenlosen Bestand meines Gedächtnisses anschwellen lassen. Das Depot in meinem Kopf. Meine nutzlose Sammlung. Ich hatte ja nicht die geringste Ahnung, doch jetzt weiß ich, daß die Turmspitze gerade erst im Entstehen ist, ich brauchte mich ihr nur ein wenig länger zu widmen. Und das berührt einen schon ganz merkwürdig, wenn man bedenkt, daß diese Spitze unaufhörlich weiter sprießt seit dem ersten Tag, an dem Morand sie mit ein paar Pinselstrichen erschaffen hat. Wieviel Arbeitszeit war nötig, um diese Spannung zu suggerieren? Sehr wenig, würde ich sage. Regelrecht hingespuckt. Aber vielleicht irre ich mich, mit den Augen eines Fachmanns, der die wirkliche Arbeit einschätzen kann, wüßte man, daß dies Wochen erfordert hat. Und gleichzeitig, jenseits all dieser Fragen, wehre ich mich gegen den Gedanken, daß ich achtlos an jeder Menge Dinge vorbeigegangen bin, daß ich ganze Stunden damit vergeudet habe, Arbeiten zur Geltung zu bringen, ohne auch nur zu ahnen, daß sie bereits eine solche hatten, einen immanenten und ureigenen Wert.

Ich zog es vor, mich auf das zu konzentrieren, was mein wahres Leben werden sollte, das nach achtzehn Uhr. Da beherrschte ich alles, die Arbeitsstunden und die hundert Mittel und Wege, den Punkt zu machen. Im allgemeinen gibt es davon bloß zwei oder drei, aber tausend Möglichkeiten, ihn zu vermasseln. Und zwischen jenen beiden liegt häufig die Wahl zwischen Schönheit und Technik, und da wählt man dann je nach Laune, nach Punktestand oder danach, ob Publikum anwesend ist. Und ich mochte die Hurras und Bravos recht gern.

Der Brief an die Eltern.

Wie soll man denen, die einem zwei davon gegeben haben, sagen, daß man nun eine Hand weniger hat? Den Blick meiner Mutter auf diese Zeilen will ich mir gar nicht vorstellen. Sie war beruhigt, als ich ihr mitgeteilt habe, ich hätte eine feste Stelle in der Galerie; es gefiel ihr nicht, wie ich mit ihrem älteren Bruder loszog, um mich in den Cafés herumzutreiben, in denen Billard gespielt wird. Meinem Vater war das egal, er war ständig in die großen Werke der Sprache vertieft, seine gesamte Laufbahn über hat er sich bemüht, seine Liebe zur Sprache mehr oder minder begeisterten Studenten zu vermitteln.

Diesen Brief, den würde ich gerne unter Vermeidung aller schwierigen Wörter schreiben. Am liebsten sogar ganz ohne Wörter. Das Wort «amputiert» kommt mir wie ein Dolchstich vor. Invalide, einhändig, glatt abgetrennt wie auch etliche andere sind tabu. Im Grunde müßte ich diesen Brief malen, wenn ich das Talent und das Werkzeug dazu besäße. Höchstens die Malerei ist imstande, Dinge auszudrücken, die man nicht in Worte fassen kann. Eine einzige Zeichnung könnte mir eine ganzes Liebeslied ersparen, das mit Sicherheit damit enden würde, sich selbst beim Lügen zuzuhören.

Ich müßte ein Bild ohne jede Konzession, ohne Hoffnung schaffen, mit grellen harten Farben, das die Beschädigung all dessen zeigt, was mich von nun an umgibt. Das Fehlen einer Perspektive. Nichts Optimistisches noch Bukolisches. Die innere Gewalt. Expressionismus.

«Ihr zwei Lieben,
ich werde von nun an kein Billard mehr spielen, und Mama, das dürfte Dich freuen, weil Du ja immer gesagt hast, daß man seinen Lebensunterhalt nicht in den Hinterzimmern von Cafés verdienen könne. Ich habe Lust, mich bei Euch über meine Hand auszuheulen. Du hast Paris mißtraut, Papa, du sagtest mir, das sei die Stadt der Unruhe. Heute nachmittag bin ich in ein Geschäft beim Place de la Bastille gegangen, um ein Hackbeil zu kaufen. Ein richtiges Fleischerhackbeil, ich habe das größte genommen, das noch in einer Tasche Platz findet. Im Augenblick weiß niemand, daß ich diesen Gegenstand in meinem Besitz habe. In der Hoffnung, daß meine blöde Hand mich nicht enttäuscht an dem Tag, an dem ich mich ihrer bedienen werde, seid von mir umarmt …

Es klopft an der Tür. Ich hebe die Nase von meiner Schreibmaschine hoch und lasse einen Moment verstreichen, bevor ich öffne.

Mit erhobener Faust war er gerade dabei, nochmals zu klopfen. Ich hätte mir denken können, daß Doktor Briançon früher oder später herkommen würde, um sich selbst davon zu überzeugen, wie verwirrt ich bin.

«Ähh … Bonsoir. Lassen Sie mich herein?»

Er hat meine Adresse aus der Akte im Hôpital Boucicaut.

«Wenn Sie wollen.»

Er schaut sich in meinem Unterschlupf um. Mit dem Blick des Psychologen? Dem Blick eines Gaffers? Ich weiß es nicht.

«Wollen Sie sich setzen?»

Ich schiebe ihm einen Stuhl zur Kochnische.

«Ich kann Ihnen nichts anbieten. Oder doch, ein Glas Wein, oder Kaffee.»

Er zögert etwas.

«Kaffee, aber ich kann ihn mir selbst machen, wenn Sie keine Lust haben ...»

«Nein, geht schon, allerdings will ich lieber Wein. Tauschen wir also, ich mach den Kaffee, und Sie öffnen die Flasche.»

Er lächelt. Als ob ich versucht hätte, guten Willen an den Tag zu legen. Da ist er aber auf dem Holzweg. Warum ich? Gibt sicher einen Haufen Typen, die weitaus benachteiligter oder zarter besaitet sind als ich. Ernährer der Familie, Kinder, halbseitig Gelähmte, Querschnittsgelähmte, Traumatisierte jeder Art. Warum gerade ich? Will er mit mir über Valenton reden?

«Ich mag Ihr Quartier. Als ich nach Paris kam, hab ich was in der Ecke hier gesucht, aber das Marais ist ja unerschwinglich.»

Ich antworte nichts. Und mag er noch so sehr der große Experte sein, der den Antworten zuzuhören versteht, so ist doch er es, der etwas will. Und ich werde auf keinen Fall die Debatte an seiner Stelle eröffnen. Behutsam schütte ich Kaffeepulver in den Filter und drücke auf den Knopf, wie ein richtiger kleiner Linkshänder.

«Haben Sie Billard gespielt?»

Was?

Ich drehe mich abrupt zu ihm um.

Er zeigt auf das Queue, das gegen mein Bett gelehnt auf dem Boden steht.

«Gehört es Ihnen? Ich kenne mich bei so was nicht aus, aber es ist wunderschön. Ist das Ahorn?»

Er hat sie gefunden, seine Eröffnung. Bevor ich antworte, atme ich einmal kräftig durch.

«Ahorn und Mahagoni.»

«So was dürfte eine Menge kosten, oder?»

Ich verstehe seine Methode nicht. Eine Mischung aus aufrichtigem Interesse und Provokation. Schon komisch, sobald ich aufhöre, aggressiv zu sein, wird er es.

«Ziemlich, ja. Aber das macht ja auch den Reiz vieler Kunstwerke aus. Schön und teuer.»

«Und unnötig.»

Im Bruchteil einer Sekunde habe ich mich gesehen, wie ich die Flasche packe und sie ihm auf der Stirn zertrümmere. Und er hat sie sich gerade geschnappt, um den Korkenzieher anzusetzen.

«Alles in allem bereue ich meine Wahl», sagt er, während er sich das Etikett anschaut. «Wenn ich gewußt hätte, daß Sie einen Margaux haben ...»

Ich schalte die Kaffeemaschine aus und hole ein weiteres Glas hervor. Er schenkt ein.

«Sie haben recht. Wenn man schon trinken will, kann man auch gleich den besten nehmen.»

«Hören Sie mal, Doktor, Sie reagieren wie ein Typ, der durch eine Wüste der Verbitterung muß. Machen wir's kurz?»

Schweigen.

«Gut, Sie haben recht, wir werden jetzt nicht stundenlang um den heißen Brei herumreden, meine Arbeit ist die Rehabilitation von psychomotorisch Behinderten, und in Ihrem Fall gibt es tausend Dinge zu tun, statt zuzulassen, daß Sie sich in Ihrem Schneckenhaus verkriechen. Einfache Dinge, die jedoch Arbeit erfordern. Falls Sie die nötige Anstrengung aufbringen, steht Ihnen alles offen, Sie könnten wieder normal leben, Sie würden Linkshänder werden.»

Schweigen. Ich lasse ihn zu Ende reden. Um so schneller ist er wieder draußen.

«Bei allen Behinderten gibt es Kompensationsphänomene, und Sie müssen Ihre Arbeit ganz auf die linke Hand konzentrieren, damit Sie so Ihre Fertigkeit vollkommen zurückerlangen können. Unbewußt haben wir alle dasselbe Körperschema, was auch erklärt, daß Sie sich in Ihren Träumen noch über Jahre hinweg unversehrt erleben werden und ...»

«Hauen Sie ab.»

«Nein, lassen Sie mich ausreden, Sie dürfen diese Gelegenheit nicht verstreichen lassen, je länger Sie warten, desto ...»

«Warum ich? Sagen Sie mir das doch, verdammt noch mal!»

Ich habe die Stimme gehoben. Wahrscheinlich wollte er das.

«Weil bei Ihnen etwas ist, das mich stutzig macht.»

«Ah ja ...»

«Ich spüre da ein stärkeres Trauma als bei den anderen Probanden. Eine gewisse ... Gewalt.»

«Und was genau?»

«Das weiß ich noch nicht.»

Nach einer Sekunde der Überraschung breche ich in Gelächter aus. Ein Lachen, das mir im Halse stecken bleibt.

«Allein Ihr Unfall, beispielsweise ... Die Hand unter einer Skulptur zu verlieren ...»

«Ein Arbeitsunfall wie jeder andere», erwidere ich.

«O nein, und das wissen Sie besser als ich. Sie sind der erste Fall dieser Art, der jemals im Boucicaut erfaßt wurde. Und dann Ihr Aufenthalt im Krankenhaus, Ihre unerwarteten Reaktionen, wie etwa an dem Tag, an dem die Fäden gezogen wurden. Ihr Gesicht hatte sich bereits verändert, was mich aber wirklich erstaunt hat, war Ihre Ruhe, Ihre beinahe heitere Gelassenheit. Man hätte meinen können, es wäre überhaupt nichts passiert, kein Schmerz, kein Stöhnen, während man Ihnen die Klammern herausholte, keine Spur von Abscheu, als Sie sahen, daß dieses Ding Ihr Stumpf werden sollte, keine Fragen zur Zukunft, keine Verzweiflung, keine Auflehnung. Nichts, nur ein erloschener Blick, eine Maske, eine sonderbare Fügsamkeit gegenüber allem, was man von Ihnen verlangte. Bis auf die Umschulung. Sie werden das sicher merkwürdig finden, doch Sie reagieren eher wie ein Schwerstverbrannter... Da ist so ein Streben nach Reglosigkeit, ich weiß nicht, wie ich es ausdrücken soll...»

Nichts antworten. Ihm nicht helfen.

«Zumindest einer Sache bin ich mir sicher: Sie empfinden den Verlust Ihrer Hand weitaus schmerzlicher als jeder andere Patient, den ich bisher behandelt habe. Und ich will wissen, warum. In Wirklichkeit ist das der Grund, warum ich heute abend hergekommen bin, um zu sehen, wo und wie Sie leben.»

Er steht auf, als hätte er den Ansturm von Haß, der in mir aufsteigt, gespürt.

«Nehmen Sie sich in acht, Antoine. Sie stehen an der Grenze zweier Welten... wie soll ich sagen... Auf einer Seite die Besatzung, und auf der anderen die freie Zone. Und im Moment zögern Sie...»

Genau wie ich es mir gedacht habe, ein echter Poet, ohne es selbst zu wissen... Das scheint jetzt der Schlußpunkt gewesen zu sein. Was könnte man dem noch hinzufügen?

«War's das?»

Er bejaht, wie wenn er die Situation beruhigen wollte. Als er auf die Tür zugeht, sehe ich genau, daß er meine Bude ein letztes Mal eingehend inspiziert. Wie ein Blödmann bemerke ich erst jetzt, daß ich das funkelnagelneue Hackbeil gut sichtbar auf seinem Packpapier habe herumliegen lassen. Es ist ihm nicht entgangen, ganz sicher nicht, das sieht man allein schon an der Art, wie er mir auf Wiedersehen sagt, wie er seinen Blick in meinen taucht.

Pech, was soll's.

Der Bart beginnt zu piksen. Länger als drei Tage ohne Rasur darf ich nicht warten, sonst... Bevor ich mich schlafen lege, schaue ich mir meine Clownskostümierung und meine unbestellte Visage im Spiegel an. Ich sehe mich als eines jener kleinen idiotischen Wesen, die immer von vorn posieren und so entsetzlich präsent sind, und die die Gemälde eines jungen Künstlers bevölkern, dessen Name mir immer entfällt.

*

Heute morgen habe ich mich halb wach auf mein Billardqueue gestürzt, um es zu berühren, dran herumzuschrauben, es anzusehen. Ich habe realisiert, daß ich noch nicht bei mir war und daß sich mir der Kopf drehte, weil ich zu schnell aufgestanden bin. Das Telefon hat geklingelt, und im Nebel des Halbschlafs habe ich Nicos Stimme erkannt, ohne allzuviel zu kapieren. Dann habe ich mich wieder auf mein Bett fallen lassen.

Zwei Stunden später kommt es mir vor, als hätte ich all das nur geträumt.

Im Taxi habe ich nicht mal das Wechselgeld abgewartet, um schnurstracks ins Büro zu flitzen. Véro hat wie immer ihren Kaffee in der Hand und schaut Nico zu, während der Stiche hinter Glas verpackt.

«Bist ja ein ganz Flinker», sagt er.

«Du aber auch», antworte ich.

Er zieht mich mit in die Säle. Ich frage mich, was Véro wohl von unserem Zirkus hält.

«Ich hab die ganze Nacht über deinen gelben Mist nachgegrübelt. Weil... Als du mir das Ding gezeigt hast... habe ich... Komm mit.»

Geistesblitze wie diesen, die verlangt man ihm dreimal die Woche ab. Meistens funkt es beim zweiten Frühstück oder in der 4-Uhr-Pause.

Im dritten Magazin, in dem die zusammengerollten Bilder, die ohne Rahmen, gelagert sind, kniet er sich erneut hin. Ich habe genau gespürt, wie er eine Sekunde gezögert hat, mich um Hilfe zu bitten.

«Es konnte nur eins von den gerollten sein, die anderen kenn ich. Und bei den gerollten steck ich nie die Nase rein, da muß ich nämlich immer niesen.»

Manche haben locker mehr als ein Jahrhundert auf dem Buckel, und jedesmal, wenn ich eins davon in die Hand nahm, mußte ich in einer Wolke von Staub husten. Jetzt kann ich besser nachvollziehen, warum Nico bis Juli gewartet hatte, um mich hier einen Anschein von Ordnung schaffen zu lassen.

«Ich hab mich an der Größe orientiert. Das von Morand und dieses hier sind beide acht *figurae* groß.»

«Ich kann nicht in Figuren rechnen.»

«46 Zentimeter auf 38 in der Breite.»

Ich sehe mir das am Boden liegende Bild an. Und der Schmerzstachel in meinem Bauch setzt mir schlagartig wieder zu.

«Na? Was sagst du dazu? Schöne Arbeit, was?»

Pirouette des Gedächtnisses.

Hypnose ...

Er wartet ängstlich auf meine Reaktion.

Helles Rot. In genau derselben Art und Weise behandelt wie das Gelb von *Essai 30*. Unter Umständen könnte ich sogar noch den genauen Zeitpunkt bestimmen, wann ich dieses Rot gesehen habe. Das war während meines ersten Aufenthalts hier, am Anfang konnte ich einfach nicht widerstehen, alles auseinanderzurollen, was ich in die Finger bekam, schon allein, um mich beim Anblick von diesem ganzen alten Plunder schiefzulachen. Der absurde Gedanke, auf ein vergessenes Meisterwerk zu stoßen, machte mir Spaß. Doch schon bald hatte sich Ali Babas Höhle in Brachland verwandelt. Ich erinnere mich noch gut an die Ratte, die aus einer der Rollen aufgetaucht war.

«Das sieht doch ähnlich aus, nicht?»

Ich kann meine Augen gar nicht davon lösen. Die Farbe ist zwar ein wenig rissig geworden, doch man erkennt in diesem Gemälde haargenau denselben Akademismus bei der Zeichnung des Motivs – diesmal keine Turmspitze, sondern das Kapitell einer Säule. Alles ist hier anders, sowohl das Motiv als auch die Farbe, und dennoch findet man dasselbe System, dieselbe Handschrift wieder. Nico knurrt kurz auf, als er sieht, wie ich es ohne Skrupel zerknittere. Auf der Rückseite der Leinwand steht eine Beschriftung. Beinahe ohne Verwunderung lese ich: *«Essai 8»*.

Beide bleiben wir wie benommen in einem staubigen Lichtkegel niedergekauert.

«Und das da, hast du das gesehen?» fragt er.

«Na, klar, ist das achte der Serie.»

«Aber nein, das da unten. Auf der anderen Seite.»

In winzigen Buchstaben steht ganz unten links auf der Leinwand eine weitere Inschrift, die uns bislang entgangen war. An dieser Stelle da könnte es sich um die Signatur handeln.

«*Les Objec …*»

«Und was ist das? Ein *t* vielleicht?»

«*Les Objec … tifs*, oder? Sieht so aus …»

Ich glaube, daß ich die ganze Signatur entziffert habe. Das, was dort geschrieben steht – aber handelt es sich tatsächlich nur um eine Signatur?

«*Les Objectivistes.*»

«Ja!» ruft Nico. «*Objectivistes.* Aber was ist das …?»

Vor allem muß man erst mal klären, wie dieses Bild hier gelandet ist. Ich setze mich auf den Boden, mit dem

Rücken gegen die Metallstütze eines Magazinregals gelehnt. Und dann atmete ich einmal tief durch.

«Ist das ein Ankauf?» erkundige ich mich.

«Aber klar doch, was könnt's denn sonst sein? 1100225, da steht sogar die Inventarnummer drauf», sagt er, während er das Etikett liest, das am Ende eines Gummibands baumelt.

Ich schließe für einen Moment die Augen. Nur so lange, bis ich mich wieder gefaßt habe, um neue Fragen zu stellen.

«Gut, Nico, könntest du mir, nur so in groben Zügen, sagen, was man an Informationen über ein Teil, das hier herumliegt, bekommen kann.»

«Pah ... das hängt davon ab, wann genau es gekauft worden ist. In diesem speziellen Fall kann ich dir sofort sagen, was auf dem Schildchen steht. Titel des Werks: *Essai 8*, Name des Künstlers: *Les Objectivistes*. Größe, Art, Datum: 1964. Wenn ich in den Registern anhand der Inventarnummer nachforsche, könnte ich dir vielleicht noch weitere Details nennen.»

Ich öffne die Augen noch immer nicht.

«Bist du zufrieden, Antoine?»

Er ist stolz auf seinen Fund. Ich hingegen, ich empfinde etwas ganz Sonderbares. Etwas wie einen Ausgangspunkt.

Noch kann ich zurück.

«Ja, ich bin zufrieden ... Ich bin zufrieden.»

Ich verspüre das Bedürfnis, hinauszugehen, bloß für einen Augenblick, um wieder an die frische Luft zu kommen, und vor allem, um mir eine Polaroidkamera anzuschaffen, damit ich den Beweis, nicht vollkommen auf dem Holzweg zu sein, mit mir herumtragen kann.

Eine Stunde später steckt das Foto in meiner Tasche. Nico scheint diese Art von Vorsichtsmaßnahmen nicht wirklich zu schätzen.

«Gut, sehr gut, jetzt können wir endlich mal Klartext reden. Véro und ich sind verantwortlich für das Depot, wir müssen alles wissen, und vor allem müssen wir über alles, was hier vor sich geht, Rechenschaft ablegen. Und offen gestanden ... wir möchten keine Scherereien. Ist nicht einfach, das zu sagen, aber kurz und gut, du machst dein Foto, holst dir die Informationen, die du haben willst, heute und basta, ich roll das Bild wieder zusammen, tue es dorthin zurück, wo ich es her habe, und ich halte die Klappe. Und wenn jetzt wer auch immer von mir verlangt, ich soll ihm das Werk 110 0225 wiederfinden, dann hol ich ihm das noch in derselben Minute hervor. Okay? Ich will gar nicht wissen, was los ist, warum du das alles suchst und was du damit vorhast. Ich weiß sehr wohl, daß ... daß du übel was abbekommen hast, dort drüben ... Aber das geht mich nichts an. Ich will Véro nicht beunruhigen. Wenn du das nächste Mal ins Depot kommst, dann nur, um uns mal kurz guten Tag zu sagen, und sonst nichts. Kapiert?»

Ein Ausgangspunkt. Nico hat es mir soeben bestätigt.

«Kapiert.»

*

Die zeituhrgesteuerte Treppenbeleuchtung ist gerade zwischen zwei Stockwerken ausgegangen, und das bringt mich aus dem Gleichgewicht. Ich klammere mich so gut ich kann ans Geländer und klettere in Zeitlupe und nach vorn gebeugt, den linken Arm quer vor der Brust, weiter hoch. Schlüsselgeräusche, das Licht geht wieder an, mein Etagennachbar kommt herunter.

«Soll ich Ihnen helfen?»

«Nein.»

«Falls Sie was auch immer brauchen, können Sie jederzeit bei uns klopfen, Monsieur Andrieux.»

«Danke.»

Ich habe so eine garstige Art, «danke» zu sagen, klingt wie «scheiß drauf». Das muß ich beobachten. Ich will nämlich nicht, daß der Quacksalber recht behält. Ich habe nichts gegen diejenigen, die nichts dafür können.

Werkdatierung und Erwerbsdatum fallen zusammen: 1964. Damit verbinde ich gar nichts, bis auf Morands Aufbruch in die Vereinigten Staaten. Im Verzeichnis des betreffenden Jahrs hat Nico nichts weiter gefunden, außer daß der Kauf im September stattfand. In welchem Monat verließ Morand französischen Boden? Als Name des Künstlers wurde lediglich *«Les Objectivistes»* festgehalten. Nico hat mir erklärt, man würde nicht immer den wahren Namen finden, sofern der Künstler darauf bestehe, unter einem Pseudonym zu signieren. Im gegebenen Fall dürfte es sich um eine Gruppe handeln, ohne daß die Anzahl der Mitglieder zu bestimmen sei. Was aber auch nicht sicher ist, vielleicht handelt es dabei um eine reine Erfindung des Malers. Bei denen muß man in jeder Hinsicht auf der Hut sein! Der Name Morand taucht nirgendwo auf. Ich weiß nicht, ob er selbst Mitglied dieser «Objektivisten» hat sein können oder ob er ganz einfach eines ihrer Themen aufgegriffen oder nur eine Hommage auf sie beabsichtigt hat. Oder ob er diese Gruppe ganz einfach erfunden hat. Bei der zeitgenössischen Kunst muß man schwer aufpassen. Nach allem, was ich zu der Frage gelesen habe, finden sich wohl alle erdenklichen Möglichkeiten: Typen, die ihre Arbeiten niemals signieren; solche, die für andere signieren; Gruppen, die sich dadurch bekannt machen, daß sie anonym zu bleiben versuchen. Da weiß man wirklich nicht, wo das Glaubensbekenntnis endet und wo der Werbegag anfängt. Ich habe mir die Seiten nochmals durchgelesen, in denen es gerade um Gruppen geht, diesmal unter einem anderen Blickwinkel – keine triste Angelegenheit. So um das Jahr 66 oder 67 tauchen allmählich die ersten auf, mit absonderlichen Namen: *Malassis*, *Supports-Surfaces*, *BMPT*, *Présence Panchounette*. Doch nie werden diese *«Objecti-*

vistes» erwähnt, und das wundert mich nur zum Teil: Wären die allgemein bekannte oder auch nur zweitrangige Gestalten gewesen, so hätte die Coste das sofort erwähnt, sie hätte den Zusammenhang zu Morand hergestellt. Aber nein, man weiß nichts über sein Leben von dem Zeitpunkt an, wo er die Kunsthochschule *École des Beaux-Arts* verläßt, bis zu seinem Aufbruch in die Vereinigten Staaten. Und dennoch, der Staat hat diesen «Objektivisten» ein Bild abgekauft!

Wieviel Zeit ist zwischen *Essai 8* und *Essai 30* verstrichen? 22 Tage, 22 Jahre, oder einfach nur 22 «Versuche»? Jeder in einer anderen Farbe, jeweils mit einem neuen Motiv, vielleicht einer von Orange umspülten Treppe, vielleicht ein Türgriff, festgehalten in einer weißen Lache. Ich für mein Teil hätte ein Billardqueue auf grünem Grund, mit zwei weißen Tupfern, gemalt. Aber ich bin ja kein Künstler. Niemand hat mich nach meiner Meinung gefragt. Trotzdem hätte ich das viel schillernder gefunden als alles übrige. Das schwierigste dabei wäre gewesen, die Bewegung zu schaffen, und so was läßt sich nicht improvisieren.

4

Touristen geraten in Verzückung über die bunten Röhren und die sichtbaren Stahlkonstruktionen des Centre Beaubourg. Ich aber, ich schaue mir Paris an, als ich aus der Bibliothek im zweiten Stock trete. Dieselben Touristen sind glücklich, die in der Nähe liegende Notre-Dame ausfindig zu machen. Morgen werden sie von dort drüben das Beaubourg ausmachen, mit derselben Freude. Bei all dem Erklettern irgendwelcher Bastionen werden sie vielleicht irgendwann einen «Standpunkt» finden. In der Bibliothek, im Bereich «Zeitgenössische Kunst», habe ich noch weitere Werke durchgeblättert, doch meiner Nachforschung mangelte es an Eifer, verglichen mit den Studenten, die, um den Tisch gedrängt, süchtig nach «Anmerkungen» sind. Die Objektivisten haben die Geschichte ohne Anekdote für die Nachwelt, ohne das winzigste Notabene durchwandert. Langsam glaube ich, daß sie gar nicht existierten, und daß das Bild im Depot bloß eine Fopperei von Studenten der *Beaux-Arts*, vielleicht von Morand höchstpersönlich ist. Die ganze Sache könnte so abgelaufen sein: Morand bringt in seiner Kunsthochschule am Quai Malaquais sechs Jahre damit zu, sein Handwerk zu erlernen. Um seine Spuren zu verwischen, denkt er sich eine Gruppe und ein Konzept aus, einfach so, um die Autoritäten auf dem Gebiet zu beeindrucken, malt dann ein *Essai*, und die Sache klappt, er blufft alle Welt, man kauft ihm ein Bild ab, das er mit «Les Objectivistes» signiert. Anschließend geht er nach New York, weil man in Paris von Soho träumt. Er vergißt Frankreich für zwanzig Jahre, kehrt dann aber wieder zu seinen Wurzeln zurück, in die Bourgogne, wo er sich mit einem Schweißbrenner zerstreut. Am Ende seines Weges malt er noch einmal ein *Essai*, eine Erinnerung an jene Epoche, in der noch alles vor ihm lag. So könnte das Leben Étienne Morands gewesen sein, des neugierigen, exilierten Künstlers, der sich erinnert.

Ich habe auch nach den Büchern eines gewissen Robert Chemin gesucht, seinerzeit *Inspecteur de la création artistique,* eine Art Kunstrat, und inzwischen im Ruhestand. Ich fand seine *Chroniken einer spontanen Generation*, die ich vor unserem Treffen quergelesen habe, nur so, um etwas von mir geben zu können. Der ehemalige Kunstrat hat mich zu sich nach Hause bestellt, für halb eins. Und deutlich auf Pünktlichkeit bestanden, indem er hinzufügte: «Die Leute, die den ganzen Tag nichts zu tun haben, verspäten sich am meisten». Seinen Namen habe ich durch Liliane bekommen, die mir seit ein paar Wochen nichts abschlagen kann. Sie hat für mich die vollständige Liste sämtlicher Kunsträte aufgestöbert, die im Staatlichen Erwerbsausschuß des Jahres 64 abstimmten. Von den zwölf Mitgliedern der Jury arbeiten noch sechs im Ministerium, die anderen sind pensioniert, und gerade von denen brauchte ich einen, um eine direkte Tuchfühlung mit offiziellen Kanälen möglichst zu meiden. Niemand darf erfahren, daß ich im Bereich französischer Kulturbesitz herumstöbere. Man weiß ja nie. Delmas könnte sich über soviel Eigeninitiative seine Gedanken machen.

Während ich die Rolltreppen runterfahre, erinnere ich mich an das Medienspektakel bei der feierlichen Eröffnung des Centre Pompidou. Dafür oder dagegen? Neubeginn oder Skandal? Niemand konnte sich dieser Frage entziehen. Die Lastenträger der Pariser *Hallen* haben sich damals angesichts einer derart beklemmenden Frage doch lieber schleunigst nach Rungis verzogen. Auch ich selbst habe mich wie alle gesputet, mir eine Meinung zu bilden. Die ich inzwischen vergessen habe.

11 Uhr 20. Chemin wohnt in der Rue Saint-Merri, zwei Schritte von hier. Ich habe also noch Zeit, mich ein bißchen im Musée National d'Art Moderne herumzutreiben – zum allerersten Mal seit meiner Ankunft in Paris. Ich habe die Wahl zwischen der ständigen Ausstellung, im vierten, und der Retrospektive «Narrative Figuration» im Zwischengeschoß. Im Parterre entdecke ich hinter einem Schild «Expo im Aufbau» – zwei fröhliche Aufbauer, die mit einem Bild herumhantieren und versuchen, unten von oben zu unterscheiden.

Klassisch ...

Aus Neugier habe ich mich ihnen genähert. Der ältere meinte zu seinem Kumpel: «Um mir den Schinken aufs Brot zu verdienen, muß ich welche aufhängen!»

Das hat mich an schöne Stunden erinnert.

Während ich die Treppen hinaufsteige, fingere ich ein bißchen an meinem rechten Ärmel herum und stecke ihn in die Jackentasche. Und zwar nur, um nicht für das gehalten zu werden, was ich bin: ein Einhändiger – womit ich riskiere, für etwas gehalten zu werden, das ich nicht bin: ein Flegel. Erst spät habe ich begriffen, daß meine Behinderung die beste Visitenkarte ist, die ich im Gedächtnis der Leute hinterlassen kann, ein besonderes Merkmal allerersten Ranges. Ganz zu schweigen von meiner Visage, die schon in meinen Augen beängstigend ist, oder auch von meiner allgemeinen Erscheinung eines Lumpensammlers, der drei Viertel seines Körpergewichts verloren hat. All das tendiert dazu, mich unvergeßlich zu machen.

In einer beinahe simultanen Bewegung klingele ich und beuge die Knie, um mich am linken Fußknöchel zu packen. Die Tür geht auf, ich hebe den Blick, er steht da, erstaunt darüber, den seinen senken zu müssen.

«Auf dem Weg nach oben habe ich mir den Fuß etwas verknackst… ist aber nicht schlimm…» erkläre ich, während ich mir den Knöchel massiere.

«Äh… Kommen Sie rein, setzen Sie sich… Soll ich Ihnen helfen…?»

«Nein, nein, wird schon gehen, ich habe nur einen Schreck bekommen, das ist alles.»

Der Eingangsbereich ist eine Art Salon, wie ein Warteraum, mit einem Kanapee und im Kreis angeordneten Sesseln in Altrosa. Ich humpele leicht auf einen davon zu und nehme darin Platz, ohne meine Jacke auszuziehen.

«O diese Treppen… Die sind fürchterlich! Und ich habe wirklich keine Lust mehr, mich mit meinen armen alten Beinen auf ihnen abzuquälen», sagt er. «Sehen Sie sich beim Hinuntergehen ja vor.»

Der Raum ist mächtig geheizt, beinahe zum Ersticken. Ich sehe einen Sekretär in einer Ecke, mit drei Gebißabdrücken aus Gips darauf, die als Briefbeschwerer dienen. Einen niedrigen Tisch, überhäuft mit Magazinen wie *National Geographic* und *Geo,* es liegen sogar welche aufgeschlagen, umgedreht, weit geöffnet auf dem Boden. An einer Korkwand mit Reißzwecken angeheftete Zeitungsausschnitte, Fotos von Reportagen, ich bin zu weit davon entfernt, um sehen zu können, worum es sich handelt.

Er setzt sich mir gegenüber, auf das Kanapee. Wie von ungefähr schlage ich das linke Bein über das rechte Knie, und dies verschafft mir das Gefühl, meine schlimme Seite zu kaschieren.

«Ich danke Ihnen, daß Sie mich empfangen, das ist wirklich sehr nett von Ihnen…»

Ich warte eine Sekunde auf ein «ich bitte Sie», das jedoch nicht kommt.

«Und ... Nun ja, also... ich habe kürzlich Ihre *Chroniken einer spontanen Generation* gelesen, und zur weiteren Vertiefung hätte ich gerne gewußt, ob diese Gruppen, die sich in den Sechziger Jahren formiert haben, tatsächlich ...»

Er fällt mir prompt ins Wort.

«Haben Sie sie gelesen?»

«Die *Chroniken?* Ja.»

«Sind Sie Student?»

«Ja.»

«Machen Sie sich keine Notizen?»

Ich spüre, daß mein Besuch kürzer als vorgesehen werden wird.

«Ich interessiere mich für diese Gruppen, ich möchte meine Dissertation auf das Jahrzehnt der Sechziger ausrichten, vor allem unter dem Aspekt des Aufkommens disparater und zorniger Gruppen, derjenigen, die auf ihre Weise 68 ankündigen. Sie haben ein Buch darüber geschrieben, ich wollte Sie bitten, mir mehr darüber zu erzählen, und ich habe ein ausgezeichnetes Gedächtnis, ganz einfach.»

Schweigen.

«Ja ... Ich sehe schon ... Disparat und zornig, sagen Sie ... Gruppen wie die ‹*Attentistes*›, im Jahre 63, oder eher die ‹*Bleu-vert*›, die ein wenig später kamen.»

«Zum Beispiel.»

Schweigen.

«Wollen Sie mich auf den Arm nehmen? Sie bringen Rock'n'Roll und moderne Kunst durcheinander ... Diese beiden Gruppen haben nie existiert. Wer sind Sie?»

«...»

Mir ist fast so, als hätte ich bereits die Flucht ergriffen. Meine Blicke bleiben einen Moment auf dem Stapel *National Geographic* heften, schweifen dann über die Wände. Stehe ich auf? Bleibe ich hier? Früher wäre ich hinausgegangen und hätte dabei betreten auf meine Füße gestarrt. Heute jedoch ...

«Also?»

Plötzlich fallen mir gewisse dramatische Partien in der Académie wieder ein. Jene schwarzen Viertelstunden, in denen man wie festgenagelt auf seinem Sitz hocken bleibt, während es dem Gegner gelingt, tiefe Stille zu erzwingen, und in dem Augenblick dann, wo er geruht, einem die Platte zu überlassen, steht man auf, um etwas ganz Hässliches zu machen, und tritt dem Gegner den Tisch augenblicklich wieder ab.

«Gut, zugegeben, ich bin kein Student, außerdem ist mir die moderne Kunst scheißegal. Für mich sind Sie nicht der Autor jener Chroniken, Sie sind ein ehemaliger *Inspecteur de la création artistique*, und Sie hatten einen Sitz im Erwerbsausschuß von 64. Ich habe die ganze Sache schlecht angepackt, ich wollte Sie erst eine Weile über ein paar Allgemeinheiten plaudern lassen und Sie dann ganz allmählich, wie nebenbei, auf den Erwerbsausschuß bringen, um Ihnen anschließend Informationen über ein oder zwei ganz bestimmte Dinge zu entlocken, die mich wirklich interessieren. Alles übrige ist mir völlig egal.»

«Und was interessiert Sie nun wirklich?»

Diesen gekonnten Wechsel zwischen Augenblicken des Schweigens und schlagfertigem Einhaken, den würde ich auch gerne können. Die Diskussionen damals dürften hart zur Sache gegangen sein.

«Eine Gruppe, ‹Les Objectivistes›, die haben damals ein Bild angeboten, das dem hier ähnelt.»

Statt mich damit abzumühen, es ihm zu beschreiben, zeige ich ihm das Polaroid. Was mir eine wenig anmutige Verrenkung der gesamten linken Seite einbrockt. Er streckt die Hand zum Sekretär aus, um nach seiner Brille zu greifen, und bedient sich ihrer über dem Foto wie einer Lupe. Er bleibt eine ganze Weile regungslos, mit zusammengekniffenen Augen darüber gebeugt. Mein Blick entflieht erneut, darüber vergesse ich fast meine Anwesenheit hier, meine altmodischen Lügen, meinen schlecht hinterm Rükken versteckten Arm, und ich entdecke in einiger Entfernung, im Spalt der Tür zum angrenzenden Zimmer, ein kleines Gemälde an der Wand. Nicht größer als ein Seestück, nicht sehr farbenreich, doch in der Dunkelheit ist es mir unmöglich, die Zeichnung zu erkennen.

«Woher haben Sie das?»

Statt ihm zu antworten, halte ich ihm die Reproduktion des *Essai 30* hin, damit er es vergleichen kann. Er braucht nicht mehr als eine Minute.

«Daran besteht kein Zweifel, es ist derselbe Künstler, oder aber man hat sich von ihm hochgradig inspirieren lassen. Und das da, woher haben Sie das? Antworten Sie mir doch wenigstens einmal, das würde mir helfen ... »

«Aus einem Katalog über Étienne Morand. Ich will bloß wissen, ob er zu den Objektivisten gehörte. Erinnert Sie das Foto an irgend etwas oder nicht?»

Die kreisende Bewegung seiner Hand kann alles mögliche bedeuten.

«Ein merkwürdiges Gefühl ... dies heute wiederzusehen. Es ist mehr als eine Erinnerung. ‹Les Objectivistes›, sagen Sie ...? Einen so dämlichen Namen habe ich natürlich schnell wieder vergessen. Doch an das hier, diese Stück, das Rote, an das erinnere ich mich bestens.»

Ich weiß nicht, ob mich das beruhigt.

«Wir waren mißtrauisch gegenüber diesen jungen Wilden, diesen Ikonenverbrennern. Die wären imstande gewesen, sämtliche Werte umzustoßen, und vor allem die Legitimationsinstanzen, wie man zu der Zeit sagte. Das waren wir, der Minister, die Kritiker, die Händler. So wie ich es in meinen ‹Chroniken› eben erläutere, falls Sie die gelesen haben. Als dann jedoch dieses Bild bei unserem Ausschuß eintraf, waren wir alle ein wenig ... beunruhigt.»

«Beunruhigt?»

Er scheint weit weg. In den Abgrund des Erinnerns gestürzt.

«Nun ja … Das berührt mich eigenartig … Ja, beunruhigt … Da war nun etwas Starkes, etwas Spontanes. Da war eine Energie. Ich wüßte nicht, wie ich es anders nennen könnte. Ich habe mindestens achtzig Prozent aller Sachen vergessen, die man uns damals anbot, aber dieses Gemälde nicht! Im allgemeinen fanden unsere Beratungen kein Ende, aber genau an diesem Tag hat keiner von uns diese Kraft, diese Dringlichkeit, die wir vor Augen hatten, abzustreiten versucht. Wir haben einhellig dafür gestimmt.»

«Und die Maler? Haben Sie die kennengelernt?»

«Nein, und zwar aus gutem Grund. Zwei aus unserem Ausschuß haben sofort versucht, sie zu kontaktieren, ihr Atelier zu besichtigen, ihr System und ihre Vorgehensweise zu verstehen. Wir waren sicher, daß sie noch sehr jung sein mußten und sicherlich Förderung brauchten. Wir waren bereit, etwas für sie zu tun, das war ja unsere Aufgabe, letzten Endes. Doch sie wollten davon nichts wissen.»

Er verschnauft kurz, um wieder zu Atem zu kommen. Sofern es nicht ein langer Seufzer ist.

«Sind Sie ihnen denn begegnet? Gehörte Morand dazu?»

«Ich sagte es Ihnen doch gerade, nein! Und der Morand, von dem Sie sprechen, ist ja selbst heutzutage kaum bekannt, also versetzen Sie sich in jene Zeit. Dafür hatten wir allerdings schon von ihnen gehört, noch ehe sie uns ihr Bild präsentierten. Drei Monate zuvor hatten sie eine … Performance … eine Intervention beim ‹Salon der Jungen Malerei› veranstaltet. Ich war nicht dort und das bedauere ich. Die sind am Abend der Vernissage des Salons, zu der sie überhaupt nicht eingeladen waren, hereingeplatzt, haben ihre Bilder aufgehängt, wo es ihnen gerade paßte, und absolut beleidigende Traktate über das Umfeld der bildenden Kunst verteilt, und dabei blieb niemand verschont. Nachdem sie sämtliche Anwesenden reichlich beschimpft hatten, haben sie ihre Bilder genommen und sind abgezogen. Und, unter uns gesagt, derartige aufsehenerregende Eklats sind in der Folge ja beinahe ein fester Brauch geworden, doch diese Gruppe hat sozusagen den Präzedenzfall geschaffen. Ihr Name war folglich am Tag unserer Ausschußsitzung nicht gänzlich unbekannt. Wir waren sogar relativ irritiert, als wir erfuhren, daß sie sich bewerben wollten. Beunruhigt, ja, das ist wohl das richtige Wort. Die große Mode damals war ‹L'Art pour l'Art› und die Verweigerung des Star-Systems, der Spekulation mit den Marktwerten der Künstler. Na ja, Sie sehen, all diese einschlägigen Figuren, die man einige Jahre später wieder antreffen sollte. Nur waren wir damals erst im Jahr 64.»

«Eben ... Finden Sie es nicht ein wenig merkwürdig, daß diese idealistischen Rebellen sich so dagegen gesperrt haben, vom Kunsthandel vereinnahmt zu werden, aber gleichzeitig dem Staat eines ihrer Bild anboten?»

«Doch.»

Ich warte auf etwas mehr Aufklärung, was er zweifellos nicht gerne macht. Er bewegte die Hände, so als wolle er «jaja, ich weiß, aber ... was wollen Sie da machen ... das gehört zu den furchtbaren Widersprüchen in der Kunst» sagen.

«Dafür gibt es doch sicher einen Grund, nicht wahr?»

Es scheint ihn nervös zu machen, mir nicht antworten zu können, er gestikuliert weiter, redet leise vor sich hin, doch nichts Verständliches, ich wiederhole abermals meine Frage, in denselben Worten. Und erst da habe ich gespürt, daß ich zu weit gegangen bin.

«Und ich, mein junger Freund, ich würde gerne wissen, weshalb Sie nur mit einer Hinterbacke auf dem Sesselrand hocken und dabei ihr ganzes Gewicht auf dem Knöchel aufstützen, der Ihnen eben noch weh getan hat.»

Ich habe nicht nachgedacht, ich hatte keine Zeit zu zögern, und ohne daß ich weiß, wieso, ist mein Arm ganz von alleine losgeschnellt. Wie ein Klappmesser. Der Stumpf entblößt, ihm direkt unter die Nase.

Er bemüht sich, keinerlei Überraschung zu zeigen.

«Das ist ja schlimmer, als ich gedacht habe», sagt er gezwungen.

Er steht auf.

«Es wäre wohl an der Zeit zu gehen, glauben Sie nicht?»

Ja, glaube ich auch. Ohne Zweifel habe ich den Bogen überspannt. Im Aufstehen verstaue ich meinen Stumpf in der Tasche. Und dennoch, irgend etwas macht mich stutzig.

«Nur einen Augenblick noch, für eine letzte Frage. Eben haben Sie doch sehr schnell erkannt, daß ich nur dummes Zeug redete, und trotzdem haben Sie nicht gezögert, in Ihren Erinnerungen zu kramen. Ich würde gerne wissen, weshalb.»

Er bedenkt mich mit einem Grinsen, einem nicht allzu höhnischen.

«Das, mein junger Freund, ist ganz einfach. Ich habe Ihnen mit einem gewissen Vergnügen geantwortet, sobald Sie mir offen gestanden hatten, daß Sie die zeitgenössische Kunst einen Dreck interessieren würde. Denn sehen Sie, allem Anschein zum Trotz wird die zeitgenössische Kunst Sie niemals so wenig interessieren wie mich. Und es tut gut, von Zeit zu Zeit, das sagen zu können.»

«Versteh ich nicht.»

«Ich habe dreißig Jahre meines Lebens damit zugebracht, über zusehends karger… minimalistischer… fast unsichtbar werdende Werke zu schwadronieren. Das ging soweit, daß ich sie förmlich verschwinden sah. Dabei hatte ich völlig den Überblick verloren. Ich wußte nicht mehr, wen verteidigen und warum, der schlichte Akt, Farbe auf eine Leinwand zu bringen, wurde zunehmend suspekt, man redete nur noch vom Konzept. Und schließlich ging auch noch die Emotion verloren. Eines schönen Tages fand ich es nicht mehr fesselnd, nach einer Kunst Ausschau zu halten, die vor allem ihre eigene Geschichte zu schaffen sucht. Zur Zeit malen die Maler nicht mehr, die Maler komponieren, sie konzeptualisieren, sie versichern, man könne nicht mehr malen, sie stellen alltägliche Gebrauchsgegenstände auf Sockel und rufen dabei lauthals das Ende aller künstlerischen Hierarchien aus, sie untermauern den Tod der Kunst theoretisch. Sie warten ganz einfach darauf, daß irgend etwas geschieht. Und auch ich habe lange Zeit mit ihnen auf denjenigen gewartet, der den Weg öffnen würde. Ihre Objektivisten beispielsweise hatten sicherlich etwas zu sagen, trotz eines derart absurden Namens, doch sie sind ebenso schnell wieder verschwunden, wie sie sich manifestiert hatten. Ich jedenfalls habe die Geduld verloren, und in Zukunft interessiert mich das einen Dreck. Genau wie Sie.»

«Interessiert Sie denn nichts mehr?»

«Ach, wissen Sie, ich habe meine Zähne verloren, ich habe Zeit verloren, ich kenne die Welt und ihre Landschaften überhaupt nicht. Und gerade das ist wichtig, die Landschaften, die Erde, die Materie. Ich bin noch nie durch etwas Schönes spaziert, ich habe mir noch nie die Zeit genommen, inmitten von Farben herumzuschlendern. Oder aber ich bin achtlos an allem vorbeigegangen. Ich habe am falschen Ende begonnen. Bei Camaieu statt beim Chlorophyll.»

«Bereuen Sie es?»

«Nicht wirklich. Wissen Sie, beim Durchblättern einer Reportage über Venedig habe ich Turner viel besser verstanden. Ich hätte dorthin reisen sollen, als meine Beine noch die Kraft dazu hatten. Kein einziger Maler, ja nicht mal Van Gogh, hat es tatsächlich geschafft, ein so durchdringendes Gelb wie das der Rapsfelder in der Haute Provence wiederzuerschaffen. Und auch dort war ich noch nie.»

Er begleitete mich bis zur Tür.

«Das behaupten Sie jetzt, doch ... Ich weiß nicht, wie ich es sagen soll ... Im Raum nebenan habe ich ein Bild an der Wand gesehen. Wenn Sie wirklich nichts mehr interessiert, so bleiben doch diese paar Quadratzentimeter Malerei, die noch lohnen, angeschaut zu werden.»

Er grinst spöttisch, während er die Tür öffnet, und schubst mich hinaus. Bevor er sie wieder schließt, grinst er noch einmal.

«Was Sie gesehen haben, ist herrlich, es ist das Portrait meiner Mutter, angefertigt von meinem Bruder. Und es ist ein unschätzbares Bild. Aber unter uns, er hat gut daran getan, seine Laufbahn damit bewenden zu lassen.»

*

Unten angelangt, bin ich zur Métro gestürmt, als wäre höchste Eile geboten, und habe den Rest des Nachmittags im *Bureau des Archives de la Biennale de Paris* verbracht. Eine weitere Bibliothek für zeitgenössische Kunst, untergebracht in einem der Bögen des Grand Palais. Dort habe ich alles über das Jahr 64 gefunden, insbesondere die Pressemappe zu dem «14. Salon der jungen Malerei». In einem der Artikel war tatsächlich der Namen der Objektivisten erwähnt. Ich habe einen Anflug von Nervosität nicht unterdrücken können, der mich daran hinderte, mich auf eine ernste Frage zu konzentrieren: das Material stehlen oder vervielfältigen? Zunächst habe ich vor dem Kopierer etwas geschwankt, dann vor der Bibliothekarin. Sie hat mich kaum angesehen und absolut nicht bemerkt, daß ich einhändig bin. Schließlich habe ich abgewartet, bis mein Tischnachbar gegangen war, um dann alles, was ich brauchte, in den Mülleimer meiner linken Jackentasche zu stopfen.

Punkt 19 Uhr unternehme ich einen neuen Versuch auf der Schreibmaschine. Ich habe das Gefühl, Rückschritte zu machen, ich brauche eine wahnsinnige Zeit, bis das Papier schön gerade im Schlitten steckt, doch in Wirklichkeit ist es vor allem meine Nervosität, die mich soviel Zeit kostet. Mir fehlt es einfach an Geduld. Ausgerechnet diesen Moment hat sich mein Vater ausgesucht, um anzurufen und mir mein langes Schweigen vorzuhalten. Ich habe ihm nichts Besonderes erzählt und mich gleichzeitig bemüht, so wenig wie möglich zu lügen. Jedenfalls hat mich dieser Anruf bewogen, einen neuen Brief zu beginnen, in der Hoffnung, endlich einen Schlußpunkt darunter setzen zu können, bevor sich die beiden wirklich beunruhigen. Ich habe ein wenig Angst, daß sie eines Tages völlig unvermutet herkommen, und da hätte ich dann sicher nicht den Mut, den Arm einfach in die Luft zu strecken, so wie heute nachmittag. Im Grunde ist es das, was mir fehlt, die Klarheit einer solchen Gebärde. Eine Gesamtansicht, die die Präzision eines Fotos besäße. Eine kalte und klinische Sicht. Ein hyperrealistisches Gemälde eben.

Ihr zwei Lieben,
stellt Euch ein menschliches Körperteil vor, das es nicht gibt, eine runde und glatte Gliedmaße, die man für täuschend echt und vollkommen natürlich hielte. Und jetzt setzt diese an die Stelle, an der man üblicherweise eine banale Hand vorfindet. Genau das ist mein Stumpf.

Zwischen einer leichten Schläfrigkeit und einer kaum lauwarmen Suppe habe ich mich von der Nacht überrumpeln lassen. Doch es kommt überhaupt nicht in Frage, zu schlafen, bevor ich nicht die zerknüllten Unterlagen in meiner Tasche vollständig zerpflückt habe. Das Telefon hat geklingelt, und ich wäre fast nicht rangegangen, weil ich überzeugt war, Briançon würde schon wieder loslegen.

«Antoine …»

«Nico …?»

«Ich weiß, es ist spät, ich bin noch im Depot und hab da was für dich. Eine ganz große Sache, bring deine Polaroidkamera mit. So langsam nervst du mich mit deinen Geschichten …»

Liegt es daran, daß es Nacht ist, an der Tatsache, daß ich noch nie nach 20 Uhr mit Nico gesprochen habe, oder an der Aussicht, mit einer ganz großen Sache konfrontiert zu werden, jedenfalls bin ich nicht so schnell in die Gänge gekommen, wie er es wünschte.

«Kann das auch bis morgen warten?»

«Unmöglich, morgen brauchst du gar nicht mehr herzukommen, und beeil dich, ich will schlafen gehen, meine Kleine wartet auf mich, und die Überstunden bezahlt mir auch keiner. Und bring das Foto mit, das du gestern geschossen hast, das werd ich nämlich brauchen. Du kapierst das sofort, wenn du hier bist. Salut.»

Gerade noch Zeit, meine Kamera zu schnappen, die Treppen hinunterzupoltern und in der Nähe vom Place des Vosges ein Taxi zu erwischen. Für all dies habe ich meine rechte Hand nicht gebraucht. Ich habe vergessen können, wenn auch nur zehn Minuten, daß sie mir fehlt.

Er hat daran gedacht, die Tür offen zu lassen. Die Stehlampe brennt nicht, ich habe noch nie gewußt, wo sie sich einschalten läßt, doch die Spots der Skulpturenhalle in der Ferne helfen mir, vorwärts zu kommen. In der Dunkelheit stoße ich gegen eine Kiste und fange wie durch ein Wunder eine Art Vase auf, ich weiß nicht, ob es sich um ein Kunstwerk handelt, das noch seinen Platz sucht, oder um einen ordinären Krug zum Blumengießen. Wenn ich nur wüßte, wo der Schalter ist … Ich steige über eine Rolle Packpapier, die neben einem zum Einpacken bereitstehenden Rahmen am Boden herumliegt. Nico hat so wenig Platz, daß er

Véros Büro besetzt, um seinen Versand zu erledigen. Ich gehe über den kleinen Innenhof, der zur Skulpturenhalle führt, welche erstaunlicherweise lichtdurchflutet ist, als erwartete man einen hohen Beamten. Der Geruch nach altem Holz und vergorenem Harz drängt sich mir wieder auf. Ich brülle Nicos Namen. Ich hab nicht vergessen, daß es Nacht ist, das ändert nichts, gibt dem Ganzen jedoch eine weitere Dimension, einen Hauch von Dekadenz, ich mache ein paar zaghafte Schritte inmitten einer Festung im Zerfall. Einem Xanadu.

«Nico …? Nico? Was treibst du eigentlich … verdammter Mist?»

Die steinernen Gesichter sehen überhaupt nicht mehr so aus, als würden sie sich langweilen, im Gegenteil, sie bedrohen den Eindringling, der ihre Ruhe stört. Eine fahle Jungfrau mit leeren Augen sieht mich näherkommen. «Nach sieben Uhr abends behellige ich die Werke nicht mehr», sagt Nico immer, wenn er nach Hause will. Und es stimmt, am Ende der normalen Arbeitszeit verlangen sie, unter sich zu bleiben. Nichts ist mehr häßlich, nichts mehr unnütz, jedes einzelne Ding erreicht endlich die Schwelle seiner maximalen Leblosigkeit, als ob einzig und allein der Blick des Besuchers sie zum Posieren nötige.

Ich biege in einen abgelegenen Gang außerhalb des Lichtfelds.

Dort, hinter einem gewaltigen Ding aus Holz, habe ich einige Zeit gebraucht, um zu begreifen, daß ein ganzes Regal mit Büsten umgestürzt ist. Eine Flut von Köpfen zu meinen Füßen: Wangen aus gebranntem Ton, Dutzende von Frauen aus grünspaniger Bronze, mehr oder weniger dick, mehr oder weniger zersprungen. Und ganz am Rande dieser Welle: ein weiteres Gesicht – erloschener noch als all die anderen.

«Nico?»

Ich habe die Hand auf den Mund gelegt.

Nicht weit hinter mir habe ich einen Befehl gehört:

«Das Foto ...»

Doch ich habe mich nicht sofort umgedreht.

Die Stimme, Nicos eingeschlagene Schläfe, die Angst, mich deswegen übergeben zu müssen... ich glaubte, jene Sekunde wiederzuerleben, die mein ganzes Leben jäh umgewälzt hat.

«Geben Sie mir das Foto ...»

Das Foto... Ich weiß genau, daß er sich heute abend nicht bloß mit einem Foto zufriedengeben wird. Beim letzten Mal hat er mir eine Hand genommen. Dies ist der Augenblick, herauszufinden, ob ich wirklich auf die zählen kann, die mir geblieben ist.

Ich habe mich nicht umgedreht, ich bin nach vorn gesprungen, um ein anderes Regal zu packen und es mit meiner ganzen Kraft von der Wand loszureißen, ich habe nicht über die Schulter geblickt, doch der Krach hat wie ein Stromschlag auf mich gewirkt. Dann stürme ich zum Ausgang, hechte mit weitem Schritt über jedes Hindernis auf meinem Weg, klettere auf Kisten und springe auf Tische, ich habe mich an einen Gang voller aneinandergereihter Werke erinnert, der zu einer Tür führt, durch die ich wieder das Büro erreichen kann, ich weiß nicht, ob er mir folgt oder ob er den Haupteingang nimmt, um mir den Weg abzuschneiden. Nach einem Zuviel an Licht und farbigen Blitzen stolpere ich abermals ins Halbdunkel des Büros. Ich spüre genau, daß er ebenfalls da ist, und schließe die Tür wieder, um völlig dunkel zu machen. Er dürfte sich beim Ausgang aufhalten und nach dem Lichtschalter suchen. Bei einem Handgemenge würde ich natürlich nicht lange Widerstand leisten können, die Lektion vom letzten Mal habe ich mir gemerkt. Vielleicht ist er bewaffnet, ich weiß es nicht, habe mich ja nicht umgedreht, vielleicht hatte er schon auf mich angelegt, was weiß ich. Das Büro ist weiträumig, vielleicht schaffe ich es, durch Tasten irgend etwas wiederzufinden, ich weiß nicht was, nur so lange eben, bis sich meine Pupillen endlich weiten. Auch die seinen werden sicher bald etwas klarer sehen.

«Ich rate Ihnen, mir dieses Foto zu geben.»

Ja, es kommt von der Panzertür, von derjenigen, die zur Straße hinausführt. Er weiß nicht, wo das Licht angeht. Das ist meine einzige Chance. Für den Fall, daß er den Schalter doch finden sollte, verpasse ich der Stehlampe einen kräftigen Fußtritt, und dann schlüpfe ich sofort hinter eine Bilderreihe.

«Diesmal werden Sie nicht so viel Glück wie neulich haben», höre ich.

Wäre er sich seiner wirklich sicher, so würde er sich direkt auf mich stürzen. Allerdings müßte er mich erst mal aufspüren. Selbst ich, und ich kenne mich an diesem Ort aus, fühle mich ein wenig verloren.

«Und Ihr Freund, der Wächter von dem Ganzen hier, hat mir verraten, Sie wären ... in einer schlechten Verfassung.»

Er wußte bereits, daß Nico, kaum daß der aufgelegt hätte, dran glauben müßte. Er dürfte ihn eine ganze Weile ausgequetscht haben, bevor er ihn fertiggemacht hat. Er war hergekommen, um sich das *Essai 8* zu holen, Nico hat es ihm auf der Stelle herausgegeben und alles verpfiffen, meinen Besuch, das Foto. Eine weitere Spur der Objektivisten, ganz zu schweigen von all denen, die in meinem Gedächtnis gespeichert sind. Und um die vernichten zu können, allesamt, hat er mich von Nico anrufen lassen.

«Sie sind ein zäher Bursche, aber am Ende krieg ich Sie doch!»

Mit großer Mühe kann ich die Gegenstände um mich herum erkennen. Ich glaube nicht, daß er hier viel besser sieht als ich.

«Sagen Sie, ich hab da eben nicht so drauf geachtet. Haben Sie eigentlich einen Haken?»

Einen was?

Ein Haken – das ist es, was mir fehlt, um dir die Fresse wegreißen zu können. Während das kurze Reiben eines Streichholzes zu hören ist, bildet eine kleine Feuerkugel einen schwachen, dämmrigen Lichtkegel um ihn. Dadurch kann ich sein Gesicht und seine Gentlemankrawatte wiedererkennen. Zwischen zwei Möbelstücken geduckt, sucht er nach meinem Schatten.

Das Flämmchen erlischt.

«Sie sind zäh.»

Zweites Reiben. Ich sehe nur noch seine Beine, er ist bereits gut drei Meter vorangekommen.

«Sie und ich, inmitten von Kunstwerken... Wir haben die ganze Nacht für uns.»

Ich merke, wie seine Katzenschritte etwas streifen, das leise knackt, wie Stroh. Kriechend gelingt es mir, meine Position zu verändern, doch die an meiner Schulter baumelnde Polaroidkamera stößt dabei gegen ein Tischbein.

Ein weiteres Streichholz, diesmal jedoch sehe ich fast nichts.

Knistern von Papier... Das Licht wird plötzlich viel heller. Irgend etwas hat er angezündet. Eine notdürftige Fakkel, womöglich eine Graphik.

Riecht es da nach Geröstetem? Es prasselt. Richtige Flammen, jetzt brennt es tatsächlich. Er ist mehr als zehn Meter von mir entfernt, ich kann den Kopf heben und nachsehen, was er da treibt.

Mit seiner Fackel versucht er, eine Rolle anzuzünden.

Das *Essai 8*.

Vor allem aber läuft er Gefahr, die ganze Bude in Brand zu stecken. Ich werde noch grillen wie ein Hähnchen. Für ihn wäre dies eine mehr als nur hypothetische Lösung. Bei dem ganzen Zeug, das im Depot herumliegt, würde ich vielleicht erst nach zwei Nächten Inferno in meiner Totenruhe gestört werden. Das würde wohl die grandioseste Feuersbrunst, die es je gegeben hat.

Doch schon ist es wieder vorbei, die Flammen haben die Leinwand fast vollkommen aufgezehrt.

«Ich habe Lust, was zu trinken. Einen Whisky ...»

Was soll denn das nun wieder heißen? Nichts, vielleicht ... Oder ganz einfach nur, daß er Lust hat, einen Whisky zu trinken. Ich habe keine Waffe gesehen. Meine Hand fehlt mir. Mit ihr hätte ich ihm einen ganzen Tisch in die Fresse knallen können, ich hätte ihn als Schild benutzt. Oder sie fehlt mir hauptsächlich auch im Kopf! Er hat recht, ich bin eingeschränkt, und das weiß er. Eingeschränkt ... das ist das richtige Wort. Impotent. *Ihre Anstrengungen müssen sich voll und ganz auf die linke Hand richten.* Ich wünschte, Briançon könnte mich jetzt sehen.

«Das einzige, was ich hier zu beklagen habe, ist die Qualität der Werke. Ich dachte eigentlich, ein paar Wunderwerke vorzufinden.»

Dem sich verändernden Klang seiner Stimme nach zu urteilen, dürfte er umherstreifen, um die Tische schleichen.

«Schon erstaunlich, wenn man sieht, was für unsere Großväter zeitgenössisch war. Schreitet die Kunst tatsächlich so rasch voran? Vielleicht ist es letzen Endes ja wirklich nur das: schlicht eine Frage der Zeit. Die Métrosprayer werden vielleicht eines Tages in den Louvre einziehen. Wie denken Sie darüber?»

Ich verliere ihn. In seinen Worten und, was noch schlimmer ist, auch im Raum. Der Brandgeruch läßt allmählich nach. Diese Posse wird nicht ewig dauern, er wird die Geduld verlieren. Er erzählt diesen ganzen Mist nur, um mich mürbe zu machen.

«Geben Sie mir dieses Foto.»

Ich schlucke Schwaden von Staub. In dieser Sekunde kann er überall sein. Ich weiß, wo Véros Schreibtisch steht. Ich taste auf der Tischplatte herum, verursache dabei Geräusche. Er dürfte mich gehört haben, ich bekomme einen

Bleistift zu greifen und danach einen schmalen metallischen Gegenstand. Ein Brieföffner!

«Fehlt Ihnen Ihre Hand nicht zu sehr?»

Einer Sache bin ich mir sicher, du Drecksack, nämlich daß ich dir am Ende die Kehle durchschneide. Nur deinetwegen mach ich das alles hier. Hätte ich gewußt, daß wir uns heute abend über den Weg laufen, dann hätte ich mein Hackbeil mitgebracht. Unter Umständen hätte mir das Ding Mut gemacht. In jedem Fall brauche ich eine Hand. Vielleicht nicht unbedingt deine, aber irgendeine Hand. Du hast aus mir ein physisches Monstrum gemacht, und meine Seele hat sich dem angepaßt. Logisch. Ich weiß nicht, was du gegen die Leute da, diese Objektivisten, hast, ich jedenfalls, ich habe von nun an nur noch sie.

Jetzt müßte er sich in der Nähe des Ausgangs aufhalten. Ich hätte niemals genug Kraft im Arm, noch ausreichend Geschick, um ihn mit diesem Scheißbrieföffner festzunageln. Vielleicht hat er ja ein mordsmäßig großes Rasiermesser in der Hand. Er wird das Ganze sehr genießen.

Leises Knistern ... Er spaziert irgendwo beim Packpapier herum, ganz woanders, als ich vermutet habe ... Er ist ganz nah. Zu meiner Rechten ... ganz nah ... Jetzt oder nie!

Ich klettere auf den Schreibtisch, stürze mich auf ihn und versuche ihn abzustechen, ich stoße zu, so gut ich kann, doch mein Arm ist schlaff, ich haue auf seine Brust ein, aber das Ding will einfach nicht rein, es ist dunkel, mein Arm ist hohl wie Schilfrohr, zerbrechlich, die Klinge rutscht über ihn wie eine Liebkosung, oder sie scharrt über den Asphalt des Hallenbodens. Gäbe es etwas Licht, so könnte ich ihn breit lächeln sehen. Ich kann weder etwas durchhauen noch zerschneiden mit einer solch beschissenen Klinge am Ende eines blutleeren Arms ...

Nicht mal der kleinste Schnitt. An diesem Abend werde ich seine Hand nicht bekommen. Ich habe ihm einen letzten Hieb verpaßt, um ihn noch für ein paar Sekunden am Boden zu halten. Und dann bin ich geflohen. Wobei ich alles umgestürzt habe, was ich auf meinem Weg nur umstürzen konnte. Draußen angelangt, bin ich drauflos gerannt, irgendwohin, eine ganze Zeitlang, mit Nicos totem Gesicht als einzigem Horizont vor Augen.

*

Erst bei mir zu Hause, oben in meiner Wohnung, kam ich wieder zu Atem. Ich habe versucht, meine Gedanken auf mich selbst zu lenken. Habe versucht, mich zu verstehen. Um herauszufinden, wie ich es fertigbringen konnte, an einer Leiche vorbeizugehen, an der Leiche von jemandem, den ich gekannt habe, um mir dann wenige Minuten später nur das eine zu wünschen: ins Fleisch eines Lebenden zu stechen. Briançon hat sicherlich recht: Ich bin nicht mehr in der «freien Zone».

*

Beim Aufwachen fand ich mich in Biarritz wieder und bemühte mich gerade, zwei Stummen gegenüber was auch immer zu rechtfertigen. Mündlich bin ich nicht besser zurande gekommen als schriftlich. Die Entfernung war zu groß. Ich habe mein Bestes versucht, um ihre Gesichter aus meiner Erinnerung zu scheuchen.

9 Uhr 30, Véro kommt ins Büro: die Tür steht offen, Brandgeruch in der Luft, ein Rahmen verkohlt am Boden, Möbelstücke umgestürzt, Spots in der Magazinhalle eingeschaltet, die Regale umgekippt, Büsten über den Boden verteilt, und dann der Rest. Ich stehe auf, um einen Schluck Wasser zu trinken, wegen Krämpfen in meinem Nacken muß ich den Kopf nach allen Seiten drehen. Die Schreibmaschine, in der ein unwiderrufliches «Ihr zwei Lieben» steckt. Die Kaffeemaschine. Mein Billardqueue. Der zerknitterte Papierkram auf dem Tisch. Ich wüßte nicht, was da Eile hätte. Doch: das Hackbeil in einem Wandschrank

verstauen. Ich setze mich wieder, stehe erneut auf, streiche um die Dusche herum. Ich würde gern jemanden anrufen, weiß aber nicht, wen. Ich kenne niemanden, der mir nahe genug wäre, um das Klagelied des einarmigen Rächers zu ertragen. Das Ganze liegt nur am Billard. Für alles übrige hat es mir an Geduld gefehlt. Im Liegen denke ich an jenen Pianisten, der plötzlich als Einarmiger dastand, genau wie ich. Ravel hat ihm ein Konzert für die linke Hand geschrieben. So ist das, Freunde zu haben.

Schon bald wird Delmas versuchen, mich zu kontaktieren. Ich muß mich darauf vorbereiten. Vielleicht hat das ja Eile. Er wird mir etwas über Nico und einen «Angreifer» berichten. Klingt wie ein Beruf. Ja genau, was diesen Gentleman anbelangt, so begreife ich nämlich immer noch nicht, wie der arbeitet. Mit Methode oder einfach aus dem Stegreif? Ohne Waffe, mit Ausnahme seiner ruhigen Gelassenheit, seiner Geduld, und einem wie auch immer gearteten Cutter.

Ich bin liegen geblieben, mehrere Stunden, ohne mich an irgend etwas Kohärentem festklammern zu können. Die Dokumente warten, was soll's, ist eben so. Véro dürfte es gerade ziemlich schlecht gehen. Ich bin dazu verdammt, den Abend hier zu verbringen, in diesem gleichbleibenden fiebrigen Zustand.

Am späten Nachmittag hat Delmas mich angerufen und gebeten, ihn aufzusuchen, ohne mir Zeit zu lassen, den Termin auszudiskutieren, und das habe ich wie eine Erlösung aufgenommen. «In einer Stunde wär's am besten, und verspäten Sie sich nicht allzusehr...» An seiner Ausdrucksweise habe ich erkannt, daß unser Verhältnis sich gerade unmerklich verschoben hat.

Und zum Lohn dafür habe ich dann erst recht getrödelt. Allerdings mit Entschuldigungsgründen: Als ich nämlich das Métroticket in den Schlitz des Entwerters schieben will, wird mir schlagartig bewußt, daß die Welt ganz entschieden nicht für Linkshänder geschaffen ist! Nach der Summe kleiner Details dieser Art ist das die logische Schlußfolgerung, die sich mir aufdrängt. Nichts wirklich Einengendes, nein, nur alles ein bißchen zu systematisch. Ein Fahrschein etwa, den schiebt man mit rechts rein, so wie man auch eine Tür öffnet oder eine Platte auflegt. Kleine Nichtigkeiten. Und jedesmal trifft man genau ins Schwarze. Vorher wäre mir wohl nie aufgefallen, wie alle Dinge geplant werden. So habe ich etwa ziemliche Mühe gehabt, meine Zeitfahrkarte in der Innentasche zu verstauen. Weil Rechtshänder ihre Brieftasche auf der Herzseite wegstecken. Ich führe nur noch schnell diese Betrachtungen zu Ende und trinke ein kleines Bier, dann betrete ich die Eingangshalle der «*Sonderabteilung für Ermittlungen und Nachforschungen*» und dann Delmas' Büro. Dieser Mann hat noch nicht kapiert, daß er mit mir nicht genauso umspringen kann wie mit jedem X-Beliebigen.

An seinen roten Backen und den leicht verzerrten Lippen erkenne ich, daß er gerade erst meinen Namen erwähnt hat. Aber er fühlt sich nicht im Recht, um zu schreien anzufangen. Noch nicht.

«Können Sie eigentlich nie pünktlich erscheinen?»

«Doch, aber die kleinste Handlung verlangt mir doppelt soviel Zeit ab wie Ihnen. Anders gesagt, für mich ist eine Stunde soviel wie zwei.»

Das steht mir wirklich verdammt gut, den Idioten zu spielen. Ich verstumme für einen Moment, damit er mich über Nicos Tod in Kenntnis setzen kann.

«Ich habe Sie herbestellt, weil sich gestern etwas ereignet hat, das mit dem, was Ihnen zugestoßen ist, in Zusammenhang stehen könnte. Kannten Sie Monsieur Nicolas Daufin?»

Daufin ... Dofin ... Dauphin? Wenn ich das gewußt hätte, als wir noch zusammen gearbeitet haben ...

«Nico ... Ja, der arbeitet im Depot.»

Seinen Imperfekt habe ich nicht aufgegriffen.

«Er ist gestorben, gestern, unter Umständen, die denen beim Angriff auf Sie sehr ähneln.»

«... »

Dazu fällt mir nichts ein. Und wenn er jetzt den Eindruck haben sollte, mir nichts Neues mitzuteilen, dann eben Pech. In puncto Rekonstruktionen, selbst emotionalen, bin ich eine Null.

«Welche Art von ... Umständen?»

«Er wurde in seinem Depot unter mehreren Regalen mit Skulpturen aufgefunden, doch er war bereits tot, als diese Regale auf ihn gestürzt wurden, zunächst hat man versucht, ihn mit einer Schlinge zu erdrosseln, danach hat man ihn mit einer Büste geschlagen, an die Schläfe. Außerdem gibt es Kampfspuren im Eingangsbereich. Sie wissen ja, wie das Depot beschaffen ist ...»

«Ja, ich habe dort gearbeitet.»

Die Schlinge habe ich gestern nicht gesehen. Lediglich die bläulichen Marmorierungen seitlich an der Stirn. Delmas sagt nichts von dem verbrannten Bild.

«Schauen Sie oft dort vorbei?»

«Sehr selten, wenn ich in dem Quartier bin, und ich geh nie in das Quartier.»

«Und das letzte Mal, wie lange ist das her?»

Gefahr.

Zwei Möglichkeiten: Entweder hat Véro es ihm erzählt, oder nicht. In jedem Fall ist Delmas ein hinterhältiger Sadist. Ich kann nur drauflos spielen, Bande voraus, mit einem leichten Rechtseffet.

«... Lange. Mehrere Monate.»

«War das vor oder nach Ihrem Unfall?»

«Lange davor. Was Chronologie angeht, hab ich jetzt ja wenigstens einen guten Bezugspunkt.»

«Hatten Sie denn keinerlei Kontakte, auch nicht per Telefon, mit Monsieur Daufin oder Mademoiselle Le Money?»

«Véro? Véronique kennen Sie auch?»

«Sie war es, die die Leiche entdeckt hat. War sie Monsieur Daufin sehr ... sehr verbunden?»

«Das habe ich nie herausgefunden. Sie verstanden sich gut, damals. Wie geht es ihr?»

«Schlecht.»

«So schlimm?»

«Sie hat es sehr schlecht verkraftet. Sie ist auf die Straße gerannt, ein Passant hat gesehen, wie sie zusammengebrochen ist, und hat daraufhin das Kommissariat verständigt.»

Soll noch einer wissen, was zwischen den Menschen tatsächlich so vor sich geht ... Die beiden waren weder Geschwister noch Eheleute. Bloß Kollegen. Freunde. Er schloß das Depot abends ab, und sie am Morgen wieder auf. Da war nichts Zweideutiges in ihrem Benehmen, unmöglich zu erkennen, ob sie einmal ein Paar gewesen sind oder es noch waren. Nico sagte «meine Kleine», wenn er von seinem Privatleben erzählte. Wer soll bei all dem wissen, woran er ist ...

«Sie haben doch zusammen gearbeitet, Daufin und Sie, und sie beide findet man unter Skulpturen begraben wieder, im Abstand von zwei Monaten. Sie müssen zugeben, daß das reicht, um eine Verbindung herzustellen.»

«Ja, das muß man wohl zugeben. Nur daß ich mehr Glück hatte als er.»

Nach einer kleinen ironischen Grimasse fügt er hinzu:

«Ja, das muß man wohl zugeben.»

Und zack. Antoine ist festgenagelt. Der eine Spur zu lässige Antoine.

«Mademoiselle Le Money hat sich doch mit der Inventarisierung der Sammlung befaßt.»

«Das hat schon Véro zehn Jahre in Anspruch genommen und wird wohl noch mal zehn dauern.»

«Bestimmt nicht: Ich habe nämlich dafür gesorgt, den Ablauf zu beschleunigen. Ein solches Tohuwabohu habe ich persönlich noch nie gesehen. Schon von nächster Woche an wird man dort eine Arbeitsgruppe einrichten, um im Lager jedes noch so kleine Staubkorn zu erfassen. Wir müssen unbedingt wissen, was genau den Angreifer interessierte.»

Was du nicht sagst… Wenn man bedenkt, wie lange Véro schon auf ihre Praktikanten wartet… Ich wünsche ihnen guten Mut, den kleinen Neulingen. Sie werden Monate benötigen, ehe sie realisieren, daß eine armselige zusammengerollte Leinwand verschwunden ist. Selbst Véro hat noch nie von den Objektivisten gehört.

Einer von Delmas' Schergen kommt herein und fragt ihn, ob er einen Kaffee möchte. Der Kommissar schlägt ihn aus und bietet ihn stattdessen mir an. Ich willige ein.

«Sagen Sie mal… Was machen Sie eigentlich zur Zeit?»

Ich kapiere sofort, daß das die wichtigste Frage ist. Allein für die hat er mich kommen lassen. Ich brauche einen kurzen Augenblick, um etwas Natürlichkeit wiederzuerlangen, gerade soviel Zeit, um das zwischen meine Finger geklemmte Stück Zucker entzweizubrechen. Ein «Handgriff», den ich zusehends besser beherrsche. Nur mal eben so, um dem Kommissar zu zeigen, daß in meinem Fall die beschwerlichsten Gesetze diejenigen der Ergonomie sind. Weil die anderen Gesetze, die sein Amt rechtfertigen und meine Freiheit determinieren, die man, ohne es zu wissen, anwendet und ohne Vergnügen verletzt, die die Einzelfälle verallgemeinern, weil all diese Gesetze mich kaum tangieren.

«Nichts Großartiges. Ich versuche, Linkshänder zu werden.»

«Ist das schwierig?»

«Vor allem langwierig. Und Sie, was sind Sie? Rechtshänder?»

«Ja.»

«Dann gehören Sie zur Neunzehntelmehrheit der Menschheit, und das ist auch gut so, denn Sie kennen ja genau wie ich die Probleme von Minderheiten. Ich zum Beispiel, ich versuche im Moment, mir ein Plätzchen bei dem restlichen Zehntel zu schaffen. Doch ich weiß schon jetzt, daß ich wohl niemals von der ‹kurzen Reizleitung› der Linkshänder profitieren werde.»

Er sieht nicht so aus, als wüßte er, was das ist. Er läßt mir nicht mal die Zeit, es zu erläutern, und legt schon wieder los. Dieser Mann schert sich einen Dreck um die kurze Reizleitung. Diese um eine Hundertstelsekunde kürzere Reaktionszeit reicht schon aus, um fünf Linkshänder unter den sechs Fechtern der französischen Fechtmannschaft und drei Linkshänder unter den ersten Fünf der Tennisweltrangliste zu finden. Und ich werde diesen winzig kleinen Vorteil niemals ausspielen können. Dafür muß man als Linkshänder geboren sein. Aber das ist ihm scheißegal, dem Kommissar...

«Werden Sie wieder in der Galerie arbeiten?»

«Sehen wir noch. Vorerst will ich das alles ein wenig beiseite schieben.»

Nach kurzem gereiztem Schweigen hat er sich ruhig dem Fenster zugedreht. Es stört mich, seine Augen nicht mehr zu sehen.

«Ich werde ihn erwischen.»

Nicht nötig, ihn zu fragen, wen er meint. Es klang wie ein aberwitziges Unterfangen. Eine Verabredung. Hat er das meinetwegen gesagt? Gegen mich? Unmöglich herauszuhören.

«Ich werde mich nur noch mit ihm befassen. Die Post-Impressionisten können warten.»

Bei diesem Satz muß ich lächeln, da er, wenn auch in einem anderen Zusammenhang, Van Goghs ganze Tragik zusammenfaßt. Das hat mir erlaubt, eine Eröffnung zu finden, um ihm eine Frage zu stellen, die mir seit unserer ersten Unterredung im Kopf herumspukt.

«Wie ist das bei Ihnen ... Haben Sie die Malerei schon vor dem Polizeidienst geliebt, oder war es umgekehrt? Ich meine ... wie ist es zu dieser Spezialisierung gekommen?»

Nach langem Schweigen hat er sich wieder umgedreht, noch immer ruhig und etwas abwesend.

«In diesem Büro landet man nicht durch Zufall.»

Mit Blicken suche ich nach irgendeinem Hinweis, auf seinem Schreibtisch, an den Wänden. Und entdecke nichts, nicht mal ein Plakat.

«Sie müssen sich auf dem laufenden halten über alles, was in Paris so läuft, nicht?»

«Dafür habe ich keine Zeit, ich verpasse jede Ausstellung, die ich eigentlich gerne sehen möchte ... Bevor ich der Polizei beigetreten bin, wollte ich ... 1972 habe ich mir eine Expo von Francis Bacon angeschaut ... Damals war ich schon Flic ... Kennen Sie Bacon? Angeblich kam ihm das Verlangen zu malen beinahe rein zufällig, als er einige Sachen von Picasso sah ...»

Und da riß der Faden ab, glaube ich.

«Muß gut sein als Job.»

«Manchmal ja, aber meistens geht es nur um Hehlerei, Fälschungen, Diebstähle, na ja, Sie verstehen schon.»

«Sie müssen doch wahnsinnig interessante Sachen zu Gesicht bekommen, oder nicht?»

Noch während ich das sage, wird mir klar, daß ich dieselbe Frage den Nachttaxifahrern stelle, nur so, um von was anderem als dem Wetter zu reden.

«Mhm ... Ab und zu ... Besessene gibt's ja überall, doch auf dem Gebiet der Kunst, das stimmt schon, werden wir reichlich bedient.»

Falls ich ihn jetzt nach Details frage, wird er sofort abbrechen und die Rollen wieder richtig verteilen.

«Einmal war ich einem erstaunlichen Typ auf der Spur,

einem großen Picasso-Spezialisten, und sein einziges besonderes Kennzeichen war, daß er die ‹Demoiselles d'Avignon› oben auf der Schulter tätowiert hatte. Können Sie sich die Überprüfungen bei den Verdächtigen vorstellen, wo man doch eine diskrete Ermittlung durchführen wollte? Vor nicht allzu langer Zeit haben wir in der Métro einen Rembrandt erwischt. Ja, einen echten Rembrandt, zusammengerollt in einer Kartonrolle. Nirgendwo erfaßt. Solche Dinge erleben wir nicht alle Tage… So, kurz und gut, ich werde diese Sache fest im Blick behalten und hätte gern, daß wir in Kontakt bleiben, ich könnte Sie noch brauchen. Wäre zwar möglich, daß zwischen Ihrem Fall und Monsieur Daufins Tod keinerlei Zusammenhang besteht, aber das glaube ich kaum. Ich will Sie nicht länger aufhalten.»

«Bei wem kann ich mich nach Véro erkundigen?»

«Im Hôpital Beaujon, doch im Augenblick sind Besuche nicht gestattet. Sie wird dort noch einige Tage bleiben müssen, denke ich. Bei einem Nervenzusammenbruch kann man nie wissen.»

Ein bißchen verdattert verlasse ich sein Büro und bedanke mich auch noch dümmlich bei ihm.

Delmas hat mich wie einen normalen Menschen und nicht wie ein Opfer behandelt, das ist mal was anderes als die wohlwollende Befangenheit, auf die ich seit meinem Unfall Anrecht habe. Es beweist, daß die Welt nicht an meinem linken Handgelenk endet.

*

Ich habe eine Flasche zu kühlen, zu herben Chablis leergetrunken und bin an meinen Tisch zurückgekehrt, auf dem die ganze Beute an zerknittertem Papierkram ausgebreitet herumliegt. Nicht viel, im Grunde genommen, aber ausschließlich Gutes. Der «Salon der Jungen Malerei» hat sich im März abgespielt, in der Pressemappe finden sich einige Artikel über die allgemeinen Trends, doch drei von ihnen nehmen sich auch jener wilden Intervention an, die vier unbeherrschte, skrupellose Individuen am 27. März veranstaltet haben. Der interessanteste Artikel ist aus *Art Libre* vom Juni, einem Blatt, das nicht mehr existiert. Was schade ist.

(...) Und dann, mitten in der allgemeinen Eintönigkeit, dem zur Zeit aufschlußreichsten Grundzug der Pariser Kunstszene, haben wir einen Bruch erlebt. Vier junge Männer sind am Ende der Soiree in die Säle geplatzt. Während Meister und Schüler sich in Lobhudeleien ergingen, haben diese vier einen Pflasterstein in den Tümpel des Konsenses und der Gediegenheit geschmissen. Sie haben lauthals den Tod der Galerien und deren Wachhunde, der «kleinen Bosse der Kunst» ausgerufen. Sie haben Bilder abgehängt, um ihre eigenen zur Schau zu stellen, haben Flugblätter verteilt und die Ausstellenden ausgiebig beschimpft. (...)

Eine andere Revue druckte das besagte Traktat ab.

Da die Kunst tot ist, laßt uns ihr auch ein richtiges Begräbnis bereiten!

Wir, die Objektivisten, wir verkünden, daß die Kunst von den kleinen Bossen, den Galeristen, Kritikern und anderen Legitimationsinstanzen getötet worden ist.

Die Objektivisten werden sich nicht das kleinste Ohr abschneiden.

Es ist zu spät.

Die Objektivisten werden niemals auf irgend etwas Anspruch erheben, sie existieren gar nicht, sie werden NIEMALS mit dem Namen eines ihrer Mitglieder spekulieren. Leichen signiert man nicht.

Der «Salon der jungen Malerei» *ist nichts als eine Sterbeanstalt der Ästhetik.*

Es sind die Schönen Künste, *die man mordet.*

Und das ist um so besser.

Im dritten Artikel findet man einen Bericht über das Ende der Abendveranstaltung. Skandal für die einen und lebhaftes Interesse bei den anderen.

Einer der Ausstellenden hat, da er sich noch wüster beschimpft sah als die übrigen, versucht, die Polizei zu benachrichtigen, den Organisatoren gelang es aber, der Atmosphäre akuter Gewalt, die ihren Salon zusehends bedrohte, Einhalt zu gebieten. Edgar Delarge hingegen, Besitzer der Galerie d'Europe und bekannt dafür, stets auf der Jagd nach neuen Talenten zu sein – wobei man nie so recht weiß, ob er nicht Talent und Persiflage miteinander verwechselt –, hat sich an diesen jungen Pseudorevolutionären ausdrücklich interessiert(!) gezeigt. Die vier Individuen, deren einziges Verdienst darin besteht, ihren Stellungnahmen treu zu bleiben, haben ihn lautstark zurück zu seinen «Brechreiz erregenden Schachern mit Hühnerkot auf Leinwand» gejagt (sic!).

Es war lebensnotwendig für mich, daß sie wirklich existierten!

Zu viert haben sie es geschafft, dieses Tohuwabohu zu veranstalten. Chemin mag zwar seine Zähne verlieren, dafür hat er aber noch immer ein zuverlässiges Gedächtnis. Alles ist da: die Wiege der Schönen Künste, die Rebellion, das Spucken ins Gesicht der kleinen Bosse, die Verachtung für die im Sattel sitzenden Funktionäre, die Anonymität und die «Nicht-Inanspruchnahme» ihrer eigenen Werke. Morand war also schon da, bevor er Morand wurde.

Und dann gibt es noch diesen Galeristen, Delarge, ein

«kleiner Boß» wie die anderen, doch der hier hatte die Courage, sich «interessiert zu zeigen». Man mußte wirklich bescheuert sein oder den Skandal lieben oder diese Objektivisten mögen, um sich ihrer Unverschämtheit auszusetzen. Dort kann ich weiter nachbohren, denn ihre Aggression vom 27. hat, einfach so, Früchte getragen, und sei es auch nur auf der Ebene des Erwerbsausschusses. Und weshalb sollten sich diese Burschen nicht noch ein zweites Mal über ihre vorgebliche Integrität hinweggesetzt haben? Delarge erinnert sich sicher, er könnte mir von seiner Konfrontation mit ihnen erzählen oder sie mir sogar physisch beschreiben, vielleicht hat er ihr Atelier besucht oder ihre weitere Produktion verfolgt. Jedenfalls würde er mir sagen, was ihm an diesen jungen Terroristen so gefallen hat. Und wenn ich meinen Blick schließlich zum tausendsten Mal auf das *Essai 30* richte, dann hätte ich gerne, daß ein anderer, genauerer, leidenschaftlicherer Mensch mir in schlichten Wort sagt, was ich empfinde. Chemin hätte dieser Mensch sein können, doch leider ist sein Blick schon seit langem in einen kitschigen Farbdruck der Everglades geflüchtet. Ich muß alles wissen, weil hinter diesem Bild ein Verrückter steckt, eine verkorkste Seele, die gnadenlos Erinnerungen vernichtet, ein Handabschneider und Schädelzertrümmerer. Ein Gentleman mit Cutter. Ein Irrsinniger, der im Dunkeln spricht. Und ich werde ihn vor Delmas erwischen.

*

Zweifellos um mir zu beweisen, daß ich noch immer zu Gefühlen für Lebewesen fähig bin, und vor allem um des Versuchs willen, die nur mir gehörenden Bande zu nur mir gehörenden Leuten wieder enger zu knüpfen, habe ich mich wieder an die Schreibmaschine gesetzt. Ich habe mich von einem Stil inspiriert gefühlt, der eine sanfte und zart pastellfarbene Sehnsucht auszudrücken vermag, ohne deswegen jedoch einen gehörigen Grad an Realismus vermissen zu lassen. Will heißen: vom Impressionismus.

Ihr zwei Lieben,
ich habe Euch praktisch nie geschrieben, und das Schicksal wollte es, daß ich dies heute, wo ich mir die Mühe mache, nur noch mit einer einzigen Hand tue. Ich durchquere dunkle Zonen, in denen Ihr, trotz der Ferne, meine einzigen Bezugspunkte seid. Es muß noch ein wenig Zeit verstreichen, um klarer zu sehen. Ich vermisse die Sonne, das Meer, die Ihr niemals zu verlassen gesucht habt.

*

Eine Männerstimme.

«Galerie d'Europe, Bonjour.»

«Ich würde gern mit Monsieur Delarge sprechen.»

«Worum geht es ...?»

«Um ein Gespräch.»

«... Sind Sie Journalist? Geht es um das Beaubourg?»

«Nein, ganz und gar nicht, ich suche nach Informationen über den ‹Salon der Jungen Malerei› von 1964 und glaube, daß er dabei war. Können Sie mich durchstellen?»

Leichte Unschlüssigkeit. Wenn Delarge nicht da gewesen wäre, hätte man mich das sofort wissen lassen. Ich habe mich sogar gefragt ...

«... Äh ... er empfängt nur nach Terminvereinbarung, doch im Moment hat er sehr viel zu tun. Was genau wollen Sie denn von ihm wissen ...?»

Ich habe den Abwehrreflex gespürt. Kein Zweifel, da kann er von sich selbst noch so oft in der dritten Person reden ...

«Sich am Telefon zu verständigen, ist schwierig. Kann ich einen Termin haben und in die Galerie kommen?»

«Sie werden ihn nicht antreffen. Was wollen Sie über den ‹Salon der Jungen Malerei› wissen?»

«Das einfachste wäre, ich komme vorbei.»
«Jetzt nicht! Wie heißen Sie?»
«Ich rufe später wieder an.»

Ich lege auf, bevor er Zeit hat, ein drittes Mal abzulehnen. Eigentlich dachte ich, geschickt an die ganze Sache heranzugehen, indem ich erst mal anrufe, doch da lag ich völlig daneben. Alle taktischen Fehler kann ich wirklich nicht voraussehen. Es bleibt mir nur noch, auf der Stelle dorthin zu spurten, um ihn noch in hellem Aufruhr zu erwischen, ohne daß er sich wieder fassen kann. Sein Laden liegt im Marais, Rue Barbette, nicht allzuweit von meiner Wohnung. Es ist wirklich die Höhe, doch der Trend zur Malerei gewinnt in meinem Quartier immer mehr an Boden. Beaubourg hat Junge gezeugt.

In weniger als fünf Minuten bin ich dort, er hat sich in der Zwischenzeit unmöglich davonmachen können. Bei der Hausnummer 59 findet sich lediglich eine Tafel «Galerie d'Europe», man muß unter einer Toreinfahrt durch, um zum Ausstellungsraum zu gelangen. Im Hof, mitten zwischen alten Gebäuden, fällt das sehr helle Blau der beiden Stockwerke, die den Eingang C säumen, sofort ins Auge. Die Tür der Galerie ist hervorragend konzipiert, Glas und Metall, eine halbe Tonne je Flügel, doch man braucht sie nur sacht anzutippen, und schon geht sie auf. Im Innern: fast nichts. Das ist momentan Mode. Man bevorzugt die Leere, man beläßt den Originalmauerstein, nackt, aber tadellos wie neu hergerichtet, ein elefantgrauer Fußboden, man könnte ihn für Versailler Lasur, für eine Eisbahn halten. Und schließlich, in der Ferne: doch noch ein paar mit Eleganz aufgehängte Arbeiten. Der Empfangsschreibtisch ist in eine Wand eingelassen, um die Perspektive nur ja nicht zu beeinträchtigen. Ich habe den Eindruck, völlig allein auf einer kleinen Insel der Modernität zu stehen. Ein verschrobener und geschmacklos gekleideter Schiffbrüchiger in einem Ozean der Kargheit. Ich blättere das Goldene

Buch durch und erkenne einige Unterschriften wieder, dieselben wie in Costes Galerie, die Fauna der Vernissagen. Daneben liegt die Liste von Delarges Stall aus, sein Künstlerkatalog, und beim Überfliegen der Namen seiner Pferdchen verstehe ich besser, weshalb er nicht auf Effekthascherei machen muß. Seine Sammlung umfaßt mindestens vier oder fünf der zur Zeit am höchsten notierten Künstler. Es liegt auf der Hand, daß dieser Mann besseres zu tun hat, als seine Zeit mit Schnüfflern meiner Sorte zu verschwenden. Und wenn man in seinem Stall Typen vom Schlage eines Lasewitz, Béranger oder Linnel hat, um nur die anzuführen, mit denen ich etwas verbinde, dann ist man tonangebend bei den Notierungungen. Ich habe schon einmal eine Arbeit von Lasewitz aufgebaut, mehrere übereinander angeordnete leere Rahmen, die ein Labyrinth suggerieren sollten. Zehn Minuten fürs eigentliche Aufbauen, drei Stunden, um die Anordnung zu kapieren… Béranger macht Lichtkästen, er fotografiert seine Füße, seine Nase, seinen rundlichen Bauch, davon zieht er dann riesige Vergrößerungen und beleuchtet sie in Kästen voller Neonröhren. Das Foto wächst sich so von 15 Gramm zu 120 Kilo aus, und man braucht sechs Männer, um das Ding mit Hilfe von Tragriemen zu positionieren. Linnel ist ebenfalls ein Name, der mir etwas sagt, ohne daß ich genau wüßte, was er macht. Rein vom Gefühl her glaube ich, daß er zu den wenigen gehört, die noch Pinsel und Farbe benutzen.

«Kann ich Ihnen weiterhelfen?»

Sie ist plötzlich hinter drei Säulen aus Leichtbausteinen aufgetaucht, die als Verbindung zu einem angrenzenden Büro dienen. Eine sehr hübsche junge Frau mit hellrotem Haar und blauen Augen. Sie hat nicht gerade die ideale Statur, um ungebetene Besucher zu entfernen.

«Ich möchte gern Monsieur Delarge sprechen.»

Sie ordnet die paar Akten auf dem Schreibtisch, nur um ihre Hände zu beschäftigen.

«Haben Sie einen Termin?»

«Nein, aber wir können sofort einen vereinbaren.»

«Zur Zeit ist das nicht möglich, er bereitet eine Ausstellung im Beaubourg vor und ist mitten beim Aufbau.»

Erzähl das einem anderen ... Ich schiele hinter die Steine und zweifele auch nicht eine Sekunde daran, daß Delarge dort in Deckung gegangen ist. Dank dieser leicht abgeschrägten Säulen kann man das Kommen und Gehen in der Galerie überwachen, ohne seine Zeit im Ausstellungsraum verbringen zu müssen, wenn niemand da ist.

Delarge hat mich hereinkommen sehen. Ich spüre ihn dort irgendwo, nicht weit entfernt, geduckt. Was hat er zu fürchten? Bin ich zu direkt gewesen? Vielleicht hätte ich ihn nicht auf das Jahr 64 ansprechen sollen. Angst? Dieses ganze Taktieren wird allmählich lästig, es ist nicht mehr möglich, eine Auskunft zu bekommen, ohne dabei gleich eine Lawine des Argwohns loszutreten. Und auch ich lasse mich am Ende noch von dieser paranoischen Angst, schon zuviel und doch nicht genug gesagt zu haben, anstecken.

«Kommen Sie in vierzehn Tagen wieder vorbei, und rufen Sie vorher an. Vielleicht hat er dann einen Augenblick Zeit.»

Anrufen? Nein, danke. Ab jetzt wird nicht mehr vorgewarnt.

«Was ist das denn für eine Ausstellung im Beaubourg?»

«Linnel, einer unserer Künstler. Vom 8. bis zum 30. April.»

«Drei Wochen? Das ist der Durchbruch! ... Ins Beaubourg kommt man schließlich nicht einfach so ...»

Bei diesen Worten sehe ich das gestern im Beaubourg vorgefundene Schild «Expo im Aufbau» wieder vor mir und die beiden völlig konfusen Aufbauer.

Mit einem Hauch der Genugtuung auf den Lippen läßt sie ein «eben ...» entschlüpfen.

Was auch stimmt. Für einen lebenden Künstler bedeutet

es das Pantheon. Nach dem Centre Beaubourg kann man nur noch auf den Louvre hoffen – ein paar Jahrhunderte später.

«Hinterlassen Sie doch Ihren Namen und Ihre Adresse im Goldenen Buch, ich werde ihm von Ihrem Besuch berichten ...»

Sie reicht mir einen Kugelschreiber, und ich kann mich des Gedankens nicht erwehren, daß dies eine Boshaftigkeit ist.

«Ich unterschreibe nie in Gästebüchern.»

Sie wirft den Stift mit ostentativer Geringschätzung auf den Tisch.

«Dann eben nicht ...»

«Eine Einladung zur Vernissage im Beaubourg würde ich allerdings schon annehmen. Dafür braucht man doch unbedingt eine Einladung, oder nicht?»

Da bin ich mir ganz sicher. Überall sonst würde man die Leute anflehen zu kommen, doch im *Musée National d'Art Moderne* weist man die Massen ab. Zugelassen werden nur die *happy few* der Crème de la Crème der oberen Zehntausend.

Sie zögert, tut so, als suche sie, wirft einen verstohlenen Blick hinter die Ecke aus Leichtbausteinen.

«Eine Einladung ...? Ich habe schon beinahe alle ausgegeben ... Ich seh mal nach ...»

Sie verschwindet hinter den Säulen, ich spitze die Ohren. Nichts. Kein Tuscheln, kein Geräusch, nicht mal das einer aufgezogenen Schublade. Ich nähere mich den vier ausgestellten Bildern mit der Absicht, mein Blickfeld zu erweitern. Doch genau in dem Moment kommt das Mädchen wieder heraus.

«Nein, tut mir leid, ich habe alle weggegeben ...»

Von wegen ... Die Kleine hat noch Dutzende davon, dort drüben, direkt neben dem am Boden kauernden Typ, der seinen Kopf unter einem Plakat versteckt.

«Sind das hier Werke von Linnel?»

Sie platzt los vor Lachen. Ich verstehe nicht, warum, und das regt mich auf.

«Nein, nur das ganz hinten rechts, die anderen Werke gehören zu Monsieur Delarges Privatsammlung. Er legt Wert darauf, sie der Öffentlichkeit hin und wieder zu zeigen, statt sie ständig in einen Safe wegzusperren. Sie wurden doch geschaffen, um angesehen zu werden, nicht wahr?»

«Das ist nett von ihm», sage ich.

Wenn ich die Signaturen gelesen hätte, statt idiotische Fragen zu stellen … Da bestand wirklich Grund genug, sich schiefzulachen. Ein kleines Gemälde von Kandinsky, eine Collage von Braque, den dritten kenne ich nicht, was aber ohne Zweifel normal ist für einen Typen, der nicht mal in der Lage ist, die beiden ersten zu erkennen.

Bevor ich gehe, frage ich sie noch, ob es nicht manchmal etwas mühselig ist, eine Galerie zu bewachen. Und ich glaube wirklich, sie hat vor ihrer Antwort ernsthaft nachgedacht.

«Wissen Sie, ein Wächter ist nicht unbedingt das, was man gemeinhin annimmt. Zunächst einmal ‹bewacht› man nicht, Argwohn zu haben ist hier gar nicht angebracht. Eher schon das Gegenteil. Stellen Sie sich mal vor, Sie würden belauert, während Sie ein Kunstwerk bewundern?»

Ich breche in Gelächter aus und drehe ihr den Rücken zu.

*

Ich habe wirklich keine Wahl. Diese Vernissage im Beaubourg ist auf übermorgen abend festgesetzt, und ich darf nicht darauf hoffen, Delarge vorher zu erwischen. Auch nicht danach, er wird sich wie ein Weltmeister zu helfen wissen, um mir aus dem Weg zu gehen, wenn ihm danach ist. Irgend etwas beunruhigt ihn, und um zu erfahren, was, muß ich ihn befragen, Auge in Auge, das ist alles. Er hat eins seiner Pferdchen im Beaubourg plazieren können, und für einen Kunsthändler bedeutet das mehr als nur ein Sieg, das ist eine Apotheose. Ganz zu schweigen vom Manna, von der Goldgrube, die sich ihm dadurch auftut. Er wird von der Eröffnung an auf dieser Vernissage sein, zumal er der Gastgeber ist. Man wird über Preise reden, Dutzende von potentiellen Käufer werden anwesend sein, solche, die schon einen haben, und solche, die noch keinen «Linnel» in ihrer Sammlung haben. Hohe Tiere werden da sein, Blabla und Champagnergläser, und ich mittendrin. Delarge kann mich vor all diesen Leute nicht hinauskomplimentieren. Ich brauche bloß ein wohlwollendes, nicht aggressives, gekünsteltes Lächeln zur Schau zu tragen, und dann werde ich erfahren, was ihn so hektisch macht, wenn man von zurückliegenden Jahren spricht.

«Hallo, Liliane?»

«... Antoine ... Aber ... Wie geht's?»

«Ich bräuchte etwas.»

Nur offen heraus damit. Ich hab diese ganzen heuchlerischen Winkelzüge satt.

«Ist Coste in der Galerie.»

«Nein».

«Ich brauche eine Einladung für die Linnel-Expo, übermorgen abend.»

«Die haben wir vor zwei Tagen bekommen, aber das ist die von ...»

«Von der Chefin, ich weiß. Und ich will sie. Ich will sie, ich will sie wirklich. Du brauchst ja nur eine Verspätung bei der Post vorzubringen. Hat sie sie schon gesehen?»

«Nein, aber ... Du gehst einem schwer auf den Geist, Antoine.»

«Sie kommt doch so oder so rein, die große Madame Coste gehört ja nicht zu der Sorte, die sich an der Tür des Beaubourg aufhalten läßt.»

«Du verschwindest einfach, läßt nichts mehr von dir hören und rufst erst wieder an, wenn du was brauchst.»

«Ich brauch's.»

«Kommst du sie abholen?»

«Schickst du sie mir?»

«Du bist wirklich blöd.»

«Küßchen ... Und es ist wirklich lange her, daß ich jemanden geküßt habe ...»

*

Zwei Tage Warten. Nein, nicht mal. Abstandnehmen. Mit der Angst im Hinterkopf, einen Anruf von Delmas zu bekommen, der mir irgendwas ganz Entscheidendes, einen wesentlichen Fortschritt bei seiner Untersuchung mitteilt. Nichts wäre dramatischer für mich. Ich bin nicht oft vor die Tür gegangen. Eine Stunde lang glaubte ich, ich könnte zur Akademie zurückkehren, und war überzeugt, daß ich ihnen eine Erklärung schulde, ihnen allen, Angelo, René, Benoît und den anderen. Doch ich habe mich nicht getraut.

Wir haben Dienstag, 17 Uhr, und ich komme von meinem Nachbarn, der mir einen Krawattenknoten gemacht hat. Er schien nicht überrascht. Für die Vernissage, dachte ich, wäre mein üblicher Aufzug ein wenig deplaziert. Bei dieser Art von Empfängen spricht man nicht so leicht mit einem Clochard, ich selbst würde mich vor einem Typ in acht nehmen, der eine zu weite, bis zur Mitte des Oberschenkels gehende Jacke über einer unförmigen grünen Velourshose trägt. Zu diesem Anlaß habe ich mich also ins Zeug gelegt und meinen Vernissageaufzug aus der Zeit bei der Coste hervorgeholt. Und mich mit einer richtigen Klinge rasiert, dazu hatte ich einfach Lust. Ohne mich ein einziges Mal zu schneiden.

Man geht am besten von der Rue du Renard aus rein, um das Hin und Her auf dem Vorplatz zu meiden. Ich zeige meine Einladung zwei blau gekleideten Typen, die mir einen schönen Abend wünschen. Ich denke an all die Vernissagen bei der Coste zurück, vor denen ich geflohen bin, ohne auch nur die Freude an der getanen Arbeit zu genießen. Jacques würde es mir übel nehmen, wenn er mich hier sähe, dazu noch mit einer Krawatte. Eine Art Hosteß reicht mir eine Pressemappe und zeigt mir die Treppe, über die man in den Ausstellungsbereich gelangt. Oben stehen an die dreißig Personen herum, manche sind bereits voll dabei, ihre Kommentare abzugeben, so als hätten sie schon alle Wände durch. Logisch, das Vernissagepublikum kommt nicht, um Malerei zu sehen, schließlich ist es ja auch fast unmöglich, eine Ausstellung bei einem derartigen Getöse zu besichtigen, mit Gestalten, die einem die Sicht verstellen, und leeren Champagnergläsern auf den überstehenden Rändern der Aschenbecher.

In Erwartung des Startschusses der Festlichkeiten schlendere ich ein wenig durch die Schau, nicht, um mir anzusehen, was Linnel so macht, nein, das ist mir ziemlich egal. Aber um zu bewundern, zur Not auch zu kritisieren, was die Aufbauer vollbracht haben.

Leinwände von 1,50 auf 2 Meter, in Öl. Weiße Handschuhe zwingend erforderlich. Prima Arbeit, bis auf ein Bild, das man 20 Zentimeter höher hätte hängen müssen wegen der etwas zu aufdringlichen Fußleiste. Und dann noch eins, ein kleineres, das Augenhöhe verdient hätte. In einem der Säle fällt mir ein dringend zu behebendes Malheur im Bereich des Lichts auf, ein Spot wirft dort einen ziemlich scheußlichen Schatten auf ein großes Stück Leinwand. Noch ein ärgerliches, wenn auch unvermeidliches Detail: die armseligen Tarnversuche an den Feuerlöschern. Keine Farbe dieser Welt vermag gegen das leuchtende Rot jener anmutigen

Geräte anzukämpfen – das Drama eines jeden Galeristen. Die Schildchen mit Titel und Jahreszahl sind zu nah an den Bildern festgenagelt, Jacques brachte es stets fertig, sie vergessen zu lassen. Ansonsten ist nichts einzuwenden: schöne Ausstellung. Mit meinem Kollegen hätte ich drei Tage dafür gebraucht, höchstens. Wir hatten eine Vorliebe fürs Schwierige, mit wenigstens einem kniffligen Clou pro Kunstwerk: Glaskugeln, die sich auf einem Drahtstift die Balance halten, ohne sichtbare Befestigungen schwebende Mobile, Fahrradketten in permanenter Bewegung, Fresken mit optischen Effekten, alles, was empfindlich, zerbrechlich, mysteriös, wahnwitzig, komisch ist oder eben schlicht nicht aufbaubar.

Die Bar ist eröffnet, das merke ich an einer Art subtilen Ebbe, die in ihrem Umkreis eintritt. Ich lasse mich mit der Welle treiben. Im Saal mit dem Buffet herrscht nur eins: Lärm. Ein Logorrhö-Konzert – sporadisch untermalt von diskreten Ausrufen und Lachern. Ein paar bekannte Gesichter, Kritiker, nicht gerade prüde Maler, ein Abgesandter des Ministeriums. Äußerst langsam drehe ich mich um die eigene Achse, während ich mein Sonargerät einschalte. Und nur wenige Meter von diesem geballten Durcheinander entfernt nehme ich ein untrügliches Piep-Piep wahr. Beim Durchblättern der Pressemappe stoße ich auf ein Foto, das bei der Biennale in São Paulo aufgenommen wurde: eine Gruppe Künstler, aufgereiht wie fürs Klassenfoto posierend, zusammen mit einem Delarge, der wie der Lehrer auf der Rechten thront. Und da ist er jetzt, in Fleisch und Blut, ein paar Meter entfernt, mit zwei anderen, etwas jüngeren Typen. Linnel rechts von ihm. Er spielt seine Rolle des Künstlers bei der eigenen Vernissage: sämtliche Hände schütteln, die man ihm reicht, den diversen Begeisterungsbekundungen danken, ohne sich um deren Gehalt an Aufrichtigkeit zu scheren. Ein geehrter Künstler braucht nicht zu lächeln und braucht nicht zu reden, das gehört zu seinen wenigen Privilegien. Er muß zwar die Termine mit den Journalisten hinnehmen, zieht es aber vor, die Käufer zu meiden, für so was sind andere da. Alain Linnel scheint das Spiel mitzuspielen, recht lässig, ein wenig ernst, ein wenig affektiert, ein wenig entrückt. Man bringt ihnen Gläser, ich trete näher heran und positioniere mich einen Meter von ihnen entfernt, mit dem Rücken zu ihnen, die Ohren weit aufgesperrt, und tue so, als wollte ich mir einen Platz am Buffet erkämpfen.

Ich habe Glück. Rasch erfasse ich die Situation, ich hatte mich nicht getäuscht, der Ältere ist tatsächlich Delarge und stellt sein Pferdchen gerade einem Kunstkritiker, dem namhaften Alex Ramey, vor. Sicherlich einer der gefürchtetsten in der Pariser Szene, der einzige, der in der Lage ist, eine Ausstellung mit nur zwei oder drei Adjektiven zugrunde zu richten, ich erinnere mich noch an einen Artikel über eine von Costes Ausstellungen. Der Verriß war derart tödlich, daß ein ganzer Haufen Besucher bloß deshalb gekommen war, um das Ausmaß des Desasters bestätigen zu können.

Doch dem Kritiker gefällt's an diesem Abend, und ganz offenkundig will er dies dem Künstler sagen, und bald auch seinen Lesern.

«Paßt es Ihnen morgen, wegen des Interviews?»

Leichtes Zögern, doch es kommt nichts. Voller Wohlwollen und noch immer strahlend insistiert Delarge freundlich.

«Na komm, Alain! Du wirst doch morgen einen Moment Zeit finden…»

Noch immer nichts. Nicht mal Gestammel. Ich drehe mich um, damit ich einen Blick auf eine Situation werfen kann, die mir zumindest leicht angespannt erscheint. Und da stelle ich fest, daß auch ich mich ein bißchen getäuscht habe.

«Nein. Für diesen Herrn werde ich keinen Moment Zeit finden.»

Bumm. Völlig unvorhergesehen. Ich hebe den Kopf und versuche dabei, mir das Gesicht eines Händlers wie Delarge im Ringen mit einem kapriziösen Künstler vorzustellen, der sich den Luxus erlaubt, schon am Tage nach seiner Vernissage ein Interview abzulehnen.

«Du machst Witze, Alain ...»

«Ganz und gar nicht. Ich werde nicht den Fragen eines Individuums antworten, das mich noch vor vier oder fünf Jahren einen ‹Dekorateur› geschimpft hat. Sie erinnern sich doch noch, Monsieur Ramey? Das war bei einer kleinen Ausstellung in der ehemaligen Galerie, auf der Île Saint-Louis. Und du, mein guter Edgar, du erinnerst dich doch auch, spiel nur nicht den großen Vergeßlichen, jetzt wo ich im Beaubourg bin. Damals hast du ihn noch als Schweinehund beschimpft, jetzt tu doch nicht so ...»

Ich träume!

Hinter meinem Rücken herrscht tonnenschwere dicke Luft. Ich mache mir eine kleine Bresche im Trupp der Zecher zunutze, um mir eine volle Champagnerschale zu schnappen. Die ich in drei Schlucken hinunterkippe. Ramey ist noch immer da.

«Hören Sie, halten Sie jetzt kein Scherbengericht über die Kritiker ab, diese Leier kennen wir ... Ihre Malerei hat sich weiterentwickelt, und der Blick auf ihre Arbeit ebenfalls.»

«Das ist wahr, Alain ... Wir werden uns jetzt doch nicht an unseren Empfindlichkeiten hochziehen», greift Delarge ein.

«Wer ‹wir›? Du hast schon immer ‹wir› gesagt, wenn du ‹du› sagen wolltest. Dieser Herr hier kann mich morgen früh durch die Scheiße ziehen, er kann ‹uns› durch die Scheiße ziehen, das würde mir eher gefallen. Und darauf geh ich mir noch ein Gläschen holen.»

Helle Bestürzung. Delarge zieht Ramey am Arm beiseite und stürzt sich in einen Ausbruch an Entschuldigungen. Ich greife mir ein weiteres Glas und leere es in einem Zug. So was hab ich noch nie gehört. Ich weiß nicht, ob ich ein Gefühl zynischen Frohlockens oder eine vage Besorgnis empfinde, denn nach einem Schlag wie diesem wird Delarge wohl kaum die kleinste Frage von einem Quälgeist meiner Sorte ertragen. Das Stimmengewirr schwillt noch an, der Champagner fließt weiter, das Gewühl gerät merklich in Wallungen, Linnel drückt andere Hände, mit aufrichtigem Lachen, er hat nicht nur Feinde, ich lasse ihn nicht aus den Augen, ein leicht schmerbäuchiger Typ klopft ihm auf die Schulter, Linnel dreht sich um, schüttelt ihm die Hand und greift dann sein Gespräch wieder auf, ohne sich weiter um den Neuankömmling zu scheren, der nun völlig bedeppert dasteht. Und ich kenne diesen Charakterkopf, wie offensichtlich alle Welt hier. Maler? Kritiker? Oder Kunstrat? Ich möchte es gern wissen, daher frage ich ohne die geringsten Hemmungen meine Champagnernachbarin, ob sie diese Person kennt. Offenbar ganz in ihrem Element und schon eine Spur angeschickert, antwortet sie mir, als wäre ich gerade von einer anderen Galaxie aufgekreuzt:

«Das ist Reinhard... Haben Sie irgendwo was Süßes vorbeikommen sehen?»

«Reinhard... der Auktionator?»

«Natürlich der! Bei Dalloyau ziehe ich immer das Süße vor.»

«Hören Sie, ich seh dahinten ein Tablett, zur Linken, wenn Sie mir ein paar Toasts mit Lachs mitbringen können, dann kommen wir ins Geschäft.»

Sie lächelt, wir tauschen, sie bestellt zwei weitere Gläser, um den Rest runterzuspülen.

«Schöne Ausstellung», meint sie zu mir.

«Weiß nicht», entgegne ich mit vollem Mund.

Sie lacht schallend auf. Mein rechter Ärmel steckt schön verborgen in der Tasche. Mitten unter all diesen mondänen Menschen kann so was leicht als snobistische Pose durchgehen. Als Stil. Sie macht sich hektisch über die Mini-Eclairs mit Kaffeefüllung her, und ich nutze dies aus, um mich davonzustehlen. Reinhard diskutiert gerade mit einem noch immer fuchsteufelswilden Delarge. Diesmal beschreibe ich eine Parabel durch den Raum, um meine Bahn vor der Leinwand in ihrer unmittelbaren Nähe zu beenden. Ich erinnere mich an ein Gespräch mit der Coste über den Stammbaum der Reinhards, Auktionatoren vom Vater auf den Sohn, seit es dieses Gewerbe gibt. Er beglaubigt, schätzt und verkauft ein Gutteil dessen, was seinen Weg durch das Auktionshaus Drouot nimmt. Welch schönes Metier dies doch ist! Hammerschläge zu zehntausend Franc versetzen ... Etwas, was Jacques an sich und seinem ganzen Werkzeugkasten zweifeln läßt.

Delarge redet mit halblauter Stimme gereizt auf ihn ein, und ich schnappe nur einen von zwei Sätzen auf.

«Er geht einem auf den Geist, verstehst du ... zwei ganze Jahre hab ich die Aktion Beaubourg vorbereitet ... und der Öffentliche Auftrag, bei den ganzen Scherereien, die wir haben ...!»

Reinhard murmelt irgend etwas Unhörbares.

Gut, fassen wir zusammen: Delarge hat Ärger mit einem Pferdchen, das sich offensichtlich leicht aufbäumt. Reinhard, ein weiterer Vollblüter, wenn auch auf einem anderen Rennplatz, ist eingeweiht. Dieses ganze feine Völkchen ist schwer betroffen, und das bringt meine Angelegenheit nicht um einen einzigen Millimeter voran. Ich muß mich mal langsam daranmachen, mir den Händler zu schnappen, bevor seine Vernissage den Bach runtergeht, und ihn dazu bringen, so viel wie nur möglich auszuspucken, damit ich wieder nach Hause kann. Der Champagner hat mir die Schläfen etwas erhitzt, und ich werde sicher sehr bald die Geduld verlieren. Reinhard entfernt sich in Richtung Linnel, jetzt oder nie ist der Augenblick gekommen, Delarge in die Mangel zu nehmen. Ich klopfe leicht auf seinen Oberarm, er dreht sich um und schreckt leicht zurück. Komischerweise erleichtert mir der Alkohol meine Aufgabe.

«Sie kennen mich nicht, und ich werde Sie nicht lange belästigen, ich hab schon versucht, Sie in Ihrer Galerie zu erreichen, um mit Ihnen über eine Sache aus dem Jahr 1964 zu sprechen. Den ‹Salon der Jungen Malerei›. Ich hab in einer Pressemappe gelesen, daß Sie damals dabei waren, und würde gerne wissen ...»

Er wendet den Blick ab, seine Wangen röten sich wie die eines kleinen Jungen, seine Hände zittern wie die eines Greises. Er hat mich sicher schon hundertmal zum Braten in die Hölle gewünscht.

«Ich kann Ihnen nicht ... Ich muß viele der Leute hier ... ich ...»

Mein Anruf wird ihm wohl kaum eine solche Angst eingejagt haben. Da ist noch was Anderes, wegen drei harmloser Fragen steigert man sich unmöglich in einen derartigen Zustand hinein. Ich frage mich plötzlich, ob ich nicht gerade einen schweren Bockmist baue.

«Sie haben damals mit einer Gruppe gesprochen, die waren zu viert, *Les Objectivistes,* Sie haben sich für deren Arbeit interessiert. Ich will lediglich ein paar Erinnerungen von Ihnen hören, versuchen Sie doch ...»

«... Die was? ... 64, das liegt weit zurück ... Vielleicht ... Fünfundzwanzig Jahre ist das her ... damals hatte ich kaum angefangen ... Der Journalist dürfte mich sicherlich verwechselt haben ... Auf jeden Fall bin ich nie zu diesem ‹Salon der jungen Malerei› gegangen, ja nicht mal zur Biennale von Paris ... Ich kann Ihnen nicht weiterhelfen ...»

Ich halte ihn am Ärmel zurück, doch er macht sich los und zieht ohne ein weiteres Wort ab. Er geht wieder zu Linnel und Reinhard zurück. Als ich sie anschaue, hören sie auf, mich zu fixieren. Lediglich Linnel behält seine Augen auf mich geheftet und mustert mich von Kopf bis Fuß, ich habe den üblen Eindruck, daß sein Blick am Ende meines vergrabenen Arms innehält. Grinst er hämisch? Vielleicht... Ich weiß nicht mehr, wohin ich meinen eigenen Blick richten soll, ein Krampf sticht in meinem Unterarm, doch jetzt weiß ich endgültig, daß irgendwo in diesem Gewühl etwas sein muß, das Delmas ein «Zentrum der Vermutungen» nennen würde. Ein kurzes Lachen entschlüpft meinem Mund. Das Lachen eines weinseligen Prassers, der erkennt, daß das Fest weitergeht. Jetzt schnürt mir Angst die Kehle zu. Delarge schwitzt Lügen aus.

Mit einem Schlag fühle ich mich klein, verkrüppelt, ich habe Angst, zu verlieren, was mich stark gemacht hat, das Glücksgefühl, einen Schuldigen zu beseitigen. Diese ganze Welt geht über meinen Horizont, nichts von dem hier gehört zu mir, weder die Malerei oder die Krawatten, noch die komplizierten Worte oder der Champagner, weder das Gedröhn schwadronierender Stimmen, der parfümierte leichte Schweiß oder der weichliche Händedruck dieser Leute, noch die Wehen der Kunst und ihre obskuren Streitigkeiten. Ich für mein Teil war für den Samtstaub geschaffen, für die Stille, die ganz zart das Elfenbein streift, die sanften Karambolagen, für Angelos leidenschaftlichen Überschwang, den Geruch der Zigarren, die Alten mit ihren Hosenträgern, die blaue Kreide und das heiter gelassene, ewige Leuchten auf dem Grund meiner Augen. Und um all dies wiederzufinden, eines Tages vielleicht, muß ich noch ein bißchen mitten in diesem absurden Durcheinander bleiben.

Jemand schubst mich, ich habe nicht mal Zeit zum Maulen, die Kleine stürmt schnurstracks auf Delarge zu und baut sich vor ihm auf. Von vorn sehe ich es nicht, doch von hinten nimmt man eine wilde Entschlossenheit wahr. Sie redet laut, die drei Typen beachten mich überhaupt nicht mehr. Nette Ablenkung. Delarges Gesicht verzerrt sich erneut. Kein guter Abend! Dieser Gedanke richtet mich auf und gibt mir neuen Atem. Diesmal bricht Linnel in ein derartiges Gelächter aus, daß die Gespräche drum herum aufhören. Ich nähere mich abermals dem Buffet, um zu lauschen, wie die übrige Versammlung auch.

«Ihre Vernissage interessiert mich nicht, Monsieur Delarge, doch man muß nun mal hierher kommen, um Sie von Angesicht zu Angesicht zu sehen!»

Verzeihung? Wieviele sind wir eigentlich hier in derselben Situation, so insgesamt?

«Ich bitte Sie, Mademoiselle, suchen Sie sich doch einen geeigneteren Moment aus, um einen Skandal zu machen», sagt Delarge, ganz rot im Gesicht.

«Skandal? Sie reden von Skandal? Meine Zeitung wird ein ganzes Dossier über Ihre Betrügereien veröffentlichen!»

«Seien Sie vorsichtig mit ihren Andeutungen, Mademoiselle.»

«Aber ich deute nichts an, ich schreie es allen Leuten, die hier sind, ins Gesicht!»

Diese aufgebrachte Bekloppte hält ihre Hände als Flüstertüte an den Mund und brüllt in die Runde:

«Alle diejenigen hier, die ein Werk von Juan Alfonso, dem berühmten Kubisten, gekauft haben, sollten sich deswegen mal langsam ernsthaft Sorgen machen!»

«Und das ist auch in Ordnung so!» fügt Linnel, sich vor Lachen krümmend, noch hinzu.

Delarge wirft ihm einen bitterbösen Blick zu, stößt das Mädchen zurück und macht den beiden Schergen vom Eingang, die bereits im gestreckten Galopp angetanzt kommen, aufgeregt Zeichen.

«Das ist eine Irre, mein Anwalt wird sich um all das kümmern! Machen Sie, daß Sie von hier fortkommen!»

Die beiden Typen heben die junge Frau fast hoch und schleifen sie zum Ausgang. Ich weiß nicht mehr, ob ich träume oder ob ich einem vorzüglich inszenierten Happening beiwohne. Sie wehrt sich heftig und fährt mit ihren infernalischen Beschwörungsformeln fort.

«Die Wahrheit über Juan Alfonso, in der Maiausgabe von *Artefact*! Überall im Handel erhältlich!»

Das Getümmel ist jäh erstarrt, in einer zur Ewigkeit gerinnenden Sekunde. Die sperrangelweit offenen und stummen Münder klappen nicht mehr zu, die Champagnerschalen bleiben an den Lippen, die Arme in der Luft, steif vor Verblüffung sinken sie nicht mehr herab. Ein dreidimensionales Fresko von Hieronymus Bosch.

Der einzige, der noch etwas zu sagen weiß, ist Linnel.

«Herrlich ... Herrlich ... Das ist ja herrlich ...»

Seine Provokation kommt nicht gut an. Vor allem Delarge goutiert sie nicht, bei ihm spürt man eine unbändige Lust, Linnel eine zu knallen und ihn der Undankbarkeit zu bezichtigen. Eine neue Welle von Leuten wälzt sich langsam auf das Buffet zu. Man nötigt mir, ohne zu fragen, eine Champagnerschale auf, wahrscheinlich weil der allgemeine Konsens dies erfordert. Ein Skandal ... Und, von meinem Blickwinkel aus betrachtet, eine herrliche Begebenheit, wie Linnel meint. Delarge scheint mehr als ein Störenfried am Hintern zu kleben. Noch nie was von diesem Kubisten gehört, dessen Name mir bereits entfallen ist, noch von dieser gewaltig stinkenden Affäre, die ihn umgibt. Mich erfaßt ein gewisses Mitgefühl für diesen Mann, diesen Kunsthändler, der heute abend eigentlich einen Triumph hätte feiern sollen und der ohne Unterlaß angegriffen wird – von der Presse, von seinem eigenen Künstler und von Schnüfflern meines Schlages. Ich hätte doch öfters auf den Vernissagen bleiben sollen.

Die Unterhaltungen setzen nach und nach wieder ein. Tabletts mit Petits Fours schmücken nun die Tische.

«Herrlich, dieses Mädchen, nicht? Das Beaubourg ins Musée Grevin zu verwandeln, Hut ab ...» säuselt es mir ins Ohr, und ich drehe mich mit einem Ruck um.

Linnel, mordsvergnügt.

Der Typ ist sicher mental etwas angeschlagen.

«Ja ... Das roch nach Werbecoup, oder? Ein komischer Werbecoup, aber immerhin», sage ich.

«Vielleicht, aber ich mag unhöfliche Leute ganz gern. Man langweilt sich dermaßen auf diesen mondänen Gesellschaften. Und vielleicht, nicht mal das ... ich für meine Person komme her, weil ich muß – ich hab die ganzen Dinger da, die Sie an den Wänden sehen, gemacht –, aber die anderen?»

Eitelkeit? Falsche Bescheidenheit? Ich glaube nicht.

«Die anderen? Die mögen diese Dinger da ganz gern, das ist alles.»

Ich fürchte schon, er fragt mich, was ich davon halte.

«Und Sie, gefällt es Ihnen?»

Scheiße ...

«Ich weiß nicht. Wenn ich darüber reden müßte, könnte das ein wenig unhöflich ausfallen.»

Er lacht, ich ebenfalls, doch mein Lachen erstickt, als er sich bei mir einhakt. Unter dem schlimmen Arm!

«Kommen Sie mit, ich lad Sie zu einer kleinen Privatführung ein.»

Bevor wir zu den Sälen steuern, versorgt er sich noch mit zwei Champagnerschalen, reicht mir eine, und ich stehe da, wie ein Blödmann in der Klemme, eingekeilt zwischen einem dargebotenen Glas und einer fremden, in meiner Taille nistenden Hand.

Er zwang mich förmlich, mit ihm anzustoßen, ich gehorche und komme ein bißchen aus dem Gleichgewicht. Er läßt mich vor einer Leinwand anhalten.

«Sehen Sie sich dieses Bild an, ein altes, von 71.»

Ich weiß nicht, was er von mir will, ob dies ein reiflich durchdachtes Manöver oder eine neue Eskapade eines beschwipsten Künstlers ist. In jedem Fall weiß er, daß ich seinen Händler gepiesackt habe, und vielleicht gefällt ihm gerade das. Im Grunde ist es das erste Mal, daß ich einen Blick auf sein «Schaffen» werfe. Ich bin zu schnell durchgegangen und habe vorhin nichts gesehen. Ich neige stets dazu, die jeweiligen Rahmen dem vorzuziehen, was sich darin befindet. Langgezogene Pinselstriche in einem etwas schmutzigen Grün, man spürt, daß die Striche geradlinig geführt und am Ende ihrer Bahn jäh abgebrochen wurden. Dann hat er das Ganze mit einem Weiß überzogen, das die gesamte Fläche versiegelt. Ich weiß wirklich nicht, was ich davon halten soll. Das ist reine Abstraktion. Sonst nichts.

«Spricht Sie das an?»

«Ein wenig, ja ... Aber wissen Sie, ich kenn mich damit nicht aus ...»

«Um so besser, Fachleute gehen mir auf den Geist. Und genau deshalb hätte ich gern, daß ein Typ wie Sie mir, heute abend, sagt, was er darüber denkt. Also, ruft das etwas in Ihnen wach?»

«Wenden Sie sich an jemand anderen. Ich vertraue nur auf das ursprüngliche und rückständige Vergnügen der Netzhaut. Das sagen alle Ängstlichen, und ich bin einer davon. Im großen und ganzen, muß ich Ihnen gestehen, weiß ich ein gutes Bild nicht von einem schlechten zu unterscheiden. Haben Sie einen Tip?»

«Ja, das ist ganz einfach, Sie brauchen davor bloß ein paar tausend gesehen zu haben, sonst nichts. Also, ruft das etwas in Ihnen wach?»

«Puh ... Wenn ich mich sehr bemühe ... Das könnte mich an eine Mutter erinnern, die ihre Tochter unter ihrem Mantel schützt, weil es regnet.»

«... ?»

Ich habe das in so einem glaubhaften Ton gesagt, daß er nicht einmal mehr lacht. Das ist mir einfach wie eine Eingebung gekommen. Er verzieht wie eingeschnappt das Gesicht. Schluß mit der Ironie, dem Zynismus und mit der Lange-Nase-Machen in Richtung Kunst.

«Gut, okay, jeder sieht darin, was er will. Ich dachte

nicht an so was, als ich es malte, aber… nun gut… ich hab nichts zu sagen. Und wissen Sie, wieviel das kostet?»

«Wenn Sie ein Typ sind, den man im Beaubourg ausstellt, dürfte der Preis gepfeffert sein.»

«Mehr als das. Dieses hier kostet 125 000. Eine Nacht Arbeit, soweit ich mich erinnere.»

Schuß in den Ofen. Das beeindruckt mich überhaupt nicht. Irgendwann habe ich in meiner Galerie mal einen kleinen Berg leerer Bierflaschen fürs Doppelte gesehen.

«Und wieviel für den Händler?»

«Zu viel. In der Regel fifty-fifty, doch wir haben ein besonderes Arrangement…»

«Und Sie arbeiten nachts?»

«Ah, das kann man wohl sagen, und ich bin einer der ganz wenigen Maler auf der Welt, die künstliches Licht bevorzugen. Das verschafft mir jedesmal eine Überraschung, im Morgengrauen…»

Im Vorbeigehen ruft er einen Typ in weißem Jackett herbei, der eine Minute darauf mit Champagner zurückkehrt. Er will erneut mit mir anstoßen. Ein Paar nähert sich uns, die Frau umarmt und küßt Linnel, und der Mann auch. Der Künstler leiht ihnen ohne jede Begeisterung seine Wangen.

«O Alain, einfach genial, freust du dich? Das ist wirklich stark, man spürt da einen Atem, siehst du, die einzelnen Arbeiten kommunizieren wirklich gut miteinander, einfach wundervoll.»

Er bedankt sich bei ihnen, als hätte er eine Klammer auf der Nase, und zieht mich woandershin. Dieser Typ ist irre.

«Was soll das bedeuten, ‹die einzelnen Arbeiten kommunizieren›?» frage ich.

Im Wirklichkeit weiß ich das besser als irgendwer sonst, das war der Begriff, den die Coste benutzte. Aber das frage ich nur, um ihn zum Reden zu bringen.

«Nichts. Wenn man erst anfängt, sich diesen ganzen Quatsch anzuhören ...»

«Trotzdem ... So was beeindruckt mich, wenn Leute über den richtigen verbalen Code verfügen. Ohne den kommt man zu nichts.»

«Ach wirklich? Ich hasse sämtliche Jargons. André Breton sagte: Ein Philosoph, den ich nicht verstehe, ist ein Lump! Es passiert mir häufig, daß ich beim Lesen der hochgelehrten Artikel über meine Kleckserei Tränen lache. Wissen Sie, die zeitgenössische Malerei eignet sich dafür weit besser als beispielsweise die Musik. Was könnte man wohl über die Musik sagen, hm? Die Kunstkritiker reden nicht über das, was sie sehen, sie versuchen, das Bild an Abstraktion zu übertreffen. Das sagen sie übrigens selbst.»

Ich habe schon einen Menge unverständlicher Kataloge gelesen.

«Und trotzdem ... so was beeindruckt mich.»

«Nun, nichts leichter als das, wir spazieren still und leise mitten durch die Besucher, und ich liefere Ihnen eine Simultanübersetzung, okay?»

Der Champagner läßt mich kichern. Mein Hirn dürfte allmählich einer Emulsion *brut impérial* gleichen.

«Okay.»

Ich mag noch so angetrunken sein, ich vergesse nichts. Weder Delarge noch meinen Stumpf. Was immer er im Sinn hat, Linnel könnte ein Joker sein, den ich auf meine Seite bringen müßte.

Ohne groß zu suchen, schlendern wir in Reichweite zweier ziemlich betagter Frauen vorbei, von denen eine ganz besonders in Fahrt ist. Wegen des Rauchs eines seitlich im Mund steckenden Klimmstengels muß sie das linke Auge schließen.

«Weißt du, bei Linnel überwiegt ja häufig das Spiel der chromatischen Äquivalenzen, aber, na ja ... man sucht die Implosion ...»

Beiseite gesprochen von Linnel:

«Die da will damit sagen, ich würde immer die gleichen Farben benutzen, und ‹Implosion› bedeutet, daß man die Bilder lange anschauen muß, bevor irgendwas passiert.»

Die Alte setzt erneut an:

«Man spürt die ganze Mattheit der Fläche ... Und dort ist so ein Emergieren ... es zerreißt den Schleier ...»

Linnel:

«Sie meint, das gebrochene Weiß wäre eine fade Farbe und daß man das, was dahinter ist, durch sie sehen würde.»

Ich habe den Eindruck, die Ausstellung wird zunehmend voller. Die beiden Alten entfernen sich, doch treten andere Leute an ihre Stelle, ein Paar, bei dem die Frau nichts zu sagen wagt, bevor der Typ nicht gesprochen hat. Er zögert, so als sei er irgendwie gezwungen, eine Meinung abzugeben.

«Das ist ... Das ist interessant», sagt er.

Linnel wendet sich mir mit verbitterter Miene zu.

«Bei dem ist es nicht kompliziert, er meint, es wäre total mies.»

Ich lache erneut, und diesmal von ganzem Herzen. Er hat eine Art, die mir gut gefällt, die des desillusionierten Künstlers, dem die Etikette und der affektierte Karneval, der sich um alles dreht, was man zum Dogma erhebt, scheißegal ist. Alles, bis auf das, was er macht, allein, im eigenen Kämmerlein. Die Kleckserei. Das Sakrale, worüber er nicht spricht. Jene Momente, die auch ich erlebt habe, in denen man sich als Autor, Akteur und einziger Zuschauer zugleich fühlt. Genau darin kann ich ihn verstehen. Ich spüre bei ihm den einsamen Genießer.

«Und wenn wir uns die Birne vollknallen würden?» fragt er mich, vollkommen ernst.

«Auf geht's!» sage ich, ohne mir überhaupt darüber im klaren zu sein.

Ich frage mich wirklich, wo er diese Ausdrucksweise

aufgeschnappt hat, ich habe das Gefühl, René zu hören. Sollte Linnel ein Wunder- und Prolokind sein, das irgendwann mit Rostschutzfarbe angefangen hat zu malen, um damit brachliegende Grundstücke der Banlieue als seine ersten Landschaften und Stilleben mit kaputten Mopeds zu schaffen? Ich weiß nicht, ob es am Champagner liegt oder an der angenehmen Ironie dieses Typs, aber ich fühle mich viel besser als bei meiner Ankunft.

Wir stoßen auf Du an.

«Dein Händler, hat der 'nen öffentlichen Auftrag am Hals? Das ist vielleicht indiskret...»

«Indiskret? Du machst Witze... Steht doch in allen Zeitungen, ein beschissenes Fresko, das die Fassade eines Ministeriums werden soll. Und außerdem hat nicht er 'nen öffentlichen Auftrag am Hals, sondern ich.»

Ich pfeife laut.

«... Du? Aber das wird ja das Linnel-Jahr! Beaubourg plus ein öffentlicher Auftrag! Das heißt Ruhm! Und Vermögen!»

«Von wegen, dreißig Quadratmeter... und ich weiß wirklich nicht, was ich denen hinklatschen soll... Die wollen dieses Jahr einweihen.»

«Hast du dich schon drangesetzt?»

«Ja und nein... Ich hab so eine vage Idee... Das Ding wird ‹Kilukru› heißen, ein Pimmel von 80 Metern Länge, der aus der Fassade hervorkommt, in den Tönen Rosa und Violett. Doch werd ich vom Minister auch richtig verstanden werden?»

Für eine Sekunde habe ich geglaubt, er würde es ernst meinen. Bei so einem Wahnsinnigen hat Delarge wirklich Anlaß, sich Sorgen zu machen. Ich glaube, ich verstehe jetzt etwas besser, was abläuft, der arme Händler ist auf einen Künstler angewiesen, der es sich auf der Höhe des Ruhms erlauben kann, den Blödmann zu spielen. Und wenn seine ein mal zwei Meter großen Bilder bereits überbewertet sind, so wage ich erst gar nicht, mir den Preis des Freskos vorzustellen.

«Ich hol uns noch was zum Saufen, wartest du hier?»

Ich nicke. In mein linkes Ohr knallt ein «Bonjour!», das mich ganz taub macht.

Die Coste.

«Ich bin etwas spät dran, man hat mir am Eingang Schwierigkeiten gemacht, ich habe meine Einladung verlegt … Wie geht es Ihnen? Ich wußte gar nicht, daß Sie zu den Vernissagen des Beaubourg kommen. Kennen Sie Linnel? Ich meine … Kennen Sie ihn persönlich?»

Sie muß mich gerade gesehen haben, wie ich mit ihm getrunken habe. Und das dürfte sie, die Coste, stutzig machen: ein ehemaliger Aufbauer ihrer Galerie stößt mit einem Künstler des Beaubourg an.

«Ich kannte ihn nicht mal dem Namen nach, bevor ich hierher kam. Und Sie, mögen Sie seine Bilder?» frage ich, bevor sie mir zuvorkommt.

«Ja, sehr. Ich verfolge seine Arbeit seit vier oder fünf Jahren und habe …»

Ich bin betrunken, ich muß mich den Tatsachen beugen. Und daher wenig geduldig. Ich warte, bis sie ihren Satz beendet hat, um mit einem anderen Thema loszulegen. Die Coste ist eine lebende Enzyklopädie, und diese Gelegenheit darf ich mir nicht entgehen lassen.

«Kennen Sie Juan Alfonso?»

Verwundert darüber, daß ich plötzlich auf ein anderes Thema überspringe, runzelt sie die Stirn.

«… Äh … Ja, vage, aber ich habe nicht viele Informationen … Ein Kubist, von dem bis vor kurzem noch nie jemand gehört hat. 150 seiner Arbeiten sind bei *Drouot* verkauft worden, sonst weiß ich nichts. Interessieren Sie sich für Kubismus?»

«Nein.»

«Wann werden Sie wieder mit uns arbeiten wollen?»

«Ich hab noch ein oder zwei Sachen zu regeln, danach sehe ich weiter.»

«Wissen Sie eigentlich, was im Depot geschehen ist?»

«Ja, ich habe mit Kommissar Delmas gesprochen.»

Linnel kommt mit einer Flasche zurück und schüttelt der Coste die Hand. Sie tauschen rasch ein paar Artigkeiten aus, und schon entschuldigt sie sich, weil sie sich die Expo ja noch nicht ansehen konnte, und zieht in Richtung Säle ab.

«Weißt du, die Puppe da», meint Linnel, «die ist eine der wenigen wirklich aufrichtigen Gestalten in diesem Milieu. Für die mußte ich nicht erst hier ausstellen, die hat meine Arbeiten schon vorher gemocht.»

Es freut mich, daß er das sagt. Ich habe stets geahnt, daß meine ehemalige Chefin ihr Metier wirklich liebt.

«Gut, genug geblödelt, wir haben Zeit verloren, also schenk uns ein Glas ein!» sagt er, indem er mir Schale und Flasche hinhält.

Und hier hört für mich der Spaß auf. Ohne daß ich wüßte, ob ich das Ganze als Ulk auffassen soll. Oder wieder in die Wüste des Verbitterung abtauchen.

«Ich … Mir wär's lieber, du würdest servieren …»

Um die Situation zu klären, ziehe ich den Ärmel aus meiner Tasche und zeige ihm den Stumpf. Diese Bewegung ist inzwischen ungewollt zum Todesstoß meiner Dialektik geworden. Linnel zögert kurz, ehe er reagiert.

«Das muß recht praktisch sein, um die Leute kräftig auf den Arm zu nehmen …»

«… ?»

Das hätte er nicht sagen dürfen. Für den Bruchteil einer Sekunde sehe ich schon, wie mein Glas in seiner Fresse zerschmettert. Ich habe gezögert. Da schnappt Delarge seinen Schützling an der Schulter. Es ist zu spät.

«Alain, wir brauchen dich jetzt für die Fotos, Sie entschuldigen uns», sagt er mit einem Lächeln, bei dessen Anblick der Judaskuß glatt für eine kleine Liebkosung gehalten werden könnte.

«Ich hab keine Zeit, Edgar, du siehst doch, daß ich mich mit meinem Freund unterhalte. Und mein Freund ist ein aufgeklärter Kunstliebhaber! Ein waschechter!»

Delarge beißt sich auf die Lippe.

«Hör auf, Alain… LASS-DAS-JETZT… Du gehst zu weit…»

«Kümmer du dich um deine Gäste, das hast du schon immer besser gekonnt als ich…»

«Dein… Freund kann eine Minute ohne dich auskommen. Und außerdem erspart ihm das, zu viele Fragen zu stellen.»

Ein kurzer Moment mußte erst verstreichen, ehe ich realisiere, was er da gerade gesagt hat.

Und in meinem benebelten Gehirn fand ich, daß das ein Satz zu viel war. Die Säle sind mir plötzlich leer erschienen, ich habe nicht gemerkt, wie die Zeit vergangen ist. Ich schließe die Augen und sehe einige schwarze unförmige Wolken vor meinen Lidern vorbeiziehen. Langsam hebe ich die Arme, und meine Faust beendet ihre Arabeske in Delarges Fresse. Das mußte einfach raus. Ich packe ihn am Kragen, um meinen Kopf gegen den seinen zu knallen, zweimal, dreimal, seine Nase platzt auf, aber mein Schrei übertönt den seinen, es folgen Kniestöße, Fußtritte, ich befreie mich von einer seit zu langer Zeit aufgestauten Gehässigkeit. Er fällt auf den Boden, nicht ich, ich finde das praktischer, mit der Spitze meiner Latschen ziele ich auf seinen Kopf, nur ein letzter, endgültiger…

Keine Zeit mehr: zwei Typen haben mich genau in diesem Moment von ihm weggerissen, und ich habe losgebrüllt, weil ich meine Wut nicht zähmen konnte. Der mir am nächsten stehende Typ bekommt den Tritt ab, und zwar ans Schienbein, er klappt zusammen, der andere klammert sich an mich und reißt mich zu Boden, mein Stumpf rutscht weg, mein Gesicht knallt auf den Teppichboden. Ein Faustschlag in den Nacken drückt es noch etwas mehr herunter. Man packt mich an den Haaren und zwingt mich wieder auf die Beine.

Irgend jemand hat von Polizei gesprochen.

In einer Ecke sehe ich Linnel, wie er sich ein Glas einschenkt.

Delarge, immer noch am Boden, brüllt eine Anweisung.

Nämlich die, mich rauszuschmeißen.

Die beiden Typen, die den Eingang bewacht haben, pakken jeweils einen meiner Arme, drehen Sie mir auf den Rücken und schleppen mich hinaus auf die Rue du Renard. In einer letzten Anwandlung zerrt mich einer der beiden an den Haaren, um meinen Kopf herumzureißen.

Ich habe noch einen breiten Streifen Nacht gesehen, bevor ich seine Handkante voll in die Visage bekam.

«Blöder Krüppel, du ...»

*

Ich habe lange warten müssen, ich weiß nicht mehr wie lange, vielleicht gute zwanzig Minuten, bis ein heroischer Taxifahrer bei dieser Jammergestalt in Schlips und Kragen anhielt, die da herumsaß, den Kopf den Sternen zugewandt, und darauf wartete, daß die Nase endlich aufhören wollte zu bluten. Bevor er die Tür öffnete, hat er mir eine Schachtel Kleenex hingehalten.

«Fahren wir zu einer Apotheke?»

«Nicht nötig.»

«Und wohin dann?»

Darüber hatte ich bereits nachgedacht, während ich auf einem Belüftungsschacht der Métrostation Rambouillet ausgestreckt dalag und ausnüchterte. In der Hülle meiner Carte Orange habe ich die Adresse des einzigen Typs aus meinem Bekanntenkreis gefunden, der wirklich Verbände anlegen kann. Meine Nase tut weh, und die werde ich nur den Händen eines Arztes überlassen. Wegen der Uhrzeit hoffe ich, daß er nicht verheiratet ist.

«Rue de la Fontaine-au-Roi.»

«Schon unterwegs.»

Die rote und klebrige kleine Kugel, die nichts mehr zurückhält, werfe ich fort und reiße eine weitere Handvoll Papiertücher aus dem Karton.

«Ich paß auf die Sitze auf», sage ich.

«Oh, da mach ich mir keine Sorgen, wenn's Kotze gewesen wär, hätte ich Sie nicht mitgenommen. Erbrochenes ertrag ich einfach nicht.»

Die ganze Fahrt über hat er nicht einmal versucht zu erfahren, warum meine Nase wie verrückt blutet, und mich an der Schwelle von Hausnummer 32 abgesetzt. Die Güte seines Schweigens habe ich zu schätzen gewußt.

Briançon, 4. links. Das Treppenhaus riecht nach Pisse, und das Licht geht nicht. Hinter seiner Tür höre ich leise Musik, Oboe vielleicht. Ich klingele.

«Antoine ...?»

Mein rötlicher Plastron erspart mir das Reden, ich trete ein.

«Aber was ist denn ...! Setzen Sie sich.»

Ich behalte den Blick nach oben gerichtet, er läßt mich Platz nehmen, geht kurz im Zimmer herum und kehrt mit allem Nötigen zurück, um mir das Gesicht zu säubern.

Eine Kompresse auf der Nase bereitet mir höllische Schmerzen.

«Ist sie gebrochen?» frage ich.

«Wenn sie gebrochen wäre, wüßten Sie's.»

«Die hält wirklich was aus, bei allem, was sie dieses Jahr abbekommen hat ...»

«Haben Sie sich geschlagen?»

«Ja, und das hat mir gut getan. Sie hatten recht, Doktor, mit ein bißchen gutem Willen kann man eine Behinderung wirklich überwinden, ich hab zwei auseinandergenommen, wie nichts. Als ob ich ganz wäre. Und als ich noch ganz war, hab ich nie jemanden auseinandergenommen.»

«Halten Sie sich etwa für witzig?»

Bis meine Nase aufhören wollte zu bluten, saßen wir eine gute Viertelstunde lang schweigend da. Danach hat er mir aus Jacke und Hemd geholfen, um mir ein sauberes Sweatshirt anzuziehen. Ich habe alles hingenommen, ganz folgsam, nur das Glas Schnaps nicht.

«Ich habe erwartet, daß Sie mich aufsuchen», sagt er schließlich, «allerdings unter anderen Umständen.»

«Na ja, ich denke häufig an Sie. Ich mache Fortschritte.»

«Wenn Sie wirklich Fortschritte machen wollen, sollten Sie mich lieber im Boucicaut besuchen. Dort hätten Sie eine komplette Apparatur zur Rehabilitation zur Verfügung, dafür bräuchten Sie bloß drei Monate.»

«Niemals. Das wird von allein kommen, genau wie die Liebe. Wir haben uns doch gerade erst kennengelernt, und im Moment herrscht zwischen meiner Linken und mir noch die Flirtphase, eine ganz zaghafte. Danach kommt das Vertrauen, die gegenseitige Hilfe, und eines Tages ist das Paar treu und fest verbunden. So was braucht seine Zeit.»

«Verlorene Zeit. Haben Sie eine Arbeit gefunden?»

«Ein Flic hat mir bereits dieselbe Frage gestellt.»

Er hält kurz inne.

«Wurde Ihr Angreifer aufgespürt?»

«Noch nicht.»

«Und besteht da ein Zusammenhang zu dem, was heute abend vorgefallen ist?»

Für einen kurzen Augenblick zögerte ich, ihm gegenüber auszupacken, alles, en bloc, um mich abzureagieren. Wenn mir nicht die Schnauze eingehauen worden wäre, hätte ich ihm sicherlich die ganze Galle ausgeschüttet, die ich im Herzen habe.

«Überhaupt nicht. Ich war betrunken und hab die Geduld von Leuten überstrapaziert, die stärker sind als ich. Trotzdem möchte ich das Erlebnis für nichts auf der Welt missen.»

Lange Stille. Der Arzt schaut mich jetzt anders an und schüttelt sachte den Kopf.

«Sie stecken zu gut weg, Antoine.»

«Kann ich hier schlafen?»

«... Äh ... Wenn Sie wollen. Ich hab aber nur dieses Sofa.»

«Bestens.»

Nachdem er mir Laken und Kopfkissen hervorgeholt hat, verabschieden wir uns.

«Schlagen Sie die Tür beim Weggehen einfach zu, ich muß sicher früher als Sie aus dem Haus. Kommen Sie mich bald mal wieder besuchen, und warten Sie nicht erst, bis Ihr Gesicht nochmals blutüberströmt ist.»

Dem habe ich nichts hinzugefügt. Als er die Tür seines Zimmers geschlossen hatte, war ich mir sicher, ihn nie mehr wiederzusehen.

*

Der Schlaf wollte lange nicht kommen, um sich dann auch noch sehr rasch wieder davonzumachen. Gegen fünf Uhr in der Frühe bin ich aufgebrochen, ohne mir die Mühe zu machen, Briançon ein Wort des Dankes zu schreiben. Ich dachte, die Nachtluft würde mir guttun, und meine Nase bräuchte etwas Kühlung. Selbst wenn ich langsam gehe, kann ich das Marais über die Rue Oberkampf in einer halben Stunde erreichen. Mehr Zeit, als ich brauche, um mir auszumalen, wie ich den kommenden Tag verbringen werde. Der Quacksalber hat recht, ich fühle mich eher gut, ja beinahe friedlich, und das sollte ich eigentlich nicht. Die Schläge habe ich schon vergessen, sowohl diejenigen, die ich ausgeteilt habe, als auch die erhaltenen. Eines Tages verliere ich noch meine Nase, und das wird dann auch nicht mehr Eindruck auf mich machen. Eine Hand, eine Nase, ein gesunder Geisteszustand, was soll's, in meiner derzeitigen Lage ...

Delarge ist ein Mistkerl und Linnel ein Verrückter. Aber bei der Auswahl habe ich gut daran getan, den ersteren zu verprügeln. Und ich werde es sicher noch einmal tun, schon bald, falls er mir nicht sagt, was er über die Objektivisten weiß. Das ist der Unterschied zwischen Delmas und mir. Delarge wäre wohl jederzeit in der Lage, einen Flic an der Nase herumzuführen, bei all seinen Anwälten und seinen Beziehungen. Er müßte ernsthaft in der Scheiße stecken, um sich wirklich Sorgen machen zu müssen. Und ich, ich habe ihm nichts als meine linke Hand entgegenzusetzen. Doch offensichtlich gehorcht sie mir immer besser.

Ich steige die Treppen hoch, schweißgebadet, atemlos, mit schweren Beinen. Anscheinend verkrüppelt nicht nur mein Arm. In einer Ecke meines Schreibtischs sehe ich ein weißes Blatt im Schlitten der Maschine eingespannt und fühle mich plötzlich inspiriert. Diesmal, nach dem absurden Übermaß, das ich gerade erlebt habe, verspüre ich ein Verlangen nach brutalen und disparaten Bildern. Nach dem willkürlichen Nebeneinanderstellen von Elementen, die am Ende eine nicht-*sinnliche* Gewalt schaffen. Den Surrealismus.

Ihr zwei Lieben,
von nun an ist mein Leben schön wie die Vereinigung einer Champagnerschale und eines Armstumpfs auf einer verbrannten Leinwand. Viva la muerte.

Ich lege mich hin, nur für einen Moment, doch der Schlaf übermannt mich kalt, und ich gleite ins Vergessen.

Während ich eine Tasse Kaffee trinke, überfliege ich die Pressemappe, die die Hosteß mir gegeben hatte. Nichts sonderlich Neues, mit Ausnahme eines kleinen Abschnitts über die Chronologie der Beziehungen zwischen Händler und Künstler. Man könnte es fast glauben:

«Edgar Delarge interessiert sich schon seit 1967 für Linnels Arbeit – und dies ist weit mehr als nur eine Entdeckung: es ist eine Leidenschaft. Daher wird er alles tun, um dem jungen Künstler zum Durchbruch zu verhelfen. Somit ist dies auch die Geschichte einer zwanzigjährigen Freundschaft. Und Alain Linnel hat ebenfalls seine Treue bewiesen, indem er die Angebote der glanzvollsten Galerien ausschlug...»

Das Telefon klingelt. Meine Mutter. Sie möchte einen Abstecher nach Paris machen, allein. Das trifft sich schlecht, ich will nämlich gerade für ein paar Tage mit einem Kumpel nach Amsterdam fahren. Wäre doch schade, sich zu verpassen. Sie wird es also auf den nächsten Monat verschieben. Ich umarme dich und schreibe dir.

Und im Augenblick bin ich noch immer bei der Anrede.

Seit gestern kann Delarge mich zu seinen Feinden zählen. Linnel gehört ebenso dazu, auf seine Weise, aber das ist noch gar nichts verglichen mit der Verbissenheit dieses Mädchens, der Journalistin von *Artefact.* Sie hat mir gestern fast die Schau gestohlen mit ihrer öffentlichen Anklage. Ich habe einen Großteil des Tages mit dem Versuch zugebracht, sie in ihrer Zeitung ans Telefon zu bekommen, und ganz offensichtlich war ich dabei nicht der einzige. Am späten Nachmittag hatte sie die Güte, meinen Anruf zu beantworten, wenn auch in dem gleichen Zustand von Aggressivität wie am Vorabend.

«Bonsoir, Mademoiselle, ich war auf der Vernissage gestern abend und...»

«Falls Sie zu Delarges Clique gehören, können Sie gleich wieder auflegen, zwei Anwälte an einem Tag reichen mir, ich weiß, was Verleumdung bedeutet...»

«Nein, ganz und gar nicht, ich wollte ...»

«Gehören Sie zu den Geprellten? Haben Sie auch einen Alfonso gekauft und machen sich nun Gedanken? Kaufen Sie die nächste Ausgabe von *Artefact.*»

«Auch nicht, ich wollte Sie ...»

«Ja, was wollen Sie dann, sagen Sie es endlich! Ich hab noch was anderes zu tun!»

«Sie könnten mal für eine Sekunde die Klappe halten, verdammte Scheiße! Auch mich hat man gestern abend rausgeschleift, und ich habe wie ein Schwein geblutet, und Delarge ebenfalls! Genügt Ihnen das?»

Eine leichte Verblüffung am anderen Ende der Leitung. Sie räuspert sich, ein- oder zweimal. Ihre Stimme hat sich danach etwas aufgehellt.

«Verzeihen Sie ... Ich war mit einem Kumpel von der Zeitung gekommen, den ich gebeten hatte, bis zum Schluß zu bleiben. Er hat mir von der Schlägerei erzählt ... Das waren Sie?»

«Ja.»

«Ging es um den Kubisten?»

«Nein. Nun ja ... ich denke nicht ...»

«Können wir uns treffen?»

Zwei Stunden später sitzen wir uns von Angesicht zu Angesicht in einer Bar gegenüber, die nicht weit von meiner Wohnung liegt, «Le Palatino» – der einzige Ort im ganzen Viertel, wo es angenehm sein kann, sich nach Mitternacht zu verirren. Sie heißt Béatrice, und gestern hat sie mir nicht mal die Zeit gelassen, ihr schönes Gesicht einer reizvollen Brünetten, ihre wohlgerundeten Formen und erst recht nicht ihr Lächeln zu bewundern. Damit sie es so lange wie möglich behält, habe ich meinen schlimmen Arm eng an den Oberkörper gelegt.

«Ich bin froh, daß Sie mich angerufen haben, ich fand es sehr bedauerlich, Sie nicht erreichen zu können, als man mir vom Ausgang der Vernissage erzählt hat. Alles, was Delarge schaden kann, geht auch mich etwas an.»

«Ein Glück, daß nicht alle Kunstkritiker so sind wie Sie.»

«Das ist nicht wirklich mein Job, so was überlasse ich den Schreiberlingen. Haben Sie schon jemals was bei einer Kunstkritik kapiert?»

Seit gestern ja, ein wenig mehr, und das verdanke ich Linnel. Doch ich antworte mit Nein.

«Ich ebenfalls nicht. Das einzige, was mich interessiert, ist die Kohle. Die zeitgenössische Kunst existiert nicht ohne Kohle, ich hab mich stets gefragt, wieso eine Leinwand, auf der drei blaue Kreise auf beigefarbenem Grund dargestellt sind, von einem Jahr aufs andere von null auf eine Million Francs hochschnellen kann. Nun ja ... ich vereinfache etwas ... Ich habe mich auf die Preisnotierungen spezialisiert, und das ist fesselnd. Ich liebe meinen Job über alles.»

«Versteh ich nicht ...»

«Haben Sie schon mal *Artefact* gelesen? Ich hab jeden Monat eine ganze Seite, ich bring so eine Art Preisliste für An- und Verkauf, in der ich über alles zu sprechen versuche, was man üblicherweise verheimlicht, und das bringt mir einiges an Scherereien ein, da geht's eben um Betrug, starken Kursanstieg, leicht anrüchige Schätzungen, die Schwankungen je nach Zeitgeschmack.»

«Alfonso?»

Ich bin überstürzt vorgegangen, sie hat es gemerkt.

«Ich rede und rede ... Aber Sie sagen nichts. Ich hab doch nicht ein ganzes Jahr gebraucht, um mein Dossier über Alfonso vorzubereiten, damit man es mir dann vierzehn Tage vor der Veröffentlichung vor der Nase wegschnappt.»

«Von mir haben Sie nichts zu befürchten, ich bin kein Journalist, und die Malerei ist mir zutiefst gleichgültig.»

«Ja was dann? Warum Delarge?»

Ich spüre, daß wir uns gerade auf das Spiel gegenseitigen Mißtrauens einlassen, nach dem Motto, daß der am meisten weiß, der am wenigsten sagt. Und das droht uns aufzuhalten.

«Delarge verbirgt irgendwas, das unter Umständen überhaupt nichts mit Ihrer Kubistengeschichte zu tun hat. Machen wir doch einen auf Gibst-du-mir-was-geb-ich-dir-was, ich erzähl Ihnen meine Geschichte, und Sie sagen mir was über Ihr Dossier. Vielleicht treffen wir uns ja irgendwo. Ich fange an, wenn Sie wollen ...»

Und sie hat mich ausreden lassen, schweigend, ernst und ohne das leichteste Lächeln. Ich habe nichts vergessen, glaube ich. Der Gentleman mit dem Cutter kam vor, das in zwei Sätzen erledigte Krankenhaus, Delmas, das Depot, die Objektivisten, von denen sie noch nie etwas gehört hat, Nicos Tod, das Traktat und Delarge. Vom Billard und meiner verlorenen Zukunft habe ich nicht gesprochen, sie hätte es nicht verstanden. An die Konsequenzen habe ich nicht gedacht. Zu guter letzt habe ich meinen Arm ostentativ auf den Tisch gelegt, und ihre Augen haben die meinen gesucht.

Um eine kurze Pause einzulegen, biete ich ihr ein weiteres Glas Saumur Champigny an.

Und auf einmal wird mir bewußt, daß ich hier mit einem Mädchen rede. Einer jungen Frau sogar. Während ich abermals ihre Kurven und ihr glattes Gesicht eingehend betrachte, kehren bei mir Reflexe zurück. Eine Art Zurückhaltung, eine gesittete und vollkommen heuchlerische Gestik, zumal ich, als sie sich nur eine Sekunde darauf erhebt, um an der Theke ein Päckchen Zigaretten zu kaufen, alles Erdenkliche tue, um mir ihre Beine ansehen zu können. Sämtliche Widersprüche sind da vereint, ich erkenne mich wieder, endlich. Wir trinken, wortlos, und warten, daß der andere sich durchringt, etwas zu sagen.

Sie hat es getan.

«Jetzt werde ich dumm dastehen, mit meiner Kubistengeschichte ...»

Sie beginnt zu lachen, ganz liebenswürdig, und ich lege meinen Arm wieder zurück auf das Knie. Blöde Scham.

«Haben Sie schon einmal was von Reinhard gehört?» fragt sie.

«Dem Auktionator? Der war gestern abend auch da.»

«Ich weiß. Vor fast zwei Jahren hat Delarge quasi die gesamte Produktion eines gewissen Juan Alfonso, eines absolut unbekannten kubistischen Malers, zum Verkauf angeboten. Einen Verkauf dieser Größenordnung muß man zwangsläufig über einen Auktionator abwickeln, von dem man dann erwartet, daß er die Echtheit beglaubigt, die Mindestgebote festsetzt, die Werke den Kunden vom *Drouot* anbietet und dafür einen Katalog zusammenstellt. Reinhard hat sich mit viel Talent und Professionalität darum gekümmert, daß 150 Arbeiten binnen zwei Tagen verkauft wurden.»

Die Coste wußte ganz gut Bescheid.

«Collagen, Bilder, kleine, wirklich nette Skulpturen, alles typisch kubistisch, ja kubistischer als kubistisch, Sie verstehen, was ich meine. Der Katalog ist für sich schon ein kleines Meisterwerk der Mehrdeutigkeit, darin wird nicht ein einziges präzises Datum zu Alfonsos Laufbahn angegeben, man weiß nur Vermutungen vorzubringen, alles im Konditionalis. Und das reicht dann, um eine vor allem mondäne Kundschaft zu täuschen. Alle Welt ist zufrieden, bis auf Juan Alfonso, den es nie gegeben hat.»

«Verzeihung?»

«Alfonso ist nichts als ein Bauernfang und geradewegs aus Edgar Delarges Phantasie entsprungen. Das Ganze ist weitaus geschickter und lukrativer als irgendeine schlichte

Fälschungsgeschichte. Er läßt die Arbeiten von einem Kubismusfachmann machen, und fünfzig Jahre danach, das schwör ich Ihnen, ist so was keine Großtat. Reinhard kocht die ganze Soße auf, und die Sache ist geritzt. In meinem Dossier finden sich Aussagen von Experten und die haargenaue Rekonstruktion des Szenarios, nach dem sie ihren Schwindel inszeniert haben. Delarge und Reinhard sind Gauner. Durch mein Material werden sie stürzen.»

Da komme ich nicht mehr mit. Im Moment weiß ich wirklich nicht mehr, was junge Frauen so im Kopf haben ...

«Fürchten Sie sich vor nichts? Und wenn Sie sich von Anfang an getäuscht haben?»

«Unmöglich! Sie werden nie erraten, wie meine Nachforschungen ins Rollen gekommen sind: Als ich den Auktionskatalog mit einem meiner Freunde durchlas ... In dem waren zwei Collagen abgebildet, eine auf 1911 datiert, die andere auf 1923, und bei beiden findet sich jeweils dieselbe Tapete wieder, wo doch ganze zwölf Jahre dazwischen liegen! Und in dem Ding finden sich noch weitere Schnitzer vom selben Kaliber. Das einzige, was fehlt, ist der Name des Fälschers.»

«Glauben Sie, einer seiner Künstler könnte ihm diesen Dienst erwiesen haben?»

«Offen gestanden, weiß ich es nicht.»

Ich habe dabei an ein gewisses Individuum gedacht, ein zynisches und gehässiges, das seine Zeit damit verbringt, über seinen Wohltäter zu spotten. Und mein Herz hat zu pochen begonnen.

«Könnte es Linnel sein?»

«Ich denke nicht. Das wär zu schön ... für mein Dossier. Wenn man eine Expo im Beaubourg zustande bekommt, macht man sich doch die Hände nicht schmutzig mit einer solchen Geschichte.»

Ich stelle ihr hundert Fragen, völlig ungeordnet und hektisch, versuche mit allen Mitteln, unsere beiden Geschichten zusammenzubringen, Morand, Alfonso, die Objektivisten, und dabei gerät in meinem Kopf alles durcheinander.

«Regen Sie sich ab, die beiden Fälle haben nichts miteinander zu tun.»

«Hören Sie ...» sage ich, ohne daß ich weiterweiß.

Sie wartet, beinahe ungehalten, daß ich irgend etwas Zusammenhängendes äußere. Und dann finde ich es.

«Ich schlage Ihnen einen Handel vor. Sie versorgen mich mit Informationen, und ich, ich kümmere mich um Delarge.»

«Was?»

«Wir könnten im Team arbeiten, wir beide. Sie sind Journalistin, man wird sie dort einlassen, wo ich nie Zugang erhalte. Sie suchen nach sämtlichen nur möglichen Verbindungen zwischen Linnel und Morand.»

«Sie sind lustig. Und was kann ich dabei gewinnen? Und wo soll ich überhaupt anfangen?»

«In der *École des Beaux-Arts*. Beide sind aus der hervorgegangen, offenbar sogar zur selben Zeit.»

«Und Sie, was machen Sie in der Zeit?»

«Ich? Nichts. Ich warte brav ab. Doch falls zwischen Ihrer Geschichte und der meinen auch nur der geringste Zusammenhang besteht, können Sie dabei nur gewinnen. Dann werd ich mit Delarge was aushandeln.»

«Was aushandeln?»

«Ein Interview. Die Art von Interview, das Sie sonst niemals führen werden.»

Ihr Blick hat sich verändert. Die draufgängerische junge Journalistin stellt meinen Geisteszustand so langsam ernsthaft in Zweifel. Ich habe sie schließlich schön gefunden, vielleicht ein wenig verwundbar, und das hat wieder ein bißchen Normalität in die Unterhaltung gebracht. Sie denkt nach, blitzschnell.

«In meinen Augen gehen Sie zu weit ... Sie sind bescheuert … Und wer sagt mir denn, daß Sie mich nicht vergessen werden?»

Die Antwort wartet sie gar nicht erst ab. Sie fährt lediglich mit gesenkter Stimme fort:

«Ich will den Namen des Fälschers erfahren. Stöbern Sie überall herum, bringen Sie Delarge dazu, einen Beweis auszuspucken, einen schriftlichen Beweis, irgendwas, das ich veröffentlichen könnte. Nach Erscheinen des Dossiers wird es eine Gerichtsverhandlung geben, so hat man's mir versprochen, und dies wäre ein Dokument mehr, das man der Justiz vorlegen könnte. Ein unwiderlegbares Beweisstück. Aber das ist nicht alles, ich will noch etwas.»

Jetzt schaue ich sie mit anderen Augen an.

«Ich möchte die Exklusivrechte an Ihrem Fall. Alles. Ich will die erste sein, die darüber berichtet. Da sehe ich schon die Schlagzeile für das Septemberheft vor mir. Morgen gehe ich in die *Beaux-Arts*. Rufen Sie mich zu Hause an.»

Ich habe sie verlassen, ohne zu wissen, wer von uns beiden verbissener ist.

*

Ich habe meiner Wohnungstür nicht wie sonst den rituellen Fußtritt verpassen müssen, sie ist gleich bei der ersten Schloßumdrehung aufgesprungen, und dabei lief es mir kalt durch die Hand. Das Zusatzschloß verriegele ich nicht mehr, aber die zweite Umdrehung beim unteren vergesse ich nie. Ich habe auf der Schwelle gewartet, daß irgend etwas passiert. Noch vom Flur aus habe ich tastend die Deckenlampe angeknipst und dabei einen Blick ins Innere gewagt.

Nichts. Kein Laut, keine Spuren eines Besuchs. Die Unordnung auf meinem Tisch sieht aus wie meine eigene, die Wandschränke sind geschlossen. Meine Hand zittert noch, und kalte Schauer laufen mir den Rücken hinunter, während ich mein Appartement betrete. Ich schalte sämtliche Lampen ein, öffne die Fenster, rede laut vor mich hin. Der Adrenalinschub hat mich ein wenig benommen gemacht, ich setze mich auf die Bettkante. Hier gibt es nichts zu stehlen, bis auf ein paar zerknitterte Blätter, die beweisen, daß ich irgendwelche Hintergedanken hege. Da vergesse ich, zweimal abzuschließen, und schon verfliegt meine ganze Überheblichkeit, ich werde erneut zu dem Behinderten vom ersten Tag, nur ohne die damalige Bissigkeit. Wenn die mich im Stich läßt, bin ich der verwundbarste Mensch auf Erden. Ein Schwall von Angst bleibt in meinen Augen stehen, mein Verlangen nach Rache ist bloß noch ein Krebsgeschwür, ein Wundbrand, der meine geheimsten Gedanken verseucht und sich von meinem Willen nährt. Bloß eine Krankheit. An manchen Tagen verfluche ich meine Einsamkeit mehr als alles andere.

Ich schlage die Tür mit einem Fußtritt zu, doch das reicht nicht, auch der Tisch und die Stühle bekommen was ab, Sachen fallen runter, und ich höre erst auf, als mir der Fuß vor Schmerz brennt. Das hat mich beruhigt, ein bißchen. Bald werde ich etwas finden, wo ich meine ganze negative Energie ablassen kann, ohne daran zu leiden. Heute abend jedoch werde ich zwischen dem bereits verflogenen Parfum einer jungen Frau und der Armseligkeit meines Hochmuts wohl nur mit Mühe Schlaf finden. Ich haue meinen Stumpf gegen die Tischkante, ich tue dies, ohne es zu wollen, vielleicht nur mit dem Gedanken, daß meine Hand reagieren möge. Und dann lege ich mich hin, völlig bekleidet, bei eingeschaltetem Licht.

Und genau in dieser Sekunde habe ich gespürt, daß ich nicht allein bin.

Kaum daß ich Zeit habe, mich aufzurichten und den Kopf zu drehen, taucht die Gestalt auch schon an einer Bettseite auf, die Arme erhoben, und ich brülle los. Ein Gespenst. In einem Lidschlag sehe ich sein Gesicht in jener

Sekunde wieder, als die Statue auf mich gekippt ist, seine Hände kreisen um meinen Hals, sein Gewicht preßt mich auf das Bett, und die Schlinge hindert mich am Schreien, ich strecke meinen rechten Arm aus, um ihm das Gesicht auszureißen, doch dabei passiert nichts, mit einem kurzen Ruck zieht er die Enden an und die Schnur schneidet mir ins Fleisch, meine Kehle stößt irgendeinen erstickten Laut aus, mein linker Arm schafft es, sich zu befreien, ohne jedoch seine Augen erreichen zu können, er drückt seine Hand auf meine Stirn, meine Sicht trübt sich, alles wird weiß, die Schlingenschlaufe verschiebt sich im Ansatzwinkel, um sich nun in die Luftröhre zu graben. Ich spüre, wie ich mit einemmal wegsacke, erstickt.

Ohnmächtig im Schraubstock.

Die Augen weit aufgerissen ...

Und ich sehe, im Nebel, das Billardqueue in Reichweite.

Ich bäume mich mit der Hüfte auf, um mich mit einem Schwung auf das Queue zuzubewegen, er hat es jedoch ebenfalls gesehen und versucht nun meinen Arm zurückzuhalten, dabei hat sich die Würgeschlinge gerade eine Spur gelockert, er gerät aus dem Gleichgewicht und kippt zusammen mit mir zu Boden. Ich muß husten, daß es mir beinahe die Kehle zerreißt, was ihm ermöglicht, sich aufzurappeln und erneut die Schnur zu packen, beinahe blind greife ich nach dem spitzen Schaft des Billardstocks und hämmere ihm das Griffende gegen die Stirn, doch fast kraftlos, er dreht kaum den Kopf weg, die Schlinge schnürt mir von neuem den Hals zu und ich schwinge das Queue durch die Luft und schmettere es ihm mit meiner ganzen Wut in die Fresse. Wieder muß ich husten, daß ich mir fast die Eingeweide auskotze, finde aber die Kraft, nochmals zuzuschlagen, viermal, fünfmal, doch mir geht schnell die Luft aus, meine Beine können mich nicht mehr tragen und ich muß mich hinsetzen.

Mit einem kurzem Schluckauf komme ich wieder zu

Atem, ich lege die Hand auf meine brennende Luftröhre und zwinge mich dabei, durch die Nase zu atmen. Noch immer fast erstickend und den Hals vor Schmerz verengt, muß ich völlig reglos abwarten, bis sich meine Lungen ganz füllen. Dabei sehe ich, wie er schwer angeschlagen mit unglaublicher Langsamkeit in Richtung Tür robbt. Ich stoße einen komischen Laut aus, ich will ihm etwas sagen, kann aber nur wie ein Stummer wimmern, also denke ich es ganz fest, in der Hoffnung, daß er es hört. Das muß jetzt aufhören, zwischen dir und mir... Was machst du da...? Komm zurück... Wir müssen das heute abend zu Ende bringen... Wohin gehst du...?

Er nimmt seine Hände nur vom Gesicht, um sich an die Tischbeine zu klammern, sie rutschen ab, klebrig vom Blut, und als er sich hochrappelt, kann ich nichts dagegen tun. Ein Nachbar ruft draußen, vor der Tür. Zwischen meinem heiseren Husten und den Tränen, die Schnur noch immer am Hals baumelnd, kann ich mich einfach nicht vom Bett lösen.

Bleib...

Er taumelt zwischen den Möbeln herum. Ich schaue ihm nicht nach. Ich verfolge bloß den verschlungenen Lauf seiner Blutspuren am Boden.

Dann habe ich angefangen zu weinen, und wieder um so heftiger nach Atem zu ringen, und weiter zu weinen.

Ich weiß nicht, wie lange es gedauert hat, doch ich habe schließlich, Jahrhunderte später, meinen Nachbarn von gegenüber gesehen, wie er leichenblaß einen Blick durch den Türspalt wagte. Er hat etwas von Lärm gesagt, von Blut und von Polizei. Ich wollte ihm auch antworten, aber der Schmerz in meiner Kehle ist wiedergekommen, und das hat mich an das Krankenhaus erinnert, an die Wundklammern in meinem Mund, und an den Verlust der Sprache. Ganz langsam habe ich den Kopf geschüttelt, meinen Finger auf die Wohnungstür gerichtet und dann behutsam die Wange auf meinen Handrücken gelegt, um ihm zu bedeuten, sich schlafen zu legen.

Inmitten der Aura von Gewalt, die noch immer im Raum flimmerte, hat er gespürt, daß er auf gar keinen Fall meine wiedergefundene Ruhe stören durfte. Mein gelassener Wahnsinn hat ihm angst gemacht. Lautlos zog er die Tür zu.

5

Fast wäre ich fortgegangen, ohne das Blut abzuwischen. Auf Knien fuhr ich mit dem Putzlappen über die noch frischen Flecken. Das habe ich nur gemacht, weil ich mir meine Rückkehr und die traurige Überraschung vorgestellt habe, mein Appartement verdreckt von Blutkrusten wiederzusehen. Ich nahm meine Tasche, um ein paar Sachen hineinzustopfen, und ging nach draußen, in die Sanftheit der Morgenröte, ohne wirklich zu wissen, wohin mich meine Unlust führen würde. Verlangen nach Rache, Verlangen nach Frieden, die Straße hinunterwandern oder hinauf, ich fühle mich ein wenig aufgeschmissen.

Er hätte bleiben müssen. Was für ein Idiot ich doch war, daß ich eine Prothese nicht wenigstens ins Auge gefaßt habe. Das bereue ich nach jedem unserer Zusammentreffen. Einen guten, schön altmodischen und schön spitzen Haken! Denn in Wahrheit würde mir, wenn ich es mir recht überlege, eine derartige Apparatur künftig weit mehr nützen als eine Hand.

Wenn ich Richtung Place de la République ginge, hätte ich größere Chancen, ein Zimmer zu finden. Für zwei, drei Tage, vielleicht mehr, aber sicher nicht weniger.

«Angst», sage ich, um meine Stimme wiederzufinden.

Schon möglich. Der Gentleman wollte mir ans Leder. Er wollte mir an mein Gedächtnis voller brandneuer Erinnerungen, an das letzte Exemplar des *Essai 30*, an mein geschwätziges Mundwerk und meine Nase, die beharrlich standhält. Er dürfte an mich denken, manchmal. Ich würde einiges darum geben, zu erfahren, wie er mich eigentlich sieht.

Meine Kehle ruft mich bei jedem Schlucken wieder zur Ordnung. Doch die Stimme kehrt zurück. Ich lasse meine Stimmbänder schwingen, von den Bässen bis hinauf zu den hohen Tönen.

«Angst? Angst! Angst ...»

Nein, nicht Angst. Ich fühle mich wie durchgebraten. Vielleicht ist das dieses Gefühl eines Schwerstverbrannten, von dem Briançon sprach?

Hôtel du Carreau du Temple. Das erste, das seine Leuchtreklame noch eingeschaltet hat. Um sechs Uhr in der Früh werde ich den Nachtportier wahrscheinlich aufscheuchen. Nein, nicht mal, ich sehe ihn in der Hotelhalle, inmitten von Körbchen mit Croissants.

Er kommt näher. Ein Zimmer? Ist nur noch eins frei, mit einem französischen Bett, ich nehme es und bezahle zwei Tage im voraus. Um wieviel Uhr ich geweckt werden will? Gar nicht, danke. Man serviert das Frühstück nur bis 10 Uhr 30. Pech, danke.

Zimmer 62. Ich nehme eine heiße Dusche, im Dunkeln, um meinen Anblick im Spiegel zu meiden, mit den schwärzlichen Striemen um den Hals. Der Nacken tut mir noch immer weh. Ich verliere mich in dem großen Bett. Mich darin wiederzufinden, wäre unmöglich gewesen.

*

Die weiße und die rote Kugel haben sich soeben in einer Ecke des Tischs vereint ... Ich habe Angst, nie mehr Ruhe finden zu können, ohne daß sie mich wie ein Spuk heimsuchen. Ich mache immer wieder denselben Punkt, ein ständig wiederkehrender Traum. Kein Symbol, nichts Rätselhaftes, nicht das geringste Schlüsselbild. Alles ist aufs trübseligste prosaisch, und das Erwachen daher nur um so grausamer.

Bevor ich mich anziehe, wage ich doch noch einen Blick in den Schrankspiegel und betrachte mich. Von hinten, von vorn. Es ist das erste Mal seit meiner Amputation, daß ich mich vollkommen nackt sehe. Meine Visage ist etwas angeschwollen, allerdings weiß ich nicht, ob das vom Vorabend oder noch vom Vorvorabend stammt. Ich habe zugenommen, ein wenig. Ich weiß nicht, ob es lediglich eine optische Täuschung ist, jedenfalls glaube ich, daß mein rechter Arm im Vergleich zum linken leicht geschrumpft ist. Die Muskelatrophie wahrscheinlich. Bald wird er bloß noch ein Hühnerflügel sein, wenn ich nichts dagegen mache. Mein Hals ist weder violett noch schwarz, sondern ganz einfach nur rot, mit Hautteilchen darauf, die an den Fingern kleben bleiben, wenn ich sie anfasse. Den von der Würgeschlinge hinterlassenen rosafarbenen Ring kann man gut erkennen. Und an den Schultern und den Oberschenkeln blaue Flecken, die ins Gelbliche gehen. Das Ganze ähnelt schlecht verarbeitetem Mondrian ... Briançon würde das auch nicht wieder in Ordnung bringen können. Höchstens ein Restaurator könnte hier eingreifen. Jean-Yves. Er würde mit seinem Köfferchen ankommen und sich mit Handschuhen und einem Fadenzähler über mich beugen, um die beschädigte Faser zu isolieren. Anschließend würde er, in irgendeiner Ecke am Boden ausgestreckt, stundenlang nach der genauen Nuance des Pigments suchen, um dann mit dem Haarpinsel und einer Engelsgeduld die ramponierten Stellen auszubessern. Ich mochte ihn gern, Jean-Yves, mit seiner kleinen runden Brille und dem Schnurrbart. Ich konnte ihn noch so sehr auf seinen Job ansprechen, er schaffte es immer wieder, die Unterhaltung auf

Tennis zu bringen. Mit der Zeit hatte er sich auf die weißen Farbtöne spezialisiert, man rief ihn aus allen Ecken Europas hinzu, um einen Hintergrund wieder zu heilen. Ich hätte nie vermutet, daß es zwischen Weiß und Weiß so eine unglaubliche Vielfalt an Weiß gibt.

*

Gegen 16 Uhr und mit meiner Geduld am Ende habe ich Béatrice angerufen und ihr vorgeschlagen, uns im Palatino zu treffen, für den Fall, daß sie irgend etwas für mich hätte. Sie hat mir den Gegenvorschlag gemacht, doch lieber bei ihr vorbeizukommen, und ich willigte letzten Endes ein. Bevor sie auflegte, wollte sie dann doch noch wissen, warum ich gezögert hätte. «Ohne bestimmten Grund», habe ich erwidert.

Sie wohnt in einer anderen Welt, *Rive gauche* – linkes Seineufer, Rue de Rennes, wo ich mich nie hinwage.

«Was ist Ihnen denn zugestoßen?»

Sie führt die Hand zum Mund, und ich schlage meinen Kragen hoch.

«Sie werden sicherlich eines Tages darüber berichten. Sind Sie hingegangen?»

«Wenn Sie sich erst mal die Zeit nehmen würden reinzukommen, bevor Sie Fragen stellen ...»

Ich war auf ein kleines ansehnliches und helles Interieur gefaßt, mit Teppichboden, Ikea-Möbeln und Jalousien. Und da finde ich mich mitten zwischen zwei Fernsehern, einem eingeschalteten Minitel, einem PC mit grünem Bildschirm und Stapeln von Tageszeitungen wieder, die Wände voller Bücher und tapeziert mit Fresken aus Zeitungsausschnitten, Fotocollagen, mit Klebstreifen direkt an der Wand befestigten Zeitschriftencovern, dem Plakat einer Cremonini-Ausstellung, auf dem nackte Kinder ohne Gesichter abgebildet sind. Ein Tisch voller Aschenbecher, die vor Kippen regelrecht kotzen, eine Pizza in ihrer Schachtel. Keine Unordnung oder gar Verwahrlosung, nein, eher der Eindruck von Schnelligkeit, der einer Überinformationsbulimie, des Wunschs, sagen zu können, die Welt ist da, überall.

«Ihnen entgeht wohl nichts», bemerke ich.

«Setzen Sie sich, wo Sie können, dorthin zum Beispiel ...»

Eine Ecke des Sofas, in der Nähe von Telefon und Anrufbeantworter. Sie kehrt mit zwei Tassen und einer Teekanne zurück, ohne mich nach meiner Meinung gefragt zu haben, und läßt sich zu meinen Füßen nieder. Als sie sich nach vorn beugt, um die Tassen zu füllen, kann ich flüchtig ihre großen Brüste sehen, ohne sie nach ihrer Meinung gefragt zu haben. Sie reicht mir eine Untertasse, behält jedoch den Blick auf irgendeine Stelle einer am Boden herumliegenden Zeitung geheftet. Ein so leidenschaftliches, so sinnliches Mädchen, das muß man doch schnell schnell schnell heiraten, denke ich.

«Die Sache mit der *École des Beaux-arts* war das reinste Kinderspiel! Wirklich was für einen armen Schreiberling. Ich mußte bloß vorschützen, daß ich einen Artikel über all die glorreichen Künstler machen wollte, die aus ihr hervorgegangen sind, angefangen mit Linnel, von wegen Beaubourg und so ... Ich hatte Mordsschwein: eine alte Sekretärin, die ganz entzückt darüber war, interviewt zu werden, dreißig Jahre Papierkram, die Verschmelzung eines IBM-PCs und einer Glucke.»

«Und was hat sie Ihnen erzählt, über Linnel?»

«Aaaaaah, Linnel, der kleine Alain. Was für ein Talent! Und außerdem ein Spaßvogel, wenn Sie wüßten, was wir mit dem alles erlebt haben! Von Jahr zu Jahr hat der sich immer wieder die raffiniertesten ‹Neulingstaufen› ausgedacht, und mit einer Phantasie, die uns um ein Haar Scherereien mit der Polizei eingebrockt hätte! Angeblich hatte er die Neulinge gezwungen, sich ...»

«Ist das wirklich wichtig?» falle ich ihr ins Wort.

«Nein, aber lustig. Nun ja, kurzum, er hat seine sechs Jahre in dem Kasten abgerissen, die Profs ließen ihm alles durchgehen, obwohl er ständig Mist baute. Der reinste Prototyp eines Studenten, der keinen Finger rührt und alles kann. So was nervt und bezaubert, so was deprimiert die Kommilitonen aus dem Jahrgang. Außer Morand, seinen unzertrennlichen Kumpel, ein introvertierterer, fleißigerer Kerl. ‹Nett, aber nicht gesprächig›, hat die alte Dame gemeint. ‹Der interessierte sich für die kleinen Sachen und Schrullen, für Kalligraphie und Miniaturen, aber der Unterricht in akademischem Zeichnen inspirierte ihn nicht wirklich›. Er war der zurückhaltendste der *Viererbande*.»

Sie macht eine Pause, bewußt, damit ich mir den Köder schnappe. Vier... Viererbande... Die Gebrüder James, die Daltons. Genau die richtige Zahl für eine Gang. Zwei habe ich schon. Ich fürchte, sogar drei. Ich kenne jemanden mit dem Talent, fortwährend dort aufzutauchen, wo man ihn nicht erwartet. In Anbetracht seines Alters und seiner Obsessionen könnte er der dritte sein. Der Gentleman. Mein ständiger Duellant.

«Claude Reinhard», sagt sie.

«Was?»

«Ja, der Auktionator. Aber bei dem verhält es sich anders. Der ist nur drei Jahre geblieben... als Sohn von Adrien Reinhard, von dem berühmten Auktionshaus Reinhard, des glanzvollsten...»

«Ich weiß, ich weiß, und weiter...»

«Wenn Sie mich noch ein Mal unterbrechen, schmeiß ich Sie raus.»

Okay, einverstanden. Ich darf nicht vergessen, daß von uns beiden sie es ist, die an Bulimie leidet.

«Er hat sich wegen einer Wette an der *Beaux-arts* versucht, gewissermaßen, um die väterliche Autorität zu verspotten. Papa schachert dauernd mit Gemälden, die Millionen kosten, und will, daß ich sein ach so geliebtes Auktionshaus übernehme, tja, mach ich aber nicht, ich werd selber Bilder malen, die ebenfalls Millionen kosten, und die muß der Papa dann eines Tages begutachten. Trotzdem ist Reinhard im Cabriolet am Quai Malaquais vorgefahren. Er hat sich sehr schnell mit den beiden Älteren eingelassen. Die drei sind zur selben Zeit von der Hochschule abgegangen, Ende 63. In ihrem letzten Studienjahr hingen sie ständig zusammen, erst in diesem Jahr wurde die Viererbande zum unzertrennlichen Kleeblatt.»

Ich habe noch eine Chance, einen Joker für Numero vier.

«Hätten Sie Lust, hier zu Abend zu essen?»

«Und der Vierte?»

«Ich hab ein Zucchinigratin vorbereitet.»

Sie spürt genau, daß mir das scheißegal ist. Und ich, ich frage mich, ob es mir wirklich scheißegal ist, ich frage mich, ob der Vierte tatsächlich der ist, den ich meine, und ob sie dieses Gratin für mich zubereitet hat, ob ich das mit unserer Verlobung nicht etwas überstürze, ob ich zurück nach Biarritz ziehe oder ob sie Zucchini gewählt hat, weil man die nur mit einer Hand und ohne Messer essen kann.

«Ihre Geschichte macht mich mächtig neugierig», sage ich, «erzählen Sie doch weiter … bitte.»

«Nein, von heute an ist es Ihre Geschichte, die mich mächtig neugierig macht. Die wird mein September-Dossier. Der Vierte hieß Bettrancourt, Julien Bettrancourt. Und obwohl Reinhard die Kohle hatte und Linnel die brillanten Schandtaten ausheckte, war tatsächlich er der Anführer der Bande. Die Alte hat versucht, das Thema zu übergehen, offenbar eine schlimme Erinnerung für sie und für die ganze Schule. ‹Den brauchen Sie in Ihrer Zeitung aber nicht erwähnen, Mademoiselle …› Ich hab geglaubt, sie würde mir Robespierres Portrait schildern, das sagt doch alles.»

Ich nähere mich ihrem Gesicht noch etwas mehr, um ihren Duft zu erhaschen. Und sie durchschaut mich und zieht sich nicht zurück.

«Halbwaise, väterlicherseits. Ein obskurer Mensch. Ein schwächlicher Mensch, der in der *Beaux-Arts* und anderswo den Terror ausrief. Ein fanatischer Scharfmacher, der keine Grenzen kannte, den das Rektorat verdächtigt hat, die Räume und alten Fresken mit sibyllinischen und wirklich terrorisierenden Sprüchen verschandelt zu haben. Ein begnadeter Redner, so scheint es, der die armen Schüler mit ihren lächerlichen Aquarellmappen unterm Arm gelähmt hat.»

Ich denke wieder an das Traktat.

«‹Der hat einen schlechten Einfluß auf die drei anderen gehabt, das tat einem richtig in der Seele weh, so was mit anzusehen ...› Von wegen ... die waren doch alle drei eher vernarrt in Bettrancourt. Die haben sich ihn zum Mentor, zum Guru erwählt. Er dürfte ein wahnsinnig verführerischer Typ gewesen sein, oder nicht?»

«Hätten Sie ihm auch ein Gratin gemacht?»

«Nein, gegrillte Steaks.»

Alles in allem weiß ich jetzt doch nicht mehr, ob ich sie heiraten werde. Sie fährt sich mit der Hand durchs Haar, ohne ihre grünen Augen von mir abzuwenden. Hellgrün.

«Linnel hatte gute Chancen, den Preis von Rom zu bekommen, doch als Bettrancourt die Schule geschmissen hat, sind ihm die drei anderen gefolgt. Linnel der Liebling aller, Morand der Wunderliche, Reinhard der verwöhnte Sohnemann und Bettrancourt der Terrorist: allesamt mit einem weißen Fleck von einem Jahr in ihrer Vita, zwischen 63 und 65. Naiv, ehrgeizig, frech. Da haben Sie Ihre Objektivisten.»

Ja. Kein Zweifel. Die Studienfreunde, 1963, alle Träume noch offen, ein Cabrio, weiße Hemden, die Nachmittage im Café *La Palette*, die Abende im *Select*, ihre nicht enden wollenden Diskussionen über die amerikanischen Maler.

Eines Tages beschließt man, die Schwelle zu überschreiten, man verläßt die Wiege, um sämtliche falschen Hoffnungen zu verbrennen. Wären sie älter oder geduldiger gewesen, hätten sie das «die alte Welt» genannt. Doch sie kamen und gingen viel zu früh. *Les Objectivistes* währten nur einen Sommer. Morand verschwindet über den Atlantik, Reinhard tritt zurück ins Glied, und der junge Alain Linnel wird ganz einfach zu «Linnel», in einem Wort.

«Was meinen Sie, kann man das verstehen, aus der Sicht von uns Dreißgjährigen?»

«Ja und nein», sage ich. «Zu jener Zeit kletterte ich auf einen Stuhl, um den Leuten vom Café gegenüber beim Billardspielen zuzuschauen. Meine einzige Erinnerung an achtundsechzig sind die Olympischen Spiele von Mexiko.»

«Und ich, ich habe 64 einen Preis fürs Plappern bekommen, und zwar im Kindergarten. Ich kann Ihnen auf meinen Presseausweis schwören, daß das stimmt.»

«Wie alt sind Sie?»

«Siebenundzwanzig», sagt sie.

«Bravo... Wenn Sie so weiter machen und sich derart in Ihre Arbeit verbeißen, werden Sie in drei Jahren Anne Sinclair vor die Tür setzen, in fünf Christine Ockrent, anschließend zur Chefredakteurin aufsteigen und in zehn Jahren den Pulitzer-Preis gewinnen.»

«Genau, und in zwanzig findet man mich dann unter der Rubrik Nachrufe von *Jours de France* wieder. Hören Sie auf, mich zu verscheißern.»

Wie lange schon habe ich kein Mädchen mehr aus einer solchen Nähe betrachtet? Das muß Jahre her sein, glaube ich. Ein Jahr mindestens. Eine Besucherin der Galerie. An den Abenden bekam sie mich nie zu sehen. Ich ging immer erst nach Mitternacht zu ihr, oder aber am Wochenende, vor dem Billard. Am Ende hatte sie es satt.

«Ihre Neigung zur bissigen Kritik gefällt mir sehr gut.»

«Sonst langweilt man sich doch, oder?»

Ich hätte sie fast geküßt, als sie aufgestanden ist, um das Tablett wegzuräumen. Schade. Weil ich nämlich gern herausgefunden hätte, ob ich dabei etwas gefühlt und ob es irgendwo in mir ein bißchen geflackert hätte.

«Und es besteht keine Möglichkeit zu erfahren, was aus dem Anführer geworden ist?» frage ich.

Ich verliere noch immer nicht die Hoffnung, diesen Mistkerl von einem Gentleman in ihm wiederzuerkennen.

«Nein, davon hat die Alte nie was gehört, und das vermißt sie auch nicht. Auf ein bißchen Nachdruck hin hat sie in den Archiven seine damalige Adresse aufgestöbert. Die kann ich Ihnen geben, und über die Zeitung habe ich die von Linnel bekommen. Was aber Delarge betrifft: keine Chance, den erreicht man nur über die Galerie. Schauen Sie, wie sie damit klarkommen. Das war meine Tagesausbeute.»

«Und bei all dem haben Sie auch noch Zeit gefunden, ein Gratin zuzubereiten!» stelle ich fest.

«Wollen Sie nun was davon oder nicht?»

Das lasse ich unbeantwortet. Sie kniet sich neben mich und zieht an meinem rechten Ärmel, um den Arm zu sich heranzuholen. Sie fixiert mich mit den Augen, als wollte sie eine Kobra hypnotisieren, ich weiß nicht, was sie mit meinem kranken Arm vorhat. Schlagartig bekomme ich Schiß.

«Wir könnten was essen ...» sage ich.

Sie fährt mit den Fingerspitzen in den Ärmel. Und streichelt den knochigen und abgerundeten Stummel.

«Ist das glatt ...»

Ich habe das alles nicht so recht verstanden, ich will meinen Arm wieder zurückziehen, doch sie hindert mich daran, indem sie den Stumpf mit der ganzen Hand umfaßt.

«Sie ... Sie mögen wirklich, was verboten ist », bringe ich hervor.

Als Antwort drückt sie nur ihre Lippen auf die meinen,

für eine Sekunde. Und dann das gesamte Gewicht ihres Körpers auf meinen Bauch.

Das geht mir zu schnell.

Darauf bin ich nicht vorbereitet.

Was soll das geben, wenn wir beide nackt sind: ein Rubens auf einem Mondrian? Meine Grundfarben und ihre barocken Formen? Warum tut sie das, ich kann sie weder zurückstoßen noch ihre Hüften packen, so wie es sein sollte.

Alles vermischt sich, ihr komisches Kriechen auf meiner Brust, der leuchtende Blick und die matte Haut, mein surrealistischer Amputationsstumpf, der durch ihre Achselhöhle gleitet, und mein drittes Auge, dort oben, welches sich dieses Gemälde anschaut. Was wohl auch beweist, daß ich keine Lust darauf habe. Ich hatte keine Ahnung, daß die Funktionsstörung so weit gehen könnte. Ihr Kleid hat sie in den wenigen Sekunden ausgezogen, in denen ich die Augen geschlossen, in denen ich ganz andere Dinge gesehen habe, äußerst harte Kontraste zwischen Schwärze und Reinheit, Paradoxe zwischen Wirklichkeit und Nonsens. Ihre Nacktheit holt mich aus diesem Alptraum, sie bietet mir ihr Material, ihr unbearbeitetes Fleisch dar, bereit zur Neugestaltung von Kopf bis Fuß. Als sie meine Hand nimmt, um sie auf die Zeichnung ihrer Lenden zu legen, erkenne ich, daß die Arbeit bereits getan ist, daß ein anderer als ich der Schöpfer dieser herrlichen Tastlandschaft war. Dennoch widerstehe ich dem Verlangen nicht, mich allem von Grund auf wieder anzunehmen. Ein Blinder und ein Rumpf aus Ton. Jetzt bin ich so weit und lege mich auf sie, damit mir nichts entgeht, weder das Glatte noch das Rauhe, weder die Wölbungen noch die Ecken und Kanten. Schnell begreife ich, daß meine einzige Hand genügen könnte. Besser noch, ihre alleinige Liebkosung wird womöglich zärtlicher und bestimmter.

«Warte ... Ich mag's lieber im Bett», sagt sie.

Ich bin ihr gefolgt. Wir haben uns hingelegt. Und dort ist

dann alles, was gefehlt hat, wiedergekommen. Der Duft der Körper, der Atem, die Seufzer, die Gier nach dem anderen und die unzähligen Reflexe der Lust. Der Liebe. Mein drittes Auge ist verschwunden, und jede Form der Abstraktion mit ihm. Ich habe nur noch an sie gedacht.

*

«Morgen?» fragt sie.

«... Was, morgen?»

«Delarge.»

«Weiß nicht. Sicher ...»

Wir haben abgewartet, bis es ganz hell war, um ihre Wohnung zu verlassen.

Auf der Straße flüstert sie mir ein letztes Wort ins Ohr.

«Ein schriftlicher Beweis ...»

Während ich ihr nachschaue, bis sie um die Straßenecke biegt, balle ich meine Phantomfaust fest zusammen.

6

Verlorene, vergeudete Zeit. Ich habe es mir hinter der Treppe vom Eingang B der Hausnummer 59, Rue Barbette, bequem gemacht und nur den Rotschopf der Sekretärin vom Schreibtisch huschen und im hinteren Raum verschwinden sehen. Delarge tauchte schließlich gegen 22 Uhr zwischen seinen drei Säulen aus Leichtbausteinen auf, sie haben gemeinsam ihr Zeug zusammengepackt, um die Galerie zu verlassen. Er hat das elektronische System scharfgeschaltet, das die Sicherheitsanlage steuert, und den Eisenrolladen hinuntergelassen. Sie hat die Galerie abgeschlossen, und dann gingen mir die beiden durch die Lappen. Ich bin ins Hotel zurückgekehrt und habe dabei diesen rothaarigen Zerberus und seine vielen Überstunden verflucht. Ich habe sogar krampfhaft nach irgendeiner radikalen Möglichkeit gesucht, diesen menschlichen Höllenhund für die kommenden Tage ans Bett zu fesseln.

Ich fand es zwar absurd, eine weitere Nacht nur zweihundert Meter von meiner eigenen Wohnung entfernt zu verbringen, konnte mich aber trotzdem nicht dazu durchringen, wieder mein Appartement aufzusuchen. Delmas wird Mühe haben, mich zu erreichen, sollte da Bedarf bestehen.

Am nächsten Tag wage ich mich, statt brav auf den Abend für einen zweiten Versuch zu warten, in die südliche Banlieue, nach Chevilly-Larue, nur um mal in der Gegend von Bettrancourts ehemaliger Adresse herumzustreunen. Im Telefonbuch habe ich eine Hélène Bettrancourt entdeckt, hielt es aber weder für gut, mich anzukündigen, noch einen anonymen Anruf zu tätigen. Es ist eine kleine Bude, eingekeilt zwischen einem großen Supermarkt und einem Autoverschrotter mit schwärzlichem Trottoir davor und Dieselgestank in der Luft. Ich frage mich, ob ein Gentleman hier wohnen kann. Und muß dies wohl ausgeschlossen haben, da ich klingele, ohne zuvor, was weiß ich wie oft, um das Haus herumgeschlichen zu sein.

Ein zerknittertes Gesicht hinter der Gardine, ein heiser aufheulender Motor auf dem Schrottplatz, ein Deutscher Schäferhund, den die Alte bei Fuß ruft. Und der Schäferhund gehorcht sofort.

«Ich wollte mich mal nach Neuigkeiten von Julien erkundigen!»

Ich erfasse schnell, daß es nichts Einfacheres und nichts Schändlicheres gibt, als diese Alte einzuseifen. Mama Bettrancourt. Doch wie sonst sollte ich bei ihr reinkommen?

Sie scheint weder überrascht noch erschreckt. Sie schlägt mir vor, ihr ins Innere zu folgen, weil es dort gemütlicher sei, weil es zuviel Autolärm gebe, weil ihr die Zeit so lang und es stets erfreulich sei, einen Freund von Julien zu empfangen. Ein Freund, nicht wahr? O ja, Madame, denken Sie nur, seit der *École des Beaux-Arts*, schon mindestens seit …

«63», entgegnet sie kurz.

Der Hund schnuppert an meinen Waden herum, das Eßzimmer scheint sich seit fünfzig Jahren nicht verändert zu haben, Madame Bettrancourt hat deren sicher siebzig auf dem Buckel, und außer ihr dürften hier nicht allzu viele Leute leben. Sie läßt mich am Tisch Platz nehmen, holt eine Flasche Likör und zwei Gläser hervor, und das Ganze erscheint mir wohl als das eingefahrenste Ritual, das ich je gesehen habe. Plötzlich muß ich an diesen jungen Unbeugsamen von einem Sohn denken. Was ich hier sehe, paßt nicht unbedingt zu der von Béatrice beschriebenen Persönlichkeit. Und wieder heult ein Motor auf, mit einem Mechaniker an den Pedalen, der sich für Karajan hält.

«Ich verabscheue Autos, aber ich kann das Haus nicht verlassen. Alles, was mir von Julien bleibt, ist hier. Deshalb ... Und Sie, sind Sie auch ein richtiger Maler?»

Was antworten? Leider nein, notgedrungen, ich mache in Import-Export. Ich bin mir sicher, wenn ich hier wieder zur Tür raus bin, wird sie noch immer nicht bemerkt haben, daß ich ein Einarmiger bin.

«Sie sind schon einmal hier gewesen, nicht? Mir scheint, als würde ich Sie erkennen. Er hatte so viele Freunde, in der Schule. Und die gaben sich die Klinke in die Hand, und da wurde vielleicht diskutiert; wenn sein Vater das noch hätte erleben können ...»

«Ich erinnere mich an ein paar Freunde, Alain Linnel, Étienne Morand, und noch andere ...»

«Sie erinnern sich an Alain ...? Wir können ihn anrufen, wenn Sie möchten, o ja, er würde sich so freuen, einen seiner Klassenkameraden wiederzusehen.»

Ich sehe mich gezwungen aufzustehen, als sie nach dem Apparat greift.

«Nein, nein, ich kann wirklich nicht lange bleiben.»

«Kommen Sie doch morgen abend wieder her, dann haben wir ja Freitag, so gegen sechs. Früher kommt er nie ...»

«Das finde ich nett, daß er Sie besucht. Kommt er oft?»

«Oh, eigentlich sogar zu oft, er muß doch sicher noch andere Dinge zu tun haben ... Alain macht sich Sorgen. Er hat wirklich darauf bestanden, daß Bobby mir Gesellschaft leistet ... Er hat ihn mir ja auch gekauft. Er will mich auf dem Land unterbringen, aber ich kann doch nicht alles hier zurücklassen. Er ist so lieb. Die Malerei ist doch so was

Schweres … Wie viele Jahre braucht man, bevor das ein richtiger Beruf wird? Aber bei Alain bin ich mir sicher, daß der ein richtiger Maler ist, und eines Tages wird er seine Bilder auch verkaufen. Da bin ich zuversichtlich.»

«Und Julien machte ja auch schöne Sachen damals, in der Schule.»

Sie stößt ein kurzes, beinahe belustigtes Zischen aus.

«Meinen Sie wirklich?»

«Ja.»

«Kann sein … Sie müssen wissen, ich hab nie was dagegen gesagt, er hat gemacht, was er wollte. Ich habe alles akzeptiert, wissen Sie. Auch wenn ich es nicht verstand, so wußte ich doch, daß er seine Arbeit wirklich liebte, daß er aufrichtig war … Er wirkte immer so konzentriert bei allem, was er tat. Man hatte den Eindruck, daß es was Ernstes war. Aber warum machte er nur ständig solche … solche traurigen Sachen … Dabei war er doch gar kein trauriger Junge, wissen Sie … Also, warum nur machte er diese … diese Dinge? Ich für meinen Teil, verstehen Sie, ich dachte ja, daß ein Künstler Skulpturen machen müßte, die einen das Elend vergessen lassen … so eine Art von Optimismus … Malereien, die einem guttun … Ich weiß nicht, wie ich es sagen soll … Aber ich hab alles aufbewahrt. Sonst bleibt mir ja auch nichts mehr seit dem Unfall. Wollen Sie sie sehen?»

«Ja.»

«Es ist mein eigenes Museum. Bis auf Alain kommen ja nicht viele Besucher …»

Das hat sie gesagt, um mich zum Lächeln zu bringen. Ich folge ihr in ein Zimmer im Erdgeschoß, mit einem Fenster, das auf den Autoschrottplatz geht.

«Das war sein Atelier, sagte er.»

Ein vollkommen anderer Geruch, ein Hauch von Schmierfett und verbrauchtem Motoröl, der mit den Jahren hartnäckig hängen bleibt, was aber auch nicht verwunderlich ist, wenn man sich genau umsieht. Dutzende von Kilo Schrott, an der Decke schwebende Mobile, kleine Gefüge aus gewundenem, verflochtenem, verschweißtem Metall, sorgfältig auf Holzplatten aufgeklebt. Die fallen einem zuerst auf. Allesamt im selben Format, hölzerne Rechtecke von 30 auf 60 Zentimetern. Was aber vor allen Dingen ins Auge sticht, ist der Eindruck großer Präzision, die Komposition der Metallteile gehorcht sicherlich einer ganz bestimmten Ordnung. Das genaue Gegenteil von Zufall.

«Die hier nannte er seine Porträts. Was hat man ihm nur beigebracht, in dieser Schule für Schöne Künste ...»

Porträts.

Ich kann mich der Neugierde nicht erwehren und arrangiere eines davon rechtwinkelig an die Wand. Dann noch eines, schließlich alle. Genauso muß man sie nämlich betrachten, wenn man sich nach den mit Bleistift gezeichneten Pfeilen auf der Rückseite der Tafeln richtet. Und nicht nur das. Allesamt sind sie noch dazu mit einem Vornamen versehen, ebenfalls in Bleistiftschrift. Mein Herz beginnt zu pochen, doch weder aus Angst noch aus Beklemmung.

«Alain 62». «Étienne 62». «Claude 62». Und andere, die ich nicht kenne.

«Alain 62». Gesichtszüge nehmen mitten in diesem winzigen Metalldschungel Form an, peu à peu. Das linke Auge ist eine kleine Spirale, Bestandteil eines Uhrwerks, eine aufgeschlitzte und zurecht gehämmerte Coladose suggeriert die Stirn, und ein akkurat verflochtenes Gebilde aus einer Fahrradkette ein rostiges Lächeln. An gewissen Stellen findet sich Motorfett und bringt die Gesichtszüge schimmernd zur Geltung. Ein Gefühl von Fülle entsteht, eine rundliche Wange aus geschmiedetem Eisen, eine Nase – tadellos ziseliert aus einer von Rost zerfressenen Messerklinge.

Je länger ich hinschaue, desto mehr ...

«Seien Sie vorsichtig ... Vor allem bei den Sachen auf dem Tisch da.»

Stehende Objekte. Man begreift sofort, weshalb man vorsichtig sein muß. Es sind feindselige Objekte. Ein mit Rasierklingen verzierter Trinkbecher aus Aluminium. Man kann ihn unmöglich anfassen, ohne sich die Hand blutig zu schneiden. Ein Telefonhörer gespickt mit rostigen Stacheln. Ein Korb, dessen Henkel eine geschärfte Sichel ist.

«Wie viele Male hat er sich verletzt ...»

Durch das Fenster sehe ich den aufgeschlitzten Drahtzaun, der früher das Haus von dem Schrottplatz abtrennte, und mitten drin zwei ausgeweidete Autowracks in der Senkrechten, eins ins andere verschachtelt.

Eine Umklammerung.

«Der Chef von nebenan ließ ihn mit seinen Schrottkisten spielen. Ich schämte mich ein bißchen hier im Viertel, aber es machte ihm so großen Spaß... Und letztes Jahr dann wollte der Verschrotter mal kräftig aufräumen, und da hat Alain ihm das abgekauft. Was sie dort drüben sehen. Ich verabscheue Autos.»

Nun besteht sie darauf, mich zurück ins Wohnzimmer zu führen. Und das ist schade. Ich wäre gern noch eine Stunde länger hier geblieben und hätte ein Stück Weg mit all dem zurückgelegt, noch andere Gesichter entdeckt und meine einzige Hand bei der Annäherung an diese unmöglichen Objekte aufs Spiel gesetzt.

«Haben Sie Morand wiedergesehen, nach dem Unfall?»

«Den kleinen Étienne... Nein, ich glaube, der ist nach Amerika gegangen, und der andere ist auch nicht mehr gekommen, ich vergesse immer seinen Namen, der mit dem schönen roten Wagen. Ich verabscheue Autos. Haben andauernd hier herumgehockt, diese drei, und sie diskutierten und stritten sich sogar, ab und zu.»

Sie läßt einen Augenblick verstreichen. Ich beiße mir auf die Lippe.

«Und an jenem Abend sind sie mit dem Citroën 4L weggefahren. Er hat kein Glück gehabt, mein Julien. Die anderen sind unverletzt davongekommen. Schauen Sie doch mal an einem Freitagabend wieder rein. Alain wird hier sein, das wird ihm solche Freude machen.»

*

Die Galerie wirkt geschlossen, und im Innern habe ich nicht die leiseste Bewegung bemerken können. Allein die Tatsache, daß die Rolläden nicht heruntergelassen sind, hat mich mit Hoffnung erfüllt, und diesmal habe ich meinen Beobachtungsposten gewechselt. Im Zwischengeschoß des Treppenhauses B liegt ein für dieses Viertel sehr typisches Konfektionsatelier, und bis jetzt blieb ich von jedem Publikumsverkehr verschont. In der Hoffnung, daß man die Güte haben möge, sich zu zeigen.

Schließlich taucht Delarge, allein und die Schlüssel in der Hand, so gegen 23 Uhr auf. Ich stürme die Treppen hinunter, ohne an etwas anderes zu denken, als ihn mit voller Wucht zu überrumpeln, bevor er überhaupt reagieren kann. Ich renne so schnell wie nur möglich über den kleinen leeren Innenhof, er steht nach vorn gebeugt, seine Hand dreht den Schlüssel des Sicherheitssystems um. Sein Rücken bietet sich mir ungeschützt dar, der Rolladen ist schon ein Drittel heruntergefahren, und ich lege ihm meinen Arm auf die Schulter, wie wenn ich einen alten Freund überraschen wollte. Voller Zärtlichkeit. Das spitze Dreieck des Cutters reicht gerade an seine Halsschlagader heran.

«Öffnen Sie bitte», verlange ich mit ruhiger Stimme von ihm.

Vor Überraschung schreit er auf. Er erkennt mich, verdutzt fängt er an zu stammeln, alles geht sehr schnell, er richtet sich wieder auf und dreht den Schlüssel in die andere Richtung.

«Können Sie den Rolladen von innen wieder runterlassen?» frage ich, indem ich ihm die Klinge etwas fester in die Kehle drücke.

Er leistet keinen Widerstand und stößt ein hysterisches Ja aus. Die Angst verzerrt ihm das Gesicht, und er zittert, während er das Schloß betätigt. Mein Herz schlägt kaum schneller, ich spüre eine unerhörte Kraft in meinen beiden Armen, das Metall bleibt unter seinem Kinn ins Fleisch gebohrt, ohne auch nur einen Millimeter zu weichen. Der Umstand, daß ich vierundzwanzig Stunden gewartet habe, hat meinen Haß nur noch verzehnfacht. Gestern kannte ich diese kleine alte Dame noch nicht, die auf dem rostigen Altar der Erinnerung lebt. Ich ertrage es nicht mehr, daß man Sanftheit und Liebenswürdigkeit hinmordet. Gestern wäre ich vielleicht noch zögerlich und etwas konfus gewesen.

Er hat die Beleuchtung in der Galerie eingeschaltet, noch bevor ich den Wunsch dazu äußere.

«Tun Sie … tun Sie mir nicht weh!»

Ich spüre, daß er, am Ende meiner Klinge, vor Angst wie gelähmt ist, und das erleichtert mir die Sache. So lange er wie ein Kind herumjammert, kann ich das Ganze leicht durchziehen. Zwischen der Klinge und meinem Brustkorb eingekeilt, geht er weiter geradeaus, bis zum Empfangstisch. Endlich werde ich ihn mir im Schutz eines eisernen Vorhangs völlig unbehelligt vorknöpfen können.

«Legen Sie sich flach auf den Bauch!»

Er gehorcht. Ich bringe ein Bein des Tischs in die vorbereitete Schlinge, indem ich ihn mit der Schulter hochstemme. Dabei muß ich zweimal ansetzen, anschließend ziehe ich mit den Zähnen die zweite Schlinge, am anderen Ende der Schnur, weit auf.

«Heben Sie den Kopf … Rutschen Sie näher ans Tischbein heran, verdammt noch mal!»

Ich helfe seinem Kopf behutsam in die Schlinge und ziehe dann mit einem kurzen Ruck am losen Ende. Er schreit nicht mal. Jetzt bleiben gerade noch zehn Zentimeter Schnur zwischen dem Tischbein und seinem Hals. Ich schaue ihn mir an, wie er niedergeschlagen am Boden liegt, von einer zu kurzen Leine festgehalten, wie ein völlig verängstigter Köter, jedem Fußtritt auf Gedeih und Verderb ausgeliefert.

«Sie sehen, ich benutze die gleichen Waffen wie Ihr Killer, einen Cutter und eine Schnur, und das Ganze sogar nur mit einer einzigen Hand.»

«Tun Sie mir nicht weh ...»

«Ihnen verdanke ich das Ding hier, diesen Stumpf, nicht?»

«... Was wollen Sie?»

«Ein Interview.»

Er reißt die Augen weit auf, es ist der Blick des Wahnsinns, oder der Blick desjenigen, der dem Wahnsinn ins Auge schaut.

«Dieser Typ, der mir die Hand abgetrennt hat und neulich in meine Wohnung kam, um seinen Job zu beenden, das war doch einer von Ihnen, oder etwa nicht? Antworten Sie. Schnell.»

Er plärrt irgendeinen Laut, mit dem genausogut Ja wie Nein gemeint sein könnte.

«Das war aber nicht sehr verständlich.»

Er schluckt mehrere Male und versucht, auf die Knie zu kommen, doch die Schnur verwehrt es ihm.

«Ich werde nichts sagen.»

Dann vergräbt er den Kopf zwischen seinen Schultern und drückt die Augen fest zu. Die trotzige Laune eines kleinen Jungen. Einer patzigen Nervensäge. Richtig bokkig.

«Ich ... Ich werd Ihnen nichts sagen ...»

Einen Moment lang lasse ich mir meine Verblüffung deutlich anmerken. Ich weiß nicht, was tun. Er wiederholt seinen Satz ganz langsam, er werde nichts sagen, er werde nichts sagen.

Heute ist wirklich mein Glückstag. Alles fing zunächst

so gut an, und jetzt stehe ich da mit einem Bündel Angst unterm Tisch. Er fürchtet sich sogar noch mehr davor, ihm könne ein Geständnis herausrutschen, als vor einer Manifestation der Gewalt. Und zu genau dieser Gewalt bin ich absolut außerstande. Auf diesem Gebiet habe ich keinerlei Vertrauen in mich. Bei dem Gentleman hatte ich in dieser Beziehung keine Probleme, ganz im Gegenteil, dem hätte ich es gern noch ein bißchen mehr gegeben. Aber bei einem Mann, der um die dreißig Jahre älter ist als ich und vor mir auf den Knien liegt, weiß ich nicht mehr weiter. Im Grunde hätte ich am Abend der Vernissage auf Linnel einschlagen müssen. Ich war besoffen.

Die Zeit und mein Zögern spielen gegen mich, ich merke, wie er mir allmählich entgleitet, daß er mich nicht mehr fürchtet.

Ich darf ihn mir nicht durch die Lappen gehen lassen.

In zwei Sekunden wird er fast lächeln.

Ich setze mich auf den Boden, neben ihn. Ich versuche mit aller Macht daran zu denken, daß dieser Mann mein restliches Lebens zerstört hat und mich noch gestern tot sehen wollte.

Er schlägt die Augen auf und mustert mich. Man könnte es fast für eine Herausforderung halten. Er testet mich. Wie ein Kind. Trotz des halben Jahrhunderts auf dem Buckel ist dieser Mann aus den Flegeljahren noch nicht heraus.

Doch ich habe nicht das Zeug zum Folterknecht. In Wahrheit wußte ich, als ich hier eintrat, schon, wie ich vorgehen würde. Nur weiß er es noch nicht.

Mein Blick fällt auf die Gemälde an den Wänden, und ich gehe näher heran, um sie besser sehen zu können.

«Ist die Kunst wirklich eine Passion?» frage ich mit lauter Stimme.

Keine Antwort.

«Dies hier ist doch Ihre Privatsammlung, hm? Na ja… das bißchen, was Sie die Güte haben davon zu zeigen. Ihre besondere Art zu sagen: ‹Seht nur, was ich im Schaufenster habe, also stellt euch nur mal vor, was erst im Hinterraum lagert›.»

Nicht ein Wort.

«Sie haben meine Frage noch nicht beantwortet. Eine echte Passion oder eine Goldmine, eine gute Geldanlage und sonst nichts?»

Schweigen.

Ich hole ein Feuerzeug hervor, eigens für diesen Anlaß gekauft! Ein dem Gentleman geklauter Einfall, wie meine restliche Ausrüstung auch.

Ich werde diesen Mistkerl nicht zu Brei schlagen. Eine Frage der geistigen Gesundheit. Doch ich weiß, wie jeder x-beliebige Mensch, daß die Palette der Folterungen beinahe unendlich ist. Er weiß es ebenfalls, und schon blitzt ein neuerliches Flackern der Besorgnis in seinen Augen auf. Ich nehme das Feuerzeug und halte die Flamme näher an den Linnel.

«Das ... das wird Ihnen überhaupt nichts nutzen!» sagt er mit gebrochener Stimme.

«Eine Leidenschaft? Oder nichts als eine Goldmine?»

«Hören Sie auf ... Ich werd nichts sagen!»

Die Flamme greift die Mitte des Bildes an, ein schwarzer Kreis entsteht, und schon beginnt die Feuerzunge durch die Leinwand zu blecken.

«Hören Sie auf! Sie sind ... Sie sind verrückt! Tun Sie das nicht! Wir hatten nichts ... gegen Sie ... persönlich ... Wir wollten nur das *Essai 30*.»

Die Leinwand geht langsam in Rauch auf.

«Sie haben sich ihm in den Weg gestellt, er hat ... er hat nur reagiert ... Niemand wußte, daß Sie ... daß Sie mehr darüber erfahren wollten ... Ihre Fragen ... Sie wußten, daß die Objektivisten existiert hatten ... Und wir alle wollten sie unbedingt vergessen ...»

Er beschwört mich ein weiteres Mal, die Flamme wegzunehmen. Wozu eigentlich. Dieses alte ledrige Ding ist doch sowieso unverkäuflich geworden. Oder aber es geht ihm nur ums Sentimentale. Er hat sich im Atelier seines Pferdchens und Freunds ein Bild ausgesucht, das ihm gefiel.

«Erzählen Sie weiter… sagen Sie mir, was nach dem 64er Salon geschehen ist.»

Er hält den Atem an, vor Angst.

«Ich wollte mich um sie kümmern… Sie zum Arbeiten bringen… Oh, und wenn schon… Machen Sie doch, was Sie wollen, ich sag nichts mehr!»

Der Linnel ist bloß noch ein schwarzes Loch. Jetzt darf ich nicht mehr locker lassen, Delarge ist am Ende, ich habe ihn wieder in meiner Gewalt. Und wer kommt jetzt dran? Ich habe die Wahl.

«Welchen verbrenne ich zuerst? Den Kandinsky oder den Braque?»

Delarge nimmt den Kopf in beide Hände, er fleht mich an, zieht wie ein Esel an seinem Halfter und verrückt dabei den Schreibtisch.

«Rühren Sie sich nicht mehr, Delarge», sage ich und schwenke mein Feuerzeug.

Er erstarrt, die Augen von Grauen erfüllt.

«Sie hatten einen Anführer… ein verkrachter Blindgänger, der die Gruppe brauchte, um seine Mittelmäßigkeit zu verschleiern! Der hat mich gar nicht interessiert, aber dieser Idiot hatte die anderen drei unter seiner Fuchtel, ich wollte Linnel und Morand, die beiden haben mich wirklich interessiert, ich hatte ihre Ateliers besucht, Linnel besaß alles, was einen großen Künstler ausmacht, und Morand eine Geschicklichkeit und eine Präzision, die mir eines Tages hätten nützlich werden können. All das hatte überhaupt nichts mit dem zu tun, was ihr Anführer so fabrizierte! Armselige Kunst! Aber, nun ja, die anderen machten eben nichts ohne ihn, ohne sein Evangelium! Beeinflußbare junge Blödmänner. Tun Sie das nicht, ich flehe Sie an, nehmen Sie die Flamme weg! Ich geb Ihnen alles, was Sie wollen …»

Mit seinem Gewimmer hat er gerade meine Frage beantwortet. Passion oder Kohle – beides ist völlig miteinander vereinbar. Ich mache das Feuerzeug aus.

«Was haben Sie mit Bettrancourt angestellt?»

Sein Blick, der mich von den Füßen bis zum Kopf streift, sagt alles. Mit einer solchen Frage war ich mir sicher, ihm eine Ahnung von dem Vorsprung zu vermitteln, den ich mir über die in Vergessenheit geratene Geschichte der zeitgenössischen Kunst erworben hatte.

«Er war es, der die Gruppe gegründet hat, der meine Angebote ständig ausschlug … aber am Ende habe ich sie doch gekriegt. Die drei anderen hatten es nämlich bald kapiert, so eine Gruppe hält niemals lange, ich habe ihnen erklärt, daß sie nicht weit kommen würden, wenn sie sich weigerten zu verkaufen, und daß ihre kleine pubertäre Rebellion fehlschlagen würde, und schließlich war da ja das Geld … Linnel hat als erster angebissen, Reinhard brauchte eigentlich gar keins, ist ihm aber trotzdem gefolgt, nur Morand hat noch ein bißchen länger widerstanden.»

Delarge versucht, die Schlinge zu lockern, bevor er fortfährt.

«Bettrancourt wäre nie weich geworden, er wurde hinderlich. Der wär lieber krepiert, sozusagen aus Ethos, ja, aus reinem Ethos … Ein Irrer eben. Ich habe die anderen überredet, dem Erwerbsausschuß ein Bild anzubieten, ohne daß Bettrancourt davon erfahren sollte, um ihnen zu beweisen, welchen Wert ihre Malerei besaß. Und das war nur ein Anfang. Als der Staat dann gezahlt hat, haben sie es endlich kapiert. Bettrancourts Evangelium verlor langsam seine Wirkung und er selbst seine Autorität, die Ambitionen jedes einzelnen traten nach und nach zutage. Und soll ich Ihnen was sagen? Ich bin wirklich stolz darauf, daß ich das getan habe. Sie haben gemalt, dank mir, statt in Vergessenheit zu enden.»

Der Strudel seiner Sätze macht mich ein wenig schwindelig. Mich überkommt das Gefühl, der Nebel über der Schlucht habe sich aufgelöst, und ich könne mich nun endlich darüberbeugen. Ich hätte ihm so viele Fragen zu stellen, daß mir keine einzige spontan einfällt, also bleiben wir eine Weile stumm, alle beide.

«Ich werde Ihnen jetzt erzählen, wie die Sache weiterging. Im Gegensatz zu Ihren Behauptungen wissen Sie nämlich sehr wohl, was aus Bettrancourt geworden ist. Sie haben die drei anderen angestachelt, sich von ihm zu trennen, auf die eine oder andere Weise. Die Gruppe war zu einer großen Karriere bestimmt, und alles in allem, warum nicht nur zu dritt arbeiten statt zu viert, zumal das Konzept und das System ja bereits entwickelt waren. Sie haben ihnen alles Erdenkliche in den schillerndsten Farben vorgegaukelt, weit mehr, als ein junger Student sich erträumen könnte. Dazu noch so schnell. Und wenn man heute so großen Wert darauf legt, die Objektivisten nur ja zu vergessen, dann liegt das nur an dem radikalen Ende ihrer Geschichte. Bettrancourt machte Ihnen angst, er wäre zu vielem fähig gewesen. Sie haben den Rädelsführer beseitigt, mit einem Autounfall, schlicht und einfach. Im Oktober 64. Nicht wahr?»

Er hebt den Kopf wieder und kichert spöttisch vor Erstaunen.

«Sie wußten es… Sie haben mich gezwungen zuzugeben, was Sie längst wußten?»

«Ich ahnte es irgendwie. Was ich jedoch nicht begreife ist, warum sie die Gruppe nicht fortbestehen ließen.»

«O ja, ich auch nicht. Nach dem Unfall wußten sie selbst nicht mehr, ob sie daran schuld waren oder nicht. Morand ist mit dem Leben danach nicht gut fertig geworden, Schuldgefühle oder irgend so ein Unsinn… Eines Morgens hat er den beiden anderen dann verkündet, er werde in die Vereinigten Saaten gehen und die Objektivisten müßten nun ohne ihn auskommen. Reinhard bekam es mit der Angst zu tun und hat die Pinsel fallenlassen, um das Auktionshaus seines Vaters zu übernehmen.»

«Und Linnel machte solo weiter, unter Ihrer Protektion. Das erklärt Ihre etwas obskure Beziehung. Eine anrüchige Zusammenarbeit, gegründet auf einer Leiche, netter Einstieg... Doch zwanzig Jahre später ist Morand wieder da, tot zwar, aber sehr gegenwärtig. Man widmet ihm eine Ausstellung, und man schiebt ihm, ohne es zu wollen, ein objektivistisches Bild unter, eine Erinnerung. Das bringt längst vergessene Dinge wieder zutage, was sich äußerst schlecht trifft, genau zu einem Zeitpunkt, wo Linnel ins Beaubourg kommt, dazu noch mit einem öffentlichen Auftrag.»

«Niemand wußte mehr, was aus ihm geworden war, und da läßt ihn die Coste doch tatsächlich wieder lebendig werden. Dieses Gemälde durfte nicht ausgestellt werden, es barg Beweise, wir gerieten in Panik. Dann mußten wir die Arbeit zu Ende bringen: Das an den Staat verkaufte Bild mußte weg. Und alles war erledigt, keine Spur dieser unglückseligen Gruppe mehr vorhanden. Und dann ...»

«Und dann gab es plötzlich noch mich.»

Ich stoße einen Seufzer der Erschöpfung aus. Ich bin todmüde. Und habe die Nase voll. Ich würde gerne einfach davongehen und ihn hier hocken lassen, an seiner Leine. Ich wüßte nicht, wie ich es sonst machen sollte. Ich verspüre den Wunsch nach Ruhe.

Alleinsein.

Mein Verlangen nach Rache hat hier sein Ende.

«Was werden Sie mit mir machen ...?»

«Ich? Nichts.»

Noch während ich das sage, muß ich an die Journalistin denken, und an ihren schriftlichen Beweis. Mit der Drohung, den Braque zu Einwickelpapier zu machen, erhalte ich schließlich den Namen des Fälschers. Ich bedauere inständig, daß es nicht Linnel ist. Ein Name, der mir überhaupt nichts sagt. Aber, auch wenn er sich unter Umständen anders genannt hätte …

Ich muß grinsen.

«Sagen Sie mal, Monsieur Delarge, Ihr Fälscher da, der hat doch noch andere Talente, oder nicht?»

«Was … was wollen Sie damit sagen?»

«Er leistet Ihnen doch eine ganze Menge Dienste. Und trägt einen Tweedanzug und einen Burberry's, nicht?»

«Das stimmt … aber Sie könnten meine ganze Sammlung verbrennen, ich könnte Ihnen doch nicht mehr über ihn erzählen. Mit der *École des Beaux-Arts* hat er nichts zu tun. Ich weiß fast nichts über seine Vergangenheit. Ich glaube, er malte, früher mal. Er hat schon irgendwelche Scherereien mit der Polizei gehabt, aber das geht mich nichts an. Man wird ihn nie und nirgendwo mehr ausstellen. Ich verschaffe ihm halt Arbeit.»

Auch ein Künstler auf seine Art, denke ich mir. Beim Durchstöbern des angrenzenden Büros finde ich lediglich einen Brief von Reinhard, in dem er auf eine Bestellung von 150 Arbeiten anspielt. Ich glaube, das tut's. Soll Béatrice doch zusehen, wie sie damit klarkommt. Das betrifft mich nicht mehr.

«Ich schlage Ihnen vor, das Ganze damit bewenden zu lassen. Ich weiß zuviel über Sie, über Reinhard und Linnel, ich bin eine lebende Gefahr, ich weiß … Ich will nicht mehr in der bangen Erwartung eines Besuchs Ihres Gentlemans leben, der mich dieses Mal sicher erwischen wird. Sie müssen nämlich eins wissen: Sollte mir was auch immer zustoßen, so wird die Journalistin von *Artefact* ein vollständiges Dossier über sämtliche Dinge, die mir passiert sind, veröffentlichen. Sie ist zu allem fähig, stimmt's?»

«Dieses … dieses Luder …»

Das schätze ich nun gar nicht. Nein. Schon wieder ein Wort zu viel.

Ohne lange zu fackeln hänge ich das Aquarell von Kandinsky ab und lege es auf den Boden. Delarge schnauft kurzatmig, er schaut gebannt zu, mehr Kindskopf denn je. Ich lasse das Feuerzeug erneut aufflammen, er schreit zum Erbarmen, und das gefällt mir.

«Das können Sie nicht machen! Sie wissen nicht … das könnten Sie nicht!»

Und mit einemmal sage ich mir, daß er recht hat. Und daß es überhaupt nichts bringen würde, ganz dämlich ein Kunstwerk diesen Ranges zu verbrennen. Welche Bedeutung so ein Kandinsky eigentlich besitzt, weiß ich gar nicht so recht. Ich kenne mich da nicht aus. Ich bin ein krasser Banause. Ich weiß nur, das ist ein Name, der Schweigen erzwingt, sobald man ihn anführt, und daß er die gegenstandslose Malerei begründete und diese entdeckt hat, als er beim Anblick eines seiner eigenen Bilder, das verkehrt herum hing, beinahe stocksteif umfiel vor Bewunderung. Also: ich und eine solche Arbeit verbrennen, das fand ich dann doch zu schäbig. Weil es so etwas, einer solchen Handlung, doch entschieden an Spaß fehlt.

Deshalb besinne ich mich eines Besseren, oder vielmehr einer anderen Folter. Neben dem Goldenen Buch liegen Kugelschreiber, Filzstifte und ein dicker Marker parat. Und da sag ich mir: Nur zu, Antoine, die Gelegenheit bietet sich dir nur ein einziges Mal in deinem ganzen Leben.

Ich stöpsele den Marker mit den Zähnen auf und halte ihn hoch, in die linke obere Ecke des Bildes. Hinter mir höre ich einen herzzerreißenden Schrei, der mich jedoch nur ermuntert.

«Seien Sie still! Es geht mir nicht darum, Ihr Bild zu verunstalten, ich will ihm nur zwei oder drei Kleinigkeiten hinzufügen.»

Blauer Grund, grüne, von Strichen durchfurchte Kreise,

geometrische Figuren, die sich überlagern, Dreiecke in Rauten und Kreuze in Ovalen in allen Farben.

Aus einem Trapez lasse ich drei schwarze Margeriten hervorsprießen. Neben einer Mondsichel bevölkere ich einen ganzen Bereich mit fünfzackigen Sternen. Meine linke Hand ist wunderbar. Sie retuschiert einen Kandinsky! Ich brauchte also nur Vertrauen in sie zu haben. Bei einem der Kringel kann ich mich nicht erwehren, wieder Kind zu werden, ich male ihm einen Mund und Augen, samt Iris und Pupille.

Dann lasse ich den Marker zu Boden fallen und drehe mich um.

«So, fertig! Ist das nicht besser so?»

7

Paris verlassen.

Früher oder später werde ich sowieso mal in Biarritz aufkreuzen müssen. Meine Eltern verdienen besseres als einen Brief. In jedem Fall wären sie hergekommen. Ein ganzes Jahrhundert Malerei hat mir nicht im geringsten geholfen, dieses Briefchen auch nur zu skizzieren. Nichts als kleine altmodische Entwürfe. Doch mittlerweile kenne ich den feinen Unterschied zwischen Einhändiger und Linkshänder, ich könnte es ihnen erklären und vielleicht entdramatisieren.

Noch ein oder zwei Dinge regeln, Béatrice anrufen, ein hieb- und stichfestes Dossier über meine letzten in Paris verbrachten Tage ausarbeiten, mit dem Polaroid des *Essai 8* als Zugabe. Zur Illustration eben. Ist es wirklich nötig, noch mal in meiner Wohnung vorbeizuschauen? Oder sogar Delmas zu benachrichtigen? Nein. Er wird mich wohl aufspüren, sollte ich irgendwann unentbehrlich werden. Ich wünsche mir nichts mehr, als daß er schön weiter auf der Stelle tritt, ganz lange, und alle Welt in Frieden läßt, ich habe keine Lust zu reden, Zeugnis abzulegen und alle meine Umtriebe zu rechtfertigen. Das würde mir sicherlich jede Menge Scherereien einbrocken – Unterschlagung von Beweisen bis hin zu mehreren tätlichen Angriffen, von meiner

Halsstarrigkeit, mir selbst Gerechtigkeit zu verschaffen, ganz zu schweigen.

Gerechtigkeit... Man wird mir nie zurückgeben, was ich verloren habe, und das Schlimmste ist, ich werde mich am Ende auch noch in mein Schicksal fügen. Und das Billard vergessen. Schon bald. Dieser ganze Malstrom der Gehässigkeit hat mich erschöpft.

Ich habe mehr als einen Tag durchgeschlafen. Ein Befehl des Körpers. Ein physiologisches Bedürfnis nach Einsamkeit. Der Nachtportier hat mir ein Sandwich zubereitet, ich habe mit ihm ein Bier getrunken, im Morgengrauen, und bin dann wieder hinauf in meine Bude. Ich habe noch eine Nacht abgewartet und versucht, diese ganze Geschichte *in toto* zu überdenken, und alles wieder in die richtige Ordnung gebracht. Friedlich. Ganz allein habe ich mich sozusagen restauriert, peu à peu erlange ich meine ursprüngliche Farbe zurück. Zum ersten Mal seit langer Zeit ist es mir gelungen, zusammen mit dem Morgen aufzuwachen. Meine biologische Uhr hat sich von selbst wieder reguliert, und nun zeigt sie mir an, daß es höchste Zeit ist, von hier fortzugehen.

Béatrice dürfte langsam die Geduld verlieren, ich hätte sie noch beim Verlassen von Delarges Galerie anrufen sollen, doch da hatte ich ein zu großes Verlangen danach, endlich wieder allein zu sein, jedenfalls bis sich diese Erregung legt.

Es ist erst 10 Uhr morgens. Der Empfangschef hat gewechselt, ich kenne ihn nicht. Vierhundert Franc für drei Übernachtungen, er gibt mir mein Wechselgeld heraus, während er dauernd auf meinen rechten Ärmel starrt, ohne daß er ein einziges Mal die Güte hätte, mir ins Gesicht zu schauen.

«Kann ich telefonieren, innerhalb von Paris?»

Er stellt den Apparat vor mich hin und verläßt seinen Platz hinter dem Empfang. Und ich, der ich gerade meine

Aggressivität zu verlieren beginne, ich frage mich, ob ich jemals in völliger Eintracht mit anderen sein werde.

Ich habe zunächst die Nummer bei der Zeitung gewählt und erst beim Ertönen des Anrufbeantworters kapiert, daß wir Sonntag haben. Und wenn du so was nicht mal ahnst, versetzt es dir einen ganz schönen Schock. Sonntag ...

Ich versuche es bei ihr zu Hause.

«Béatrice? Antoine hier.»

«... Ja, eine Sekunde ...»

Es dauert weitaus länger. Ich rechnete mit einem Mekkern des Erstaunens oder der Nervosität, ja gar mit einem Anschiß wegen meiner Verspätung.

«Geht's dir gut?» fragt sie.

«Ich weiß nicht. Ich werd in die Provinz fahren, und ich wollte dir noch ...»

«Wo bist du?»

«Äh ... in einem Hotel, aber ich bleib nicht mehr lang ...»

«Sollen wir ein Treffen verabreden?»

Seltsam. Ich weiß nicht mehr so recht, wen ich da am anderen Ende der Leitung habe. Ich hatte erwartet, sie würde mir schon am Telefon jede Menge entlocken wollen.

«Was ist los? Stör ich?»

«Aber nicht doch, nein, nein. Kommst du vorbei?»

«Keine Zeit, ich will mich von hier verziehen. Wir treffen uns in einer halben Stunde im Gare de Lyon. Im Bahnhofsrestaurant.»

Sie wartet eine Sekunde, ehe sie einwilligt. Und auflegt, einfach so ...

Ich habe das miese Gefühl, daß sie nicht allein war. Das Fieber schnellt wieder hoch, in einem einzigen Auflodern. Irgendwas dürfte mir während meines Schlafs entgangen sein. Etwas, das meine Paranoia abermals weckt, genau in dem Augenblick, wo ich wieder auftauche.

Ich gehe rasch vor die Tür und schlage die Richtung Boulevard Beaumarchais ein. Sie hatte eine Heidenangst, ganz offensichtlich. Hat Delarge ihr Schiß eingejagt? Es liegt doch überhaupt nicht in seinem Interesse, sich bei Delmas zu beschweren, Delarges Passiva wiegen doch weitaus schwerer als meine. Oder hat er etwa irgendeinen Trick ausgeheckt, eine Geschichte zusammengedichtet, die mich in die Scheiße bringt?

Was ist nur los mit ihr, mit meiner Galatea?

Als ich an einem Kiosk vorbeikomme, verlange ich nach *Artefact*, doch die aktuelle Ausgabe ist vergriffen. Ich nehme drei Tageszeitungen, zwei von gestern und das *Journal du Dimanche*. Ein kleiner Hinweis auf dem Titelblatt führt mich zur Seite drei. Die Blätter entgleiten meiner Hand.

Mord an einem großen Kunstliebhaber.

Mir dreht sich alles im Kopf. Ich muß die Zeitung zum Umblättern auf den Gehsteig legen.

Mir wird übel.

Der berühmte Kunsthändler Edgar Delarge, wohlbekannt in den Kreisen der zeitgenössischen Kunst, wurde am Samstagmorgen in seiner Galerie, Rue Barbette im 4. Arrondissement, erdrosselt aufgefunden. Der Angreifer hat ihm die rechte Hand abgetrennt, die die Polizei wenige Meter von dem Leichnam entfernt entdeckt hat. Die Ermittlungsbeamten stellten fest, daß offenbar keine der wertvollen Arbeiten, die Delarge in seiner Galerie aufbewahrte und ausstellte, gestohlen worden ist. Allerdings wurden zwei Gemälde beschädigt: Eines von Alain Linnel, einem engen Freund des Händlers, wurde verkohlt und ein weiteres von Kandinsky verwüstet. Bei der Nachricht seines Todes und nach einer ersten Untersuchung hat sich eine Journalistin der Revue Artefact *umgehend bei den Behörden gemeldet, um …*

Passanten drehen sich belustigt nach mir um und schmunzeln beim Anblick eines Typs, der am Boden kauert und krampfhaft versucht, die im Wind flatternden Blätter seiner Zeitung festzuhalten.

... ihnen Informationen über den Mord zu liefern. Die Ermittler hatten keinerlei Mühe, eine Verbindung zu einem noch nicht abgeschlossenen Fall herzustellen, in dem Kommissar Delmas von der Abteilung zur Bekämpfung von Bandenkriminalität die Ermittlungen eingeleitet hat...

Ich wische mir die Stirn mit dem Ärmel ab. Meine Blikke springen über ganze Zeilen und von einem Wort zum nächsten, ohne daß ich deren Sinn verstehe.

Eine junger Mann namens Antoine Andrieux soll als Täter dieses Mordes beschuldigt worden sein. Der ehemalige technische Assistent der Galèrie Coste wurde...

Mir ist heiß.

... und soll sich vermutlich wegen dieses Angriffs, bei dem er eine Hand verlor, an dem Mann gerächt haben, der in seinen Augen für seine Amputation verantwortlich war, indem er ihn verstümmelte.

Die Sätze verschwimmen, die Wörter sind leer, ich muß mich förmlich an das Ende jeder Zeile klammern, um die richtige darunter zu erwischen.

Die junge Journalistin arbeitete an einem kompromittierenden Dossier, das in der Maiausgabe ihrer Zeitschrift eine Gaunerei des ermordeten Kunsthändlers aufdecken sollte. «Ich wollte lediglich Informationen über die ‹Affäre Alfonso›, und ich wußte von seinem Verlangen, sich an Delarge zu rächen, doch auf gar keinen Fall hätte ich mir vorstellen können, daß er so weit gehen würde», erklärte sie den Polizisten bei ihrer Vernehmung. Antoine Andrieux hatte seine eigenen Nachforschungen unternommen, um selbst den Schuldigen aufzuspüren. Unter Mithilfe der Journalistin, der er vorgeschlagen hatte, «gemeinsam Front gegen Delarge zu machen», war es ihm gelungen, eine mehr als fünfundzwanzig Jahre zurückliegende Affäre, in die der Kunsthändler schon verwickelt war, bis zu ihren Anfängen zu-

rückzuverfolgen. Im Jahre 1964 also, auf einer Kunstausstellung ...

Es steht alles drin. Ich habe mich gezwungen, bis zum Schluß durchzuhalten. Meine ganze Geschichte ist da ausgebreitet, über vier dicke Spalten. Sie hat ihnen wirklich nichts verheimlicht. Das einzige, was noch fehlt, ist das Ende. Oder der absolute Beginn. Die Verschwörung der drei Künstler, um Bettrancourt zu beseitigen. Das einzige Mosaiksteinchen, das ihr noch fehlte.

Edgar Delarge wird am Dienstag auf dem Friedhof von Ville-d'Avray beigesetzt ...

Schweißtropfen stehen mir eisig kalt auf dem Rücken.

Kommissar Delmas zufolge steht Antoine Andrieux' Verhaftung unmittelbar bevor ...

Ich sollte nicht hier bleiben, beinahe auf dem Boden liegend und die Nase im Wind. Am Boulevard Beaumarchais.

Man fahndet nach einem Einhändigen.

Der getötet hat.

Der eine Hand abgeschnitten hat. Völlig ausgeschlossen, daß ich dieser Mensch nicht bin. Das kann nur ich sein. Alles in allem habe ich Delarge ja vielleicht tatsächlich erledigt, dort drüben, am Ende seiner Leine. Und ich hatte ein solches Verlangen nach einer zweiten Hand. Und wahrscheinlich habe ich mir die abgetrennt und dann vergessen ... Béatrice hat ihn, diesen vor Rachgier schier Wahnsinnigen, abziehen sehen, hin zu demjenigen, der ihn zum Invaliden gemacht hat. Und schon zuvor, auf jener Vernissage, da hat doch alle Welt diesen Einarmigen gesehen, wie er über denselben Mann herfiel. Und er hat auch sicherlich Spuren in dessen Galerie hinterlassen. In Anbetracht der Tatsache, daß er ja in jener Nacht dort war. Seine Schuld ist eigentlich noch offenkundiger als Delarges Tod.

Und seine Verhaftung steht unmittelbar bevor.

Es ist an der Zeit, wieder auf die Beine zu kommen, loszumarschieren, um die nächste Straßenecke zu biegen und sich davonzumachen. Nicht zum Gare de Lyon, nicht in Richtung Rue de Turenne und nicht ins Labyrinth des Marais. Nirgendwohin. Unmittelbar bevorstehende Verhaftung! Ich werde den Blick der Passanten meiden, ich werde meinen Arm verbergen, den Arm eines Einhändigen, eines Einhänders, der nichts anderes kennt als die Gerechtigkeit der Talion: die Vergeltung durch Auge um Auge, Hand um Hand. Die Zeitungen behaupten, ich wäre auf die andere Seite gewechselt, und ich habe geglaubt, in allerletzter Sekunde an der Grenze stehengeblieben zu sein, noch auf dem festen Boden der freien Zone. Briançon hatte letztlich recht, von Anfang an, mit seinen ganzen Bildern und Metaphern.

Ich darf Paris nicht verlassen.

Meinen Eltern wäre ein Einarmiger lieber gewesen als ein Mörder. Es wäre so viel leichter gewesen, ihnen zu sagen, daß ich eine Hand weniger habe, verglichen mit dieser unzumutbaren Wirklichkeit. Die Polizei von Biarritz hat ihnen sicherlich bereits einen Besuch abgestattet. Die beiden sind meine einzige Verbindung zur Welt, meine einzige mögliche Zuflucht. *«Jemanden zu benachrichtigen»*, meinte der Arzt im Krankenhaus. *«Niemand? Wirklich?»*

Wie habe ich es nur fertiggebracht, wie ein Fremder zu leben, mit meinen beiden Halbleben, dem des Tages und dem der Nacht. Selbst Paris erscheint mir jetzt wie ein drohendes Exil.

Place Saint-Paul, Zugang zur Métro, zwei Richtungen, Endstation Pont de Neuilly, warum nicht, oder Château de Vincennes, warum nicht, ein Zeitungskiosk, vollgestopft mit Zeitungen, eine Telefonkabine, Leute beim Sonntagsspaziergang, ein schwarzweißes, sogenanntes «Elsterauto» der Polizei rast in Richtung Bastille.

Ich werde nicht lange durchhalten.

Ich betrete die Kabine und denke dabei, daß mich der Glaskäfig für einen Augenblick schützt, von dem Kommen und Gehen abschirmt. Ich besitze kein Adreßbuch, lediglich ein quadratisches Stückchen Papier mit dem Großteil der Namen meiner Bekannten, zusammengefaltet in der Hülle meiner *Carte Orange*. Ich muß unbedingt mit jemandem reden, ihm lauthals meine Unschuld beteuern, ich muß doch wenigstens einen überzeugen können, nur einen einzigen, und da fällt mir auch nur einer ein.

Er mag mich ganz gern. Ich habe nie gewußt, wieso. Er hat mich sogar schon beherbergt.

«Doktor Briançon? Hier ist Antoine. Antoine Andrieux, wir müssen uns sehen, wir müssen miteinander reden ...»

«Nein ... Unmöglich ...»

«Haben Sie die Zeitungen gelesen?»

«Bei der Durchsuchung Ihrer Wohnungen hat die Polizei einige Papiere gefunden, die ich Ihnen überlassen hatte. Die haben mich ein paar Dinge über Sie gefragt, sozusagen eine Therapeutenmeinung eingeholt über die psychologischen Auswirkungen Ihres Unfalls.»

«Und was haben Sie denen gesagt?»

«Was ich schon immer gedacht habe. Wovor ich Sie ständig gewarnt habe, Ihre verdrängte Gewalt, Ihre Selbstaufgabe ... Und was dies alles für Verhaltensstörungen auslösen kann. Warum haben Sie nicht auf mich gehört?»

«Aber ...»

«Stellen Sie sich der Polizei, Antoine. Das ist das beste, was Sie tun können.»

«Ich hab niemanden getötet.»

«Hören Sie, die haben mich aufgefordert, ihnen sofort Bescheid zu geben, falls Sie mich kontaktieren. Ich will gar nicht wissen, wo Sie sich im Augenblick befinden, ich werde denen auch nicht sagen, daß Sie angerufen haben, aber wenn Sie hierher kommen sollten, zögere ich keine Sekunde. Das ist der beste Dienst, den man Ihnen erweisen kann. Also, gehen Sie lieber aus eigenem Antrieb zur Polizei. Das ist wichtig.»

In seiner Stimme spüre ich die ganze Bedachtsamkeit eines Mannes, der auf einen Psychopathen einredet. Eine Art schulmeisterliche und sehr bestimmte Phrasendrescherei, die dich dazu treibt, einer zu werden, wenn das nicht schon der Fall ist. Dem darf ich nicht auf den Leim gehen. Ich muß mich auch weiterhin nur auf dieses letzte Bild besinnen: auf den zu Boden fallenden Marker und meinen zynischen Abgang, auf mein befriedigtes Lächeln nach der Schmach, die ich einem Meisterwerk zugefügt hatte. Genau so ist es gewesen. Schließlich habe ich doch noch etwas hinzugefügt, ehe ich auflegte:

«Wissen Sie was, Doktor... Ich hatte wirklich recht, Ihre Sitzungen abzulehnen. Wenn man die Leiter hinuntergestürzt ist, wenn man vom Herrn zum Sklaven wurde, dann gibt es nichts anderes mehr als die Prüfungen des Alltags, diese schleppenden und eintönigen Prüfungen, um wieder aus der Wüste zu finden. Ich habe mich noch nie so sehr als Linkshänder gefühlt wie heute.»

Ich verlasse die Telefonzelle, das Stückchen Papier zusammengeknüllt in meiner Hand.

Leute warten auf mich im Bahnhofsrestaurant am Gare de Lyon. Ich stelle sie mir vor. Béatrice sitzt vor Angst wie gelähmt da, ein oder zwei Typen hocken unweit von ihr entfernt vor einem Kaffee und tun so, als starrten sie auf die Abfahrtstafeln, und Delmas lauert ebenfalls nicht weit, im Zollbüro, und noch ein paar andere an jedem Ausgang.

Bei einer weiteren Telefonkabine, in der Nähe der Pont de Sully, unternehme ich einen neuen Versuch und mache mir Vorwürfe, an Véro gedacht zu haben... Das hat nur ein paar Sekunden gedauert, nur so lange, bis ich sie, ja auch sie, vor Überraschung und vor Angst stammeln höre, «du bist... du bist...», sie findet nicht das richtige Wort, und ich habe keine Zeit, ihr zu helfen, weil sie schon auflegt. Und ich ertappe mich dabei, daß ich an ihrer Stelle denke, wie ich alle möglichen Vermutungen durchgehe, die sich ihr anbieten, und ganz besonders eine: Daß ich ein Mörder bin und schon immer das Bild im Depot haben wollte, Nico hätte es mir nie gegeben, deshalb habe ich Nico getötet! Warum nicht?

Île Saint-Louis.

Freier Himmel.

Ich verspüre das Bedürfnis, mich lebendig einzumauern. Bevor andere es tun. Ich denke an die Jahre zurück, die gerade verflossen sind, an all die Menschen, mit denen ich Worte gewechselt habe. Unter ihnen finden sich Liliane, Jacques, die Coste. Und genau die erzählen bereits die traurige Geschichte von dem verschlossenen und blutrünstigen Ausstellungsaufbauer, mit dem sie jeden Tag zu tun hatten, ohne irgend etwas bemerkt zu haben. «Wir wußten nie, was er nach 18 Uhr so machte.»

Was ihn nur dazu trieb, aus der Galerie zu stürmen, als ob man ihn nach 18 Uhr aus dem Kerker befreite?

Doch. Ich, ich weiß es.

*

Ich brauchte eine Stunde, um zu Fuß bis zum Place des Ternes zu gelangen. Auf dem Weg dorthin versuchte ich, möglichst nah an der Seine und wie ein Unschuldiger dahinzuschlendern. Und dann habe ich mich auch noch verlaufen. Bis zur Pont d'Alma glaubte ich ernsthaft, ein Typ auf der Flucht müsse über eine ausgereifte Technik verfügen, und daß ich nur ein blutiger Anfänger sei und vollkommen außerstande, weiter als bis zur eigenen Nasenspitze zu schauen, ein Anfänger eben, der beim leisesten Signalhorn in der Umgebung blaß wird.

Und dennoch. Aus dem tiefsten Grund meines von allen Übeln dieser Welt bedrückten Bewußtseins kam dann ein kleiner Anflug von Hoffnung und rettete mich vor dem Ertrinken.

Es gibt ja noch die anderen. Drei, vier, nicht mehr, und

das ist ungeheuer viel. Ich war ihr Junior, ihr Erbe, ihr Wunderkind. Sie haben an mich geglaubt. Denen war es scheißegal, was ich vor 18 Uhr machte, wenn ich nur erst mal da war und ihnen ein paar Kunststückchen mit der roten und den beiden weißen Kugeln vorführte.

Sie haben mitverfolgt, wie ich zaghaft, auf die Ratschläge der Alten bedacht, gewachsen bin. Sie haben sich allesamt ins Zeug gelegt und mich die ganze Palette der Stöße üben lassen, ihrer jeweiligen Spezialität entsprechend. Angelo hat mir alles verraten, was man über den «Massé-Kopfstoß» nur wissen kann: wie man den Ball stößt, damit er zwei Dinge auf einmal macht, bis er ganz verrückt wird. Mit seinem profunden Wissen über den «Rückläufer» hat René mir beigebracht, wie man einen Ball dazu bringt, eben rückwärts zu laufen, als ob er mitten im Lauf plötzlich die Meinung änderte, um wieder genau zum Ausgangspunkt zurückzukehren. Benoît, «die Marquise der Winkel» genannt, hat mich in alle Geheimnisse des Dreibands eingeweiht. Und der alte Basile zeigte mir sämtliche verbotenen Tricks, den gefahrvollen Sprung der Bälle, die Karambolagen, die harten Massé-Stöße von oben, alles, was für nichts gut ist, aber die Massen in Begeisterung versetzt.

All die Dinge eben, die nunmehr tot und zermalmt unter einem Doppelzentner Schrott begraben liegen.

Ich habe nur noch sie, von jetzt an. Sollten sie die Tür der Académie vor mir verschließen, dann wird sich mir die des Knasts ganz weit auftun. Und ich könnte es ihnen nicht mal verübeln, schließlich habe ich mich wie ein Dieb davongestohlen und kehre nun als Mörder wieder zurück. Ist schon viel verlangt.

Bis zur offiziellen Schließung um 23 Uhr habe ich mir die Cafés versagt. Der Parc Monceau schien mir der einzige friedliche Ort im ganzen Umkreis. Am liebsten hätte ich mich auf einer der Bänke ausgestreckt, zwang mich aber, so anständig und inkognito wie irgend möglich zu bleiben, der unauffälligste aller Spaziergänger, ein Typ eben, der frische Luft schnappt und dabei ein Sandwich ißt, das *Journal du dimanche* eingehend studiert und herausfinden will, welcher verfluchte Mistkerl ihm wohl ein Verbrechen in die Schuhe hat schieben können. Was diesen letzten Punkt angeht, brauchte ich nicht lange zu überlegen. Da kam mir sehr schnell ein Name in den Sinn.

In der Ferne sah ich einen Mann in blauem Anzug, der die Spaziergänger höflich zum Gehen aufforderte. Ich wartete nicht erst, bis er zu mir kam, und räumte ohne Umstände meine Bank. Zwischen 17 und 23 Uhr bin ich wieder und wieder über die Champs-Elysées und um den Place de l'Étoile herummarschiert. Jetzt kann ich mich nicht mehr auf den Beinen halten. René dürfte in diesem Augenblick nach seinen Schlüsseln greifen. Er hat soeben die Kugeln in die Kästen geräumt und dabei «Wir schließen!» in die Runde gerufen. Angelo fragt sich gerade, ob seine Frau vor dem Fernseher auf ihn gewartet hat, und Benoît bietet jedem, der noch will, ein letztes Spielchen an. Unten ist das grüne Leuchtschild bereits erloschen. Mein Herz überschlägt sich förmlich, vielleicht wegen meines Herumirrens, vielleicht wegen denen dort oben, die mich nicht erwarten. Ich laufe im Kreis herum, ohne eine einzige grüne Ampel auszulassen, lege sogar Umwege ein, um nur ja auf Fußgängerüberwegen die Straßenseite zu wechseln. Bevor ich mich schließlich ins Treppenhaus vorwage, atme ich nochmals kräftig durch. Drei Jugendliche kommen noch recht aufgekratzt herunter und wundern sich, daß es schon dunkel ist. An der Schwelle der Schwingtüren presse ich meine Stirn gegen die Scheibe, um nachzusehen, ob sie schon mit dem Löschen der Lichter begonnen haben, oder ob ein oder zwei Stützen des Etablissements nun endgültig keine Lust mehr haben, nach Hause zu gehen.

Der rosafarbene Leuchter von Tisch 2 brennt noch. Ein

Bier in der Hand, schaut Angelo aus dem Fenster. René breitet die Schutzplanen über den Tischen aus. Benoît spielt ganz allein, wobei er ein bißchen Theater veranstaltet, doch niemand achtet auf seine Aufschneidereien. Die typische schwüle Sonntagabendstimmung. Ich habe fast Lust davonzulaufen, um ihren Frieden nicht zu stören. Ihre Trägheit. Vielleicht haben sie mich ja schon vergessen. Gäbe es diesen Fahndungsaufruf nicht, der mir an den Absätzen klebt, dann wäre ich schon weit weg. Es gibt solche Tage, an denen man große Mühe hat, seinen Grundsatzentscheidungen treu zu bleiben.

René hat eine Silhouette hinter der Tür bemerkt. «Geschlossen!» brüllt er. Ich trete ein. Alle drei heben den Kopf. Den Ärmel im Rücken bleibe ich an der Kante des ersten Tischs stehen.

Und warte.

Angelo gluckst.

René sucht nach einer passenden Bemerkung.

«So spät tanzt du hier an...»

Benoît geht auf mich zu, Angelo spottet:

«Aaah... du bist's, kleiner Trottel! Miststück! Und der arme Trottel war die ganze Zeit allein und hat sich Sorgen gemacht...»

Ganz der alte, mit seiner Spaghettifresserklappe. Es gibt so ein paar unveränderliche Dinge auf Erden. Und Benoît pflanzt sich vor mir auf und kneift mich in die Schulter, um nachzuprüfen, ob alles echt ist.

«Bist du das, Antoine?»

«Ach komm... ja.»

«Tja, wenn du's wirklich bist, dann bist du ein schönes Arschloch.»

Hat er die Zeitungen gelesen? Nein, würde mich wundern, es fällt ihm schon schwer, sich die Sportzeitschrift *L'Équipe* zu kaufen.

«Du blödes Arschloch... Schämst du dich für uns?

Spielst du jetzt oben in Clichy? Und Langloff, hm? Der hat mindestens zehnmal hier angerufen.»

Das Trio hat mich langsam eingekreist. Hätten sie mir die Fresse einhauen wollen, hätten sie's nicht anders angestellt. Ich weiß nicht, was ich darauf sagen soll, keine Entschuldigung hätte was auch immer erklären können. Also kremple ich ganz einfach den Ärmel hoch, um meinen Stumpf zu entblößen. Ich wußte, daß dies genügen würde.

«Seht schnell hin, weil ich ihn gleich wieder wegpacke.»

René macht einen auf unerschütterlich und sucht noch einmal nach den passenden Worten.

«Ist doch kein Grund.»

Mich auf die Wangen zu küssen haben sie nicht gewagt. Haben wir nie getan. Doch reihum drücken sie mich schließlich fest an ihr Herz. Und wie ein Blödmann sage ich, ich würde gleich anfangen zu heulen, und dann machen sie sich über mich lustig.

Was sollte ich sagen? Ich habe ihnen meinen Job in der Galerie gestanden. Schon das allein konnten sie nur mit Mühe verstehen. Ich hatte das Gefühl, eine andere Sprache zu sprechen. Die einzige Berührung mit der Malerei, die René je hatte, war jener Moment gewesen, als er den Deckel einer Pralinenschachtel mit dem Konterfei von Bernard Buffets *Clown* mit einem Klebeband an der Wand festgemacht hat. Benoît wollte von mir wissen, ob «zeitgenössisch» etwa «modern» bedeute. Und was Angelo angeht, so legte er lediglich Wert auf die Feststellung, daß Leonardo da Vincis *Mona Lisa* schließlich Italien gehöre und nicht dem Louvre. Wie sollte ich ihnen erklären, daß sich Leute wegen dreier roter Vierecke auf schwarzem Grund oder dreier umgekehrt auf Konservenbüchsen ruhender Schüsseln gegenseitig umbringen können? Doch je weiter ich, ihre Skepsis abschätzend, in meiner Geschichte vordrang, desto klarer wurde mir, wie ich sie ihnen erzählen mußte. Die

Hand. Was anderes sahen sie gar nicht. Die Hand! Ich hatte sie verloren und würde nie wieder spielen können und wollte unbedingt denjenigen aufspüren, der mir das angetan hatte. Ganz einfach. Punkt und Schluß, alles übrige war nur Blabla, Geschichten um Kohle, wie überall sonst auch.

Während sie nun den mich betreffenden Artikel in der Zeitung überfliegen, begreifen sie sofort das Wesentliche: Ich sitze ernsthaft in der Scheiße. Wider alle Erwartungen glauben sie sofort meiner Version der Dinge, was die andere Hand angeht, die von Delarge.

«Der Kerl, der das getan hat… der wollte sich für dich ausgeben, das ist hundertprozentig sicher!» meint Benoît.

«Und das ist eine verdammt gute Idee!» fügt René hinzu.

«Selbst wenn ich Flic wäre, würde ich keine Minute daran zweifeln.»

«Und wo willst du jetzt wohnen?»

Ich segne René für diese Frage.

«Weiß ich nicht. Den ganzen Tag hab ich mir darüber Gedanken gemacht. Ich muß nur was für vier oder fünf Tage finden. Ich weiß nämlich, wer es getan hat.»

«Und was willst du mit dem Kerl machen, wenn du ihn am Wickel hast?»

«Weiß ich noch nicht.»

«*Ma ché*! Jetzt mach aber mal halblang, *managgia*! Wenn mir einer so was antut, dem geb ich doch seine *mano in ossobuco* zu fressen!»

Gute Idee, Angelo, muß ich mir merken.

Bestimmt und entschlossen richtet René den Zeigefinger auf mich.

«Du wirst jetzt mal aufhören mit deinem ganzen Mist, du bleibst hier, basta. Ich mach dir die Rumpelkammer auf, du schläfst auf den Schutzplanen und siehst zu, wie du zurechtkommst. Während der normalen Öffnungszeiten schließ ich dich dadrin ein, hier gibt's zwar nicht viele Neugierige, aber man kann ja immer mal wieder auf einen

Scheißschnüffler stoßen. Abends mach ich etwas früher zu, und dann kannst du mal auf dem Balkon durchatmen, mit uns. Und weil du ja den ganzen Tag geschlafen hast, kannst du am Abend ... Ich laß ein Licht brennen, dann kannst du dich entspannen ...»

«Und wir entspannen uns mit dir», meint Benoît.

Träume ich oder habe ich die Andeutung richtig kapiert? Ich hätte es mir denken können. In puncto Entspannung werden sie ziemlich enttäuscht sein. Dafür habe ich wenigstens ein paar Stunden Galgenfrist gewonnen. Diese Abstellkammer ist ein Hafen des Friedens, der Palast aller Kerker, das George-V für Menschen auf der Flucht. Etwas, das alles unmittelbar Bevorstehende hinauszögert. René, der Mann mit den goldenen Schlüsseln, einer der tatsächlich das Wagnis eingeht, einen Kriminellen zu beherbergen, scheint nicht alle Risiken abzuwägen. Doch nichts liegt mir ferner, als seinen Argwohn zu wecken. Das hier ist kein Glücksfall, was er mir anbietet, es ist meine allerletzte Chance. Draußen hätte ich keine zwei Nächte durchgestanden. Für so etwas bin ich nicht geschaffen, ich habe einfach nicht das Zeug zu einem Slalomläufer und es noch nie verstanden, bei einem Gewitter zwischen den Regentropfen durchzurennen. So was erfordert Behendigkeit, und *Hände* habe ich keine mehr, nur noch eine Linke.

Spät in der Nacht brechen sie schließlich auf. Ich habe genau gesehen, daß René, ohne irgendwas hinzuzufügen, einen der Kugelkästen schön offen gelassen hat, gut sichtbar. Und weder hat er die Beleuchtung von Tisch 2 ausgeschaltet, noch das Ding selbst abgedeckt. Ich weiß nicht, was sie sich erhoffen. Wirklich nicht. Die wissen doch so gut wie ich, daß die Sache gegessen ist.

In der Stille der Nacht erlangt der Saal die Erhabenheit des allerersten Mals wieder. Ohne den Reigen der Spieler und den Walzer der Bälle gleichen die Tische leeren und beinahe gastlichen Betten. Meine Schritte lassen die Parkettbretter knarren. Ich setze mich an die Bar und schlürfe ein Bier. Ohne an irgendwas zu denken. Ich lungere herum. Mit leichtem Widerwillen nehme ich die drei Kugeln und werfe sie auf Tisch 2. Freudig höre ich das herrliche Geräusch des Aufeinanderprallens wieder. Mit der Hand lasse ich eine zur gegenüberliegenden Bande gleiten, um sie zurückrollen zu sehen, und noch einmal und wieder und noch ein weiteres Mal, um die Zeit herumzukriegen, die Zeit der Erinnerung. Ich fahre eine ganze Weile damit fort, in Erwartung des Schmerzes.

Der sich nicht einstellt und mir nicht das Herz quält.

Sicherlich eine gute Neuigkeit.

Ich bin beinahe geheilt vom Billard.

Die Nacht ist zu kurz gewesen, der Tag endlos lang und Renés Sandwich muffiger noch als seine Rumpelkammer. Zwischen einem notdürftigen Lager aus grünen Schutzplanen, einem Wald angeschlagener Queues und einer Kiste kaputter Glühbirnen habe ich abgewartet, daß das Getöse der Partien endlich nachläßt. Die kleinste Bewegung löst einen wahren Staubregen aus, und ich halte mir die Nase zu, um nicht zu niesen. Die Zeitungen haben nichts Neues gebracht, bis auf eine vage Klarstellung zur jäh abgebrochenen Geschichte der gescheiterten Objektivisten. Ich frage mich allerdings, wo sie wohl ein Foto von mir hätten auftreiben können. Ehrlich gesagt hatte ich Angst davor. Mit dem Lächeln eines Trappers kommt Angelo mich gegen zehn Uhr abends aus meiner Falle befreien. Aus der fahlen Dunkelheit haste ich durch die bläuliche Dunkelheit zum Balkon wie ein Taucher ohne Sauerstoff-Flasche. Ich weiß nicht, woher es tatsächlich kommt, ob vom Eingesperrtsein, dem vierten Stock, dem Scheinhunger, der frischen Luft oder schlichtweg dem Umstand, daß Benoît die Bälle auf Tisch 2 zurechtgelegt hat, jedenfalls bekomme ich plötzlich einen Schwindelanfall. Die Kugeln warten auf mich, die Spieler starren mich an, Weigerung und Enttäuschung werden die Stimmung verderben.

«Ich spiel nicht, Jungs. Hört auf damit», sage ich, zwischen zwei tiefen Luftzügen.

René tritt zu mir.

«Sperr dich nicht so ... Ich bin mir sicher, mit der Zeit ... Gut, klar, ist wirklich nicht so einfach, keine Führungshand mehr zu haben, aber mit 'nem guten Apparat könntest du sicher wieder ein paar Kleinigkeiten hinbekommen.»

Ich sehe schon ... Der einstige Champion ist tot, aber der Kumpel bleibt. Na ja, schließlich kommt man in die Académie, um ein paar nette Stunden zu verbringen, da geht es nicht zwangsläufig nur darum, die ewigen Gipfel des perfektesten Spiels der Welt zu erklimmen. Löblich, so als Absicht. Doch ich muß mir trotz allem auf die Zunge beißen, um ihn nicht zu beschimpfen.

«Genau das macht mir angst, die Kleinigkeiten. Im Moment geht's nämlich, ich habe fast keine Lust mehr zu spielen, wenn ihr mich aber weiter so drängt, werdet ihr mir ziemlich schaden.»

Benoît hat zwischenzeitlich ein Spielchen mit Angelo begonnen und schaut mich nicht mehr länger an.

«Willst du einen Bissen essen?» fragt mich René.

«Nein, aber ein Bierchen wär mir ganz lieb.»

«Ich für meinen Teil weiß, warum er sich weigert zu spielen, der Antonio. Und zwar, weil er sein Händchen verloren hat.»

Totenstille. Ich muß mich verhört haben. Benoît hat beinahe daneben gestoßen.

«So 'nen Mist solltest du nicht sagen, wenn ich gerade beim Spielen bin, Trottel!»

«Aber ist doch wahr, oder? Der Antonio hat keine glückliche Hand gehabt.»

Was mache ich jetzt? Soll ich lachen oder ihm auf die

Fresse hauen? Ein Lächeln zeichnet sich auf Benoîts Lippen ab.

«Man muß schon zugeben, daß er früher mit Meisterhand gespielt hat, unser Antoine.»

René hat wieder begonnen, zusammen mit den anderen in die Kugeln zu stoßen.

«Der konnte in mehreren Partien in Folge die Oberhand behalten.»

Ich kapiere nicht mehr, was hier vor sich geht. Die feine Art ist ja wirklich nicht ihr Ding, aber das hier ...

«In zwei Jahren hätte er die Meisterschaft im Handstreich gewonnen», fing Benoît mit großem Ernst wieder an.

«O ja, das kann man wohl sagen, daß er die Punkte mit lockerer Hand abgeräumt hat.»

«Das war erstklassige Handarbeit, hm, Jungs?»

Wie belemmert höre ich ihnen wehrlos zu. Sind das nun meine Kumpels, oder sind es nicht mehr meine Kumpels? Sie lassen mir keine halbe Sekunde Zeit zu einer Erwiderung.

«Der hat mit harter Hand hingelangt, dort drüben, bei den Gemäldehändlern.»

«Das kannst du laut sagen ... und die Flics haben ihn fast geschnappt, mit der Hand am Schlafittchen.»

Schallendes Gelächter ertönt, und ich stehe weiter nur da wie ein Blödmann.

«Und jetzt will er Hand an den Schuldigen legen, ganz allein.»

Der Spaghettifresser versucht mit aller Kraft, sich das Lachen zu verbeißen. Doch nicht lange, nur bis er hinzufügt:

«Doch in puncto *biliardo* hat er das Handtuch geworfen!»

«Ja sagt mal ... Habt ihr das etwa gepaukt, bevor ihr herkamt, oder was?» frage ich verdutzt.

«Wir wollten ja nur, daß du mal wieder deine Hand mit ein paar Pünktchen trainierst, sonst nichts ...»

«Ihr Arschlöcher.»

«Wenn du aber nicht willst, können wir dir ja nicht gewaltsam ... die Hand führen, oder!»

Benoît hält sich die Seiten, die beiden anderen steigern sich regelrecht in Lachkrämpfe hinein.

«Und den Schuldigen, den will er sich eigenhändig und *mano a mano* kaufen ...»

Ich schaue mißmutig zu Boden. Und gegen meinen Willen rutscht mir plötzlich ein kurzes Glucksen heraus.

«Wollt ihr meine Hand in die Fresse?» sage ich.

«Nein! Faustspiel, böses Spiel!»

Das war der endgültige Gnadenstoß. Benoît läßt sich, die Arme vor dem Bauch verschränkt, auf die Sitzbank fallen. René wird von Lachkrämpfen geschüttelt. Und Angelo wischt sich eine Träne aus dem Augenwinkel.

Halb benommen kommen sie auf mich zu.

«Du bist uns doch nicht böse, he? Wir sind wirklich Arschlöcher, hm?»

«Gibt schlimmere als euch», sage ich.

Allmählich kehrt wieder Ruhe ein. Mit brennenden Bauchmuskeln gehe ich zurück auf den Balkon. Ein nervöses Lachen, mag schon sein, doch es entdramatisiert. Ich hätte mir gewünscht, Briançon hätte mich zwei Sekunden zuvor sehen können. Ich habe die Vorstellung akzeptiert, daß ich nie wieder spielen werde, und kann jetzt über mich selbst lachen, ohne Bitterkeit, ohne Zynismus. Bald werde ich wissen, ob ich irgendwo eine Zukunft habe. Eine letzte Kleinigkeit muß noch erledigt werden, und dann können die Flics mit mir machen, was sie wollen. Schon morgen abend werde ich meine Freunde verlassen. Ich denke nicht im Traum daran, ihre Gastfreundschaft zu mißbrauchen. In meinem Kaninchenstall habe ich heute mein moralisches

Recht auf Rache neu formuliert, und diesmal, mit dem Mord, den man mir angehängt hat, muß ich auf nichts mehr verzichten. Es gibt keinerlei Grund mehr für Skrupel. Als ich Delarge am Boden sah und gesehen habe, wie er seinen letzten Haß und Groll auskotzte, da habe ich den Rückwärtsgang eingelegt. Ich hatte Mitleid mit ihm – und nicht mehr mit mir. Mein Vorrat an Gift und Galle war mit der Zeit vertrocknet. Doch ich werde wohl irgendwo noch einen letzten kleinen Spritzer auftreiben. Das ist wie mit dem Adrenalin: still und leise sondert man welches ab.

*

René hat mich genau zur selben Zeit wie am Abend zuvor befreit. Meine drei Kumpanen wissen, daß ich gehen werde, und scherzen nur verhalten.

«Du hast einiges zu regeln, das wissen wir. Sieh zu, daß du eines Tages wiederkommst, ohne Schiß. Wenn wir nämlich erst Käseblätter lesen müssen, um mal wieder was von dir zu erfahren ...»

Wer weiß, wann diese Zeit kommt ... Ich werde sicher nicht als Gesetzloser zurückkehren, das ist mir zu unbequem, zu staubig. Bis dahin habe ich diese Haut des Kriminellen abgestreift, die mir noch schlechter steht als meine Aufmachung als Penner. Ich werde seelenruhig, geduscht, rasiert und mit Frieden im Herzen zurückkehren.

Ich bitte René, bei demjenigen kurz anzurufen, der mich nicht erwartet, zumindest heute abend nicht. Der bei Nacht arbeitet, damit seine Farben die Farbe wechseln. Ich wußte genau, daß er abnehmen würde, diese Gewißheit hat mich in dem Moment, als ich meinen Kerker verließ, um Nachtluft zu schnappen, in meinem Innersten überwältigt.

«Entschuldigen Sie bitte, ich hab mich verwählt», sagt René.

«Schnurstracks drauflos!» schreit Benoît, ohne wirklich zu wissen, warum.

Schließlich gehe ich ohne ein «auf Wiedersehen», Angelo folgt mir ins Treppenhaus. Gestern schon habe ich es abgelehnt, daß er mich begleitet.

«*Non fare lo stupido*, kletter in den Wagen, Schwachkopf...»

Ich stelle meine Tasche auf den Rücksitz und nehme neben dem Spaghetti Angelo Platz. Dem Engelchen. Um den Place de l'Étoile zu meiden, wählt er die Rue de Tilsitt. Eine Vorsicht, die mich verwundert.

«Ach übrigens, wann war eigentlich das Meisterschaftsfinale?»

«Letzte Woche. *Bella partita*, der Marseiller hat den Titel geholt. Langloff hat den vierten Platz geschafft.»

Korrekter Platz, für ein letztes Ehrengefecht.

«Und du, Angelo, hast du dich nie eingeschrieben?»

«Erstmal bin ich ja kein *francese*. Und dann würd ich schon in der ersten Runde rausfliegen. Ich spiel *biliardo* ja nicht *per la competizione.*»

«Und wofür spielst du dann?»

«O das... Mann... Weil das Tuch grün ist und die Kugeln weiß und rot sind. Das sind die Farben meiner Fahne! *Ammazza*!»

Die gesamte restliche Fahrt über sind wir stumm geblieben. In der unmittelbaren Umgebung des Parc Montsouris, unweit der Rue Nelson, macht er den Motor aus, und ich nehme meine Tasche auf den Schoß.

«Was kann ich jetzt noch tun?»

«Nichts. Du kannst mir nicht mehr helfen.»

«Kann ich unten auf dich warten?»

«Red keinen Mist. Du weißt doch gar nicht, was ich machen werde.»

«Bist du sicher, daß er allein ist?»

«Absolut sicher.»

«Und du mußt unbedingt diese Tasche mitschleppen?»

Letzten Endes nein, stimmt schon. Darin befindet sich bloß ein einziger Gegenstand, an dem mir was liegt. Ich wühle zwischen den alten Klamotten und den ganzen Papieren, um ihn herauszuholen. Ich tue es ganz demonstrativ, vor seinen Augen, damit ihm der Wunsch vergeht, mich begleiten zu wollen. Als ich den Gegenstand in der Hand halte, zuckt Angelo zusammen.

«Was willst du denn mit dem Ding da? Hör auf mit so einem Scheiß, Antonio. Du wirst dieses Mistding doch nicht benutzen wollen.»

Erschreckt, der Angelo. Genau das wollte ich.

«Ich nehm dich mit, komm, laß die ganze Sache sausen … Ich hab Familie, in *Italia*, die werden schon ein Plätzchen für dich finden, für ein paar Monate, und danach sehen wir weiter, du könntest weggehen … Ich weiß nicht … Aber gib das Ding her …»

«Willst du mich immer noch begleiten?»

Er zögert nicht mehr.

«Wenn du verrückt geworden bist, dann lieber nicht.»

Mit größter Mühe gelingt es mir, den Gegenstand in meiner Innentasche zu verstauen. Dort wird er nicht lange bleiben. Ich hatte ihn nach meiner Genesung gekauft.

«Fährst du jetzt nach Hause, Angelo?»

«Nein, ich kehr wieder in die Académie zurück. Spielen beruhigt mich, dabei denk ich an nichts anderes.»

Er startet, einfach so, ohne noch was hinzuzufügen. Ich marschiere die Rue Nelson hinauf, die nichts anderes mehr ist als eine Sackgasse, in der schicke Häuschen, allesamt dreistöckig, mit Garten und Rosenhecke, aneinandergereiht sind. Nur die Nummer 44, fast am Ende der Gasse, macht einen etwas anderen allgemeinen Eindruck. Der Garten ist verwahrlost, mit einem Busch voller verdorrter Blüten und einer verrosteten Gartenschlauchtrommel nahe dem Gittertor. In den oberen Stockwerken brennt kein Licht, doch im Erdgeschoß, etwas unter Augenhöhe, erahne ich ein schwaches Leuchten, ganz hinten, zur Rückseite hin. Das Tor reicht mir bis zur Taille, mit zwei Händen hätte ich wie nichts drüber klettern können, völlig lautlos und ohne an den Spitzen hängenzubleiben. Wie ein Apfeldieb. Doch ich bin Linkshänder, ohne den dazugehörigen Werdegang.

Es hat nicht allzu sehr gequietscht, doch ich habe dabei einen Zipfel meiner Jacke zurückgelassen. Ein kleiner Kiesweg verläuft an der rechten Hausseite entlang und führt in den hinteren Garten, der noch heruntergekommener ist als der vordere Teil. Quecken und wild wachsendem Efeu umranken eine riesige Fensterfront mit Schiebetüren, die über die gesamte Rückwand des Erdgeschosses geht. An der Mauerkante brauche ich eine ganze Weile, bevor ich mich zu einem Blick ins Innere durchringe.

Und da habe ich es gesehen, endlich.

Zwei mächtige Strahler sind auf eine Wand gerichtet. Ihr unerträglich weißes Licht erhellt einen Marasmus. Eine Schneise inmitten Dutzender, gegeneinander versetzter Farbtöpfe, die meisten verschlossen, doch alle mit eingetrockneten, ineinander verlaufenden Farbkrusten übersät. Leere umgestülpte Töpfe, aufeinandergestapelte und schon seit langem miteinander verklebte Deckel, zerquetschte Tuben, eine Unzahl kleiner Gläser, alle gefüllt mit der gleichen grünlichen Brühe, mit vergessenen Pinseln darin oder auf dem Boden. Eine Kupferschale mit weiteren Pinseln, neben einem Haufen anderer Gläser und Farbflecken, ich entdecke immer wieder neue davon, hier und dort in den Raum gespritzt. Ein Dschungel aus Zeitungen hat auch den kleinsten Winkel überwuchert, ein Teppich aus beflecktem und von Tritten zerfetztem Papier. Haufenweise Holzbrettchen mit vermischten Farben bedeckt, von denen nicht eine einzige zu identifizieren ist. Eine ungeheure, zwischen Fußboden und Deckenbalken aufgezogene Leinwand besitzt haargenau die Ausmaße der Wand. Man könnte schwören, es handele sich um ein Fresko. Sie ist schon nicht mehr weiß, auf der linken Seite entdecke ich die gleichen Pinselstriche wieder, die mir bereits im Beaubourg aufgefallen sind.

Und davor zusammengekauert, erstarrt wie ein Tier, das gleich zubeißen wird, entdecke ich ihn endlich. Ihn, Linnel. Am Werk, wortwörtlich genommen. Fast hätte er sich bewegen müssen, damit ich ihn inmitten dieser bunten Naturkatastrophe überhaupt als menschlichen Körper wahrnehmen kann. Auch er ist buntscheckig bis zum Hals, mit seinem weißen T-Shirt und seinen Jeans, die förmlich Grün und Schwarz ausschwitzen. Was das soll, ist mir schon klar, er strebt danach, mit allem übrigen zu verschmelzen. Die Taktik des Chamäleons. Er hat geglaubt, mir derart getarnt und reglos, in der organischen Fülle seiner Arbeit verloren, entkommen zu können. Er bleibt zusammengekauert, absolut allein, Tausende Kilometer von meinen Augen entfernt, völlig gebannt und magnetisiert der weißen Fläche zugewandt.

Doch mit einemmal streckt er sich der Länge nach in der Melasse aus Zeitungen aus und stößt dabei ein Glas um, ohne dem die geringste Beachtung zu schenken. Und steht wieder auf, in einem Ruck, um einen Pinsel in einen von Gelb überquellenden Topf zu tunken. Der Pinsel tropft bis zu einer Mischpalette und taucht dort in eine fette Schicht Weiß ein. Linnel stellt sich nun, mit ausgestrecktem Arm, vor die Leinwand.

Und noch in derselben Sekunde schnellt seine Hand in die Luft.

Ich sehe, wie sie durch den Raum wirbelt und einer Wespe gleich im Sturzflug hier und dort niederschießt, dabei helle disparate Flecken hervorzaubert, ich sehe, wie sie immer wieder ihren Honig sammelt, weit weg vom restlichen Körper, und eine anarchische und augenscheinliche Geometrie erschafft. Ich sehe, wie sie anmutig einen bislang vergessenen Bereich streift, um daraufhin jäh die Meinung zu ändern, umzudrehen und neue Farbe aufzunehmen. Fieberhafter denn je kehrt sie in Schüben wieder, hinterläßt nun überall schwarze Kreisbögen, die meisten an der gleichen Stelle gebrochen, fliegt aber zu manchen nochmals zurück, um sie glatter oder auch geschwungener zu gestalten.

Nun kommt Linnel wieder zu sich, sein Blick streift durch den Raum, um einen anderen, einen breiteren Pinsel aufzutreiben. Gleiche Mischung, gleiche Schnelligkeit, weitere Kleckse auf dem Boden. Zurück an der Leinwand, klatscht seine Hand drauf, um einen langen Streifen zu ziehen, bis dem Pinsel die Farbe ausgeht. Wütend und von Gelb tropfend, beginnt sie, die Linie entlang zu hinken, rutscht stellenweise ab und fängt sich dann wieder am Horizont, den sie gerade eben erst geschaffen hat.

Ich habe mich mittlerweile ins kalte Gras gesetzt. Und den Kopf an einen Metallrahmen gelehnt, ohne die Augen von dieser Hand zu wenden, die für ein paar Sekunden erschöpft, baumelnd herabgesunken ist, mit dem Pinsel.

Linnel läßt ihn fallen, einfach irgendwohin, dreht dann den beinahe leeren Topf Weiß um. Mit einem Schraubenzieher kniet er bei einem anderen, großen und neuen, nieder. Als der Deckel abgerissen ist, mischt er die Paste mit einem Stöckchen und taucht einen breiten, bürstenartigen Pinsel hinein, der sich mit Weiß vollsaugt. Beidhändig diesmal bestreicht er die ganze Leinwand mit einem fast durchsichtigen Schleier. Und ich wohne dieser Metamorphose unmittelbar bei. Die gesamte vorangegangene Arbeit lebt unter dem Schleier wieder auf. Die noch feuchten Pinselstriche erblühen, die Kreisbögen schließen sich von selbst, der Hintergrund des dunklen Streifens erstarrt in der allgemeinen Einmaligkeit, und die Zickzacklinien am Rand fallen allesamt in dieselbe Richtung ab, als wollten sie dem Rahmen entfliehen.

Linnel streckt sich auf dem Bauch aus und gibt irgendein absurdes Knurren von sich. Ich lege meine Stirn an die Scheibe. In meinem ganzen Leben habe ich kein derart grandioses Schauspiel gesehen.

Doch das wird vorübergehen.

Ich habe ein Glastor aufgeschoben, doch das Geräusch hat lange gebraucht, bis es in sein Bewußtsein drang. Er hat schließlich doch die Güte gehabt, den Kopf zu heben. Seine leeren Augen musterten mich von oben bis unten. Ich dachte, ich müßte mir seine völlige Erschöpfung zunutze machen, um ihn am Boden festzhalten, doch ich begreife, daß er gar keine Lust hat, wieder aufzustehen.

«Schon?» fragt er kaum verwundert.

Er richtet sich halb auf einem Ellbogen auf.

«Ich bin noch nicht ganz da. Erlauben Sie mir, daß ich erst meine fünf Sinne wieder zusammenbekomme, geben Sie mir drei Sekunden», sagt er.

Bei dem Gedanken, daß er mich bei unserer ersten Begegnung noch geduzt hat, muß ich lächeln.

«Wenn Sie eine Viertelstunde früher eingetroffen wären, hätten Sie mich gestört. Sie sind doch hergekommen, um rumzubrüllen, nicht? Um ein Chaos anzurichten ...»

«Die einzige Möglichkeit, hier ein Chaos anzurichten, wäre, ein bißchen Ordnung in diesen Saustall am Boden zu bringen.»

«Was für ein Saustall?»

Ich hatte vergessen, daß er ein Wahnsinniger ist. Diesmal jedoch kein Alkohol mehr, keine Ironie. Wir sprechen unter vier Augen, ohne Publikum. Heute abend spielt er nicht den Star, da gibt es keine Fans, keine Journalisten, keine Käufer. Niemanden, nur mich.

«Wir zwei werden uns jetzt mal aussprechen, ganz undramatisch. Ich habe einen Horror vor Dramen», sage ich.

«Das Drama, das befindet sich dort, an der Wand», erwidert er und zeigt dabei auf das Bild. «Das einzige Drama, das die Mühe wert ist. Was wollen Sie wirklich?»

In erster Linie, daß er seinen Hochmut ablegt, seine über alles erhabene Art, seine entspannte Miene. Und ich weiß auch, wie ich das anstelle: Es reicht, seine Frage wirklich zu beantworten. Ganz aufrichtig. Bloß mit einer Handbewegung. So hole ich das Ding heraus, das Angelo solche Angst machte. Als ich es gut in der Hand habe, bemerke ich ein Brettchen, von Linnel und mir gleich weit entfernt. Ich knie mich ebenfalls nieder. Und mit einem kurzen Hieb pflanze ich das Hackbeil ins Holz.

Er starrt es dümmlich an, als wollte er sich im Spiegel der Klinge betrachten. Dann weicht er nach und nach, auf seinem Hintern rutschend, ganz langsam vor dem Beil zurück. Ich packe es am Griff, um es herauszuziehen.

«Rühren Sie sich nicht mehr. Sonst wird dieses scheußliche Ding irgendwo niedergehen, aufs Geratewohl, und dabei droht Ihnen nicht nur der Verlust der Hand.»

«Sie haben es bei Delarge doch nicht zu Ende gebracht, also ... warum also jetzt?»

«Ich hatte mich beruhigt, es war der Mühe nicht mehr wert. Und außerdem, Delarge die Hand zu nehmen, hätte überhaupt nichts genutzt, die taugte doch sowieso nur dazu, die von Kritikern zu schütteln und Schecks zu unterschreiben. Sozusagen zu nichts. Er gehörte zu den neun Zehntel der Menschheit, die sich nicht die geringsten Gedanken über dieses außerordentliche Werkzeug machen, das sie am Ende ihres Arms besitzen. Ihres hat mir gerade die allerschönste Darbietung der Welt beschert. Ein Maler bei der Arbeit.»

«Sie haben mir zugesehen ...?»

«Und es gefiel mir unwahrscheinlich. Sie haben die ‹Hand des Gehenkten›, den magischen Schlüssel, der alle Türen öffnet. Den ich nicht mehr besitze. Welch ein Glück für meine arme Linke, daß sie Ihre Rechte halten darf. Während Sie mit der anderen, noch ungeschickten, den Notarzt anrufen werden.»

Jetzt hat er verstanden. Ohne daß ich es noch mal wiederholen muß.

«Telefonieren kann ich auch sofort … Mit Delmas … Ich kann ihm immer noch die tatsächliche Version gestehen …»

«Und was dann? Dann wandern Sie in den Knast? Und werden weiter malen. Kommt nicht in Frage. Erzählen Sie mir lieber, wie Sie das gemacht haben, das mit Delarge, ich hab nämlich mein Lebtag noch keine Hand abgetrennt, dabei bräuchte ich jetzt Ihren Rat.»

Er schiebt zwei oder drei Gläser zur Seite, um sich besser ausstrecken zu können. Mir wird klar, daß ich heute abend sehr viel Mühe haben werde, ihm Angst einzujagen.

«Das war ganz einfach, wissen Sie … Seit zwanzig Jahren suche ich nach einer Gelegenheit, mir ihn und seine Erpressereien vom Hals zu schaffen. An jenem Abend hat er mich zu Hilfe gerufen, Sie waren gerade gegangen, und als ich ihn dann so weinend und elend in seiner Galerie am Boden zusammengesunken sah, hab ich erkannt, daß das endlich die Chance war, die ich nicht verpassen durfte. Ich brauchte ihm bloß die Hand zu amputieren, und schon würde alle Welt zwangsläufig denken, daß Sie das waren. Sie sind wirklich ein ausgemachtes Arschloch, den Kandinsky zu verunstalten. Sie realisieren ja gar nicht, was Sie da angerichtet haben. Was für ein verantwortungsloser Dummkopf … So etwas kann man dem Andenken eines Mannes doch nicht antun, dem die Malerei alles bedeutet hat.»

Er macht eine kurze Pause.

«Und außerdem sind Sie wirklich unverschämt, Sic hätten doch trotz allem den Braque anstelle meines Bilds verbrennen können!»

«Von welcher Erpressung reden Sie?»

«Ach ja, darüber dürfte er sich wohl nicht ausgelassen haben, kann ich mir vorstellen ... Nach Bettrancourts Tod ist er sehr deutlich gewesen: Ich muß für ihn arbeiten, lebenslänglich! Tausendmal hat man mir goldene Brücken zu den größten Galerien Frankreichs gebaut.»

«Und Ihre beiden Komplizen?»

«Étienne hat am besten reagiert, er ist schnell ins Babylon der Kunst entflogen, zu dem New York geworden war, das Zeitgenössische hatte bereits den Kontinent gewechselt. Ich aber, ich hatte nicht die geringste Lust, Paris zu verlassen. Ich wollte malen, zu Hause, trotz allem, und Delarge hat mir die Möglichkeit dazu geboten. Claude hingegen war genauso in die Sache verwickelt wie ich. Delarge konnte sich nur gratulieren, als er sah, daß Claude das Auktionshaus seines Vaters übernahm. Denn auch das mußte ihm über kurz oder lang nützlich sein. Zum Beweis: Claude hat sich der Gaunerei mit den Alfonsos nicht verweigern können. Pech für ihn, nie hätte er gedacht, daß die ganze Sache auf ihn zurückfallen würde. Fünfundzwanzig Jahre später.»

Er scheint mit dem gerade Gesagten zufrieden.

«Von uns beiden sind Sie der Wahnsinnige, Linnel. Warum haben Sie am Abend der Vernissage mit mir einen auf gut Kumpel gemacht?»

«Als wir einen Einhändigen ins Beaubourg hereinschneien sahen, war uns sofort alles klar. Der Kerl, der Ihnen das angetan hat, war ein gedungener ...»

«Handlanger, ja, sagen Sie's ruhig. Von denen gibt's einen ganzen Haufen, in sämtlichen Sprachen.»

«Einer von Delarges Schergen, sagen wir mal. Er hat uns von seiner Darbietung bei der Coste erzählt. Ich wollte wissen, was für ein Typ Sie sind und wieviel Mumm Sie in den Knochen haben. Als Sie Edgar ein paar vor die Fresse gehauen haben, hat das mein Vertrauen erweckt. Ich war von ganzem Herzen auf Ihrer Seite. Und dann hab ich in aller Ruhe abgewartet, daß Sie ihm einen Besuch abstatten, solo.»

Ich trete an die Leinwand heran, halte aber einen vernünftigen Abstand zu seinem Schädel ein. Der Geruch der Farbe kribbelt mir in der Nase.

«Und das Gemälde von Morand. Das *Essai 30.* War das denn wirklich so gefährlich?»

«Delarge, Claude und ich waren uns einig, es schnellstens aus dem Verkehr zu ziehen. Wollen Sie es noch einmal sehen?»

«Es wurde nicht zerstört?»

«Edgar wollte es, aber das konnte ich nicht. Wissen Sie … ich habe erkannt, warum Étienne dieses Bild gemacht hat. Zunächst einmal, um sich an uns zu erinnern, an das, was wir waren. Und zur Sühne. Sehen Sie, da, es befindet sich beinahe vor Ihren Füßen, in einem Tuch.»

Das Bild liegt auf dem Boden herum, eingewickelt in ein weißes Handtuch. Ich wickele es mit zwei Fingern aus, ohne das Hackbeil wegzulegen. Ich erkenne es wieder.

«In der *École des Beaux-Arts* war Étienne fasziniert gewesen von Anamorphosen und Miniaturen. Er konnte ganze Wochen damit verbringen, die chinesische Kalligraphie zu studieren. Er hatte sogar eine Dissertation über die Fliegen geplant, die sich in die Gemälde der Frühen Niederländer verirrt hatten. Ich habe hier sogar ein paar kleine Meisterwerke aufbewahrt, wie etwa eine Reproduktion von Leonardo da Vincis *Abendmahl* auf einer Briefmarke. Ein echtes Juwel. Einmal hat er uns, um eine alte chinesische Tradition aufzugreifen, bewiesen, daß er ein Gedicht auf ein Reiskorn schreiben konnte. Er wollte sich sogar auf solche Sachen spezialisieren, auf verborgene, unsichtbare Details. Er mochte jenes Meistergemälde über alles, auf dem ein voller Weinkelch abgebildet ist, an dem ein Tropfen hinunterrinnt.»

«Kenn ich nicht.»

«Es hat lange, sehr lange gebraucht, ehe entdeckt wurde, daß der Maler in diesen Tropfen, der nicht größer ist als ein Stecknadelkopf, sein Selbstbildnis hineingemalt hatte.»

«Was?»

«Das ist die reine Wahrheit. Irgendwann hat eine Besucherin es genauer betrachtet als die anderen Leute. Nun, wenn Sie sich über das Ende der Kirchturmspitze beugen, dann sehen Sie... Aber ich habe keine Lupe, tut mir leid...»

«Und was hätte ich gesehen?»

«Das Gesicht unserer Schande. Die Züge unserer eigenen Schuldgefühle.»

«Bettrancourts Porträt?»

«Ja. Unglaublich naturgetreu. Und das ist noch nicht alles. Wenn man die Farbe eingehend untersucht, erkennt man, daß sie einen Text überdeckt. Es wundert mich, daß die Coste das nicht gesehen hat.»

«Ein Testament?»

«Ein Geständnis. Ein umständliches, aber trotzdem ein Geständnis. Ganz klar, früher oder später wäre alles ans Licht gekommen. Unter den abbröckelnden Farbblättchen hätte man wie in einem offenen Buch lesen können. Dadurch, daß er mit den verschiedenen Farbentypen gespielt hat, hatte er alles vorausgeplant. Er war ein Alchimist, unser Étienne. Ein Zauberer. Sie verstehen, daß es besser war, dieses Ding nicht mehr länger durch alle möglichen... Hände gehen zu lassen.»

Ich greife das Bonmot nicht auf. Er hat es nicht mit Absicht gesagt. Was aber die Geheimnisse des Bildes und die Dringlichkeit, es pingeligen Augen zu entziehen, angeht, so verstehe ich nun Jean-Yves' irritierten Blick besser, und da hing das Bild gerade dreißig Sekunden!

«Es war Bettrancourt, der das erste *Essai* gemacht hat, oder nicht?»

Linnel lächelt.

«Julien sagte immer: Es gibt nur drei Hohe Künste: die Malerei, die Bildhauerei und die Brechstange. Er erzählte uns bereits von Rothko und von Pollok, vom abstrakten Expressionismus, während wir noch in Bewunderung erstarrten vor den delikaten Geheimnissen von Monets *Frühstück im Freien.* Wie der die kleinen Streber unseres Schlages herunterputzte, das mußte man erlebt haben... ‹Les Objectivistes›, das war er allein, und sonst niemand. Er hatte uns bald zwangsrekrutiert!»

«Und dann ist Delarge gekommen und hat einen schönen Mist angerichtet.»

«Oh, es war die Realität, die uns sofort zum Konkreten und Greifbaren zurückgeführt hat. Julien hat das gleich kommen sehen. Wir aber, wir waren so leicht einzuwickeln, Delarge hatte uns einfach in unserem Atelier besucht, in dem von Étienne und mir. Er hat alles unternommen, damit wir Julien fallenlassen. Und mit der Zeit haben wir uns schließlich so unsere Gedanken gemacht, vor allem als wir sahen, welche Mittel und Möglichkeiten er uns zur Verfügung stellte. Er hat uns Julien als so eine Art Faschist geschildert, der uns auf ewig daran hindern wollte, uns auszudrücken. Delarge war es auch, der uns auf den Gedanken mit dem Unfall brachte.»

«Was Sie so verschämt einen Unfall nennen, ist in Wahrheit ein Mord nach allen Regeln der Kunst. Betreiben Sie keine Wortspielereien. Danach kamen dann Morands Schuldgefühle und Reinhards Schiß.»

«Am sonderbarsten war, wie sich dieser Tod auf unsere Malerei niedergeschlagen hat, auf die von Étienne und mir. Bei ihm war es das Schwarz und bei mir alles übrige.»

«Das Grün der Hoffnung?»

«Nein, das der Fäulnis.»

«Demnach kann eine Hand also zu einem ganzen Haufen verschiedener Dinge dienen, wie malen, an einem Auto herumbasteln und einen Freund töten.»

Er taucht seine Finger in einen Becher und fährt fort, mit der feuchten Leinwand zu spielen. Es trieft immer mehr.

«Wissen Sie, neu ist das nicht, wenn man genau nachforscht, kann man die Geschichte der Kriminalität mit der der Malerei verbinden. Anfangs malte man, wie man mordete, mit bloßer Hand. ‹Art Brut› könnte man sagen. Der Instinkt war vor der Technik da. Anschließend trat das Werkzeug dazwischen, der Pinsel, der Stock, man wurde sich der furchtbaren Effizienz bewußt, die man mit einem solchen Hilfsmittel am Ende des Arms erzielte. Und dann hat man das Instrumentarium verfeinert, man begann mit dem Messer zu malen. Sehen Sie sich nur die Arbeit eines Jack the Rippers an. Anschließend wurde, mit dem Aufkommen der Technologie, die Pistole erfunden. Mit der Pistole zu malen brachte etwas Neues und entsetzlich Gefährliches mit sich. Es verwundert nicht, daß das den Amerikanern so sehr gefallen hat. Und nun, im Zeitalter des Terrorismus, malt man mit der Spraydose, quasi mit Druckbombe und Giftgas, in den Städten, in der Métro. Dahinter steckt eine ganz neue Auffassung des Metiers. Das des anonymen Graffitos, das einem an der Straßenecke förmlich um die Ohren fliegt.»

Er wischt sich die Finger ab und wirft dabei einen Blick auf das Hackbeil.

«Und genau deshalb wirken Sie mit Ihrem Gerät da ein bißchen ... ein bißchen rückständig. Wie ein Sonntagsmaler.»

Ich lächele.

«Sagen Sie, Sie ... Sie werden das Ding da doch nicht benutzen ...»

Diese Frage habe ich mir auch schon gestellt, nur zwei Sekunden vor ihm.

«Meiner Meinung nach werden Sie es nicht benutzen, weil Sie sich nämlich im klaren sind, was so eine Hand bedeutet. Sie selbst hatten ja auch eine goldene Hand.»

«Woher wollen Sie das wissen?»

«Das springt einem doch ins Auge, außerdem haben Sie es ja selbst gesagt.»

Niemand weiß das, niemand hat es je gewußt.

«Bei Ihnen ist es das Billard. Der Gentleman, wie Sie ihn nennen, hat mir erzählt, wie er beinahe draufgegangen wäre, als er Ihren Stock in die Fresse bekam.»

«Man sagt Queue dazu.»

«Dadurch habe ich Ihre Versessenheit besser verstanden. Doch Sie werden es nicht tun.»

Mit einem kurzen Hieb schlitze ich einen nagelneuen Farbtopf auf. Eine fette blaue Pfütze ergießt sich bis zu seinen Knien.

«Wäre ich zum Taubstummen oder sogar zum Einbeinigen geworden, hätte ich niemals versucht, mich in eine Geschichte zu stürzen, die mich nichts angeht. Bedauerlicherweise für uns alle mußte leider meine Hand dran glauben. Legen Sie Ihre jetzt auf das Brett.»

«Wenn Sie wollen, ich zögere keine Sekunde.»

Und er beweist es. Er schafft Platz um sich herum, zieht die Mischpalette heran und legt sein Handgelenk darauf. Ganz ruhig.

«Auf geht's ...»

Gut gespielt.

Sagen wir mal so, es hat mir gut getan, dieses Hackbeil mit mir herumzuschleppen. Das ist alles.

Andererseits gibt es da jedoch etwas, das ich liebend gerne nicht mehr länger mit mir herumschleppen möchte, nämlich einen ganzen Trupp Flics und eine unmittelbar bevorstehende Verurteilung wegen Mordes.

«Nehmen Sie sie wieder an sich, sie wird Ihnen die Zeit vertreiben ... im Knast von Fleury. Rufen Sie auf der Stelle Delmas an, es ist zwar spät, zugegeben, aber er will diese

Geschichte sicher genauso gern hinter sich bringen wie ich.»

«Doch wer kümmert sich dann um Hélène?»

Das hat er ohne Heftigkeit, ohne Gehässigkeit gesagt. Ganz ohne Tücke. Ja, stimmt, wer wird sich um Hélène kümmern ...

Zum ersten Mal, während dieses ganzen Abends, spüre ich Furcht in ihm aufkeimen.

«Delmas wird sie vernehmen», sagt er. «Man wird sicher versuchen, ihr zu erklären, daß dieser junge Alain, der sie jeden Freitagabend trösten kommt, daß ausgerechnet der ihren Sohn durch einen getürkten Autounfall umgebracht hat. Diese Vorstellung überlebt sie nicht lange. Sie wird ihrem Julien zehn Minuten später ins Grab folgen.»

«Das war von Anfang an absehbar, scheint mir», sage ich. «So werden Sie sie gewissermaßen in zwei Akten töten, in einem Abstand von zwanzig Jahren ...»

Ich sage das ganz bewußt. Darin steckt mehr Gewalt als in einem Beilhieb. Jetzt ist es an ihm, ein bißchen zu leiden.

«Auch ohne mich zu verschonen, könnten Sie zumindest Hélène schonen.»

«Und wie? Das müssen Sie mir erklären.»

«Ich brauche Zeit. Schon seit etlichen Jahren will ich sie aus diesem Vorortloch rausholen. Ich habe Angst, daß ihr dort was zustößt. Und ich weiß, wo ich sie unterbringen kann, ein Fleckchen in der Sonne für sie und ihr Museum. Niemand wird erfahren, wo Hélène lebt. Dazu muß ich sie nur noch überreden. Alles in allem, den Umzug miteingerechnet, bräuchte ich dafür eine Woche.»

«Was? Nein, sind Sie völlig übergeschnappt? Ich hab auch eine Mutter, und die denkt, ich sei ein Mörder.»

«Geben Sie mir die Zeit, sie aufzusuchen. Sie soll mich nur noch einmal sehen können. Vor einer solchen Sache kann ich nicht fliehen. Nur acht Tage ...»

Er steht auf, wechselt das T-Shirt und wischt sich mit einem Lappen über die Jeans.

«Sie machen wohl Witze, oder was? Bilden Sie sich tatsächlich ein, ich würde Sie einfach ziehen lassen, damit Sie sich ein Versteck auf den Seychellen suchen? Ich träum wohl ...»

«Wer redet denn von so was? Ich will lediglich acht Tage Aufschub, um mich um Hélène zu kümmern. Ich kann sie nicht einfach so zurücklassen. Eine Woche.»

«Nicht mal zwei Minuten.»

«Ich hab's geahnt. Das ist zu viel verlangt, hm?»

*

Ich habe abgewartet, bis er sich mit Terpentinersatz gesäubert hatte. Das Beil in der Hand, lauerte ich auf die kleinste falsche Bewegung. Dabei hat er keinen Ton gesagt.

Er dachte wie ein Irrer nach. Der Irrsinnige.

«Und wenn wir um diese acht Tage spielen würden?»

«Hm ...? Was verstehen Sie unter ‹spielen›?»

«Es beim Billard ausspielen.»

«Sie sind nicht in der Position, mich zu verscheißern.»

«Mein ganzes Leben lang bin ich noch nie mit einem Billardtisch in Berührung gekommen, ich versteh überhaupt nichts davon, nicht mal die Regeln. Mein einziger Trumpf ist meine Hand. Sie hingegen besitzen das Können, aber nicht das Werkzeug. Meiner Ansicht nach gleicht sich das sehr gut aus. Es würde sicherlich die häßlichste Partie der Welt. Aber warum nicht?»

So was Absurdes habe ich ja noch nie gehört.

Obszön.

Und trotzdem kann ich verstehen, wie eine solche Idee im Hirn dieses Halbverrückten hat keimen können. Er liebt es, mit dem Feuer zu spielen, er dürfte gespürt haben, daß ich in puncto Billard noch irgendwas zu regeln habe. Obendrein schmeichelt es seiner unzeitgemäßen und ungezwungenen Seite. Seinem Zynismus. Er hat nichts zu verlieren. So erscheint sein Vorschlag beinahe logisch. Die Logik der Wahnsinnigen. Und ich habe schon immer gesagt, man müsse auch den Wahnsinnigen ihre Geheimnisse lassen.

«Wer von uns hätte bei einem kurzen Kräftemessen eine Chance?» fragt er.

Darauf kann ich nicht ernsthaft antworten.

«Sie sind bekloppt… Das wäre genauso, als würde ich mit den Füßen malen.»

«Oh, da wären Sie aber erstaunt, solche hat es schon gegeben. Es gibt sogar Blinde, die malen, ich scherze nicht.»

«Glauben Sie?»

«Sicher.»

Ich zermartere mir das Hirn in alle Richtungen.

«Auf zehn Zähler und direktes Anspiel. Ohne Bande. Das wird die häßlichste Partie der Welt, da haben Sie recht. Doch ich weiß nicht, ob das unsere Angelegenheiten in Ordnung bringt.»

«Ganz bestimmt. Sie werden sehen. Dafür laß ich mir die Hand abhacken…»

*

Er ist losgefahren, ohne mich zu fragen, wohin es gehen soll. In der Rue de l'Étoile angekommen, habe ich einen Blick nach oben geworfen. Ich hatte unser Kommen angekündigt, ohne jede Erklärung. Angelo lauert auf uns. Er macht mir ein Zeichen, als ich aus dem Auto steige. René hat sich erst gar nicht bemüht, etwas zu verstehen, als ich ihm sagte, ich würde spielen kommen. Linnel muckt nicht auf. Linnel ist alles scheißegal, solange er nur weiter malen kann. Solange Hélène ihre letzten Tage nur in Frieden verbringt, ohne ihre Erinnerungen zu beschmutzen, ohne noch einmal mit dem Horror konfrontiert zu werden. Und weshalb willige ich in dieses Lanzenstechen ein? Er hat es bloß gut verstanden, das eine oder andere in mir zu wecken. Weiter nichts. Ja, das wird die häßlichste Partie der Welt, eine Null gegen einen Krüppel, jedem sein Handicap. Ein dreckiger Kompromiß. Eine armselige Gerechtigkeit. Und diese Häßlichkeit gefällt mir, meine Respektlosigkeit gegenüber dem grünen Kammgarntuch wird vielleicht den Beweis erbringen, daß es von nun an jeden Glanz verloren hat, daß ich es ohne Skrupel aufreißen kann. Wenn die Perfektion schon nicht mehr in meinen Fingerspitzen ist, kann ich auch gleich alles entweihen, was mir an Sehnsucht geblieben ist. Um ohne Phantome zu leben, ein für alle Mal.

Und dabei will ich auch noch gewinnen, was das Schlimmste ist. Alles andere ist eine Farce.

«Netter Ort», sagt Linnel beim Betreten des Saals. «Da liegt so was wie ein leichtes Odeur nach halbseidener Feierlichkeit in der Luft. Nette Raumgestaltung. Rosafarbenes Licht auf grünem Grund.»

René hat sämtliche Läden und Türen geschlossen, selbst die unten. Er versucht gar nicht, irgendwas zu verstehen. Er will nur sehen, wie ich den Stock wieder in die Hand nehme, so wie Benoît und Angelo auch. Die Bälle liegen schon auf Tisch 2 bereit, man gibt Linnel ein Queue. Ich suche mir eins aus dem Gestell aus, jedes x-beliebige wird's tun.

«Vom Prinzip her geht es darum, eine der weißen Kugeln so anzustoßen, daß sie die beiden anderen berührt. Das ist alles.»

«O weh ... Spiele, die sich in einem Satz formulieren lassen, sind immer gefährlich. Wie viele Jahre braucht es, bis man einen Punkt macht? Ohne ein Loch in den Stoff zu reißen, versteht sich.»

«Das hängt von den Punkten ab, manche benötigen zehn Minuten, andere fünf Jahre. Sehen Sie her.»

Ich drehe mich zu Angelo um.

«Zeig uns mal den Dreh mit der Flasche.»

«Was …? *Ma no* … den hab ich schon lange nicht mehr gemacht …»

«Spiel jetzt nicht die Diva. Zeig's ihm. Zeig's uns.»

Ich weiß, es bedarf nicht viel, um ihn zu überreden. Er tut das für sein Leben gern, vor allem, wenn man ihn inständig bittet. Linnel sieht ihm zu, wie er seine Bierflasche schön mittig auf das Tuch stellt und obenauf den roten Ball legt. Dann plaziert er eine Weiße als Spielkugel auf dem Tuch, und zwar «preß» an die Flasche, und die andere in eine Ecke des Tischs. Nun richtet er die Spitze seines Stabs nach unten, vollkommen senkrecht zum Tuch aus. Eine Sekunde Konzentration, und er versetzt dem Spielball einen kurzen heftigen Stoß. Einen harten Massé-Stoß, um genau zu sein. Der dadurch der Kugel gegebene Effet ist so stark, daß sie sich um die eigene Achse dreht und im Bruchteil einer Sekunde die Flasche hochklettert, die Rote vertreibt, wieder hinunterläuft und schließlich den dritten Ball in der Tischecke berührt.

Innerhalb dieser Mauern kann das nur der Spaghetti.

Verdutzt guckt Linnel Angelo wie ein satanisches Geschöpf an.

«Sie verarschen mich doch … Da ist ein Trick dabei … Haben Sie schon mal Physiker herkommen lassen? Das müßten Sie mal unter wissenschaftlicher Kontrolle wiederholen.»

«*Ma ché*, ich bin doch kein Versuchskaninchen für *laboratori*!»

«He, Künstler, Sie wollten doch Billard spielen, oder nicht? Seien Sie unbesorgt, solche Stöße könnte ich sowieso nicht mehr machen. Wir sind gleich stark. René! Zeig ihm, wie man das Queue hält …»

Während der Wirt ihm die groben Grundbegriffe beibringt, greife ich nach meinem Billardstock. Das zu lösende Problem besteht darin, die ganze Angelegenheit halbwegs geradlinig auszuführen. Ich reibe ein wenig Talkum in meine rechte Armbeuge und klemme das Holz dazwischen, nicht zu fest, damit es vor- und zurückgleiten kann. Jeder Stoß nötigt mich, mich bis zu den Hüften auf dem Tisch auszustrecken. Eine unschöne, bedrückende Haltung, das krasse Gegenteil von Billard. Die Stöße werden dadurch zwangsläufig kürzer, ich muß also stärker stoßen, um das zu korrigieren. Ich liege auf das Tuch gepreßt, schief, aber es funktioniert. Gerade gut genug fürs direkte Anspiel. Benoît steht unmittelbar neben mir und wendet die Augen ab. Sieht nicht schön aus, ich weiß... Jetzt kapiert er besser, weshalb ich mich so heftig gegen die Vorstellung sperrte, wieder zu spielen.

Linnel kehrt lässig zurück, das Queue wie einen Degen in der Hand.

«Bevor wir zu spielen anfangen, möchte ich gern noch ein paar Vorsichtsmaßnahmen für die kommenden Tage treffen. Schaffen wir klare Verhältnisse: Sie werden mir vor Zeugen einen Wisch unterschreiben, meine Kumpels werden den genau acht Tage warm halten. Falls ich die Partie gewinne, stellen Sie sich eine Viertelstunde später der Polizei. Meine Kumpels und ich begleiten Sie, seien Sie unbesorgt, nur um irgendwelche krummen Touren zu vermeiden. Sollte ich verlieren, zische ich ab zu Delmas und halte eine Woche lang die Schnauze, bis Sie die Alte untergebracht haben. Ich rate Ihnen nicht, zu spät zu kommen.»

«So oder so werde ich nicht lange im Knast bleiben.»

«Ach ja? Alle, die das sagen, kriegen im allgemeinen noch fünf Jahre zusätzlich aufgebrummt.»

«Bei mir verhält es sich anders. Sehen Sie doch, was dem sogenannten ‹Douanier› Rousseau passiert ist. Ein echter Naiver, der gute Zöllner. Im Jahr 1900... oder 1907, irgendwas um den Dreh, läßt er sich von einem Betrüger einwickeln, was ihn direkt ins Kittchen bringt. Voller Stolz auf sein Talent und auf seine Malerei legt er unbedingt Wert darauf, seine Bilder den Kerkermeistern und dem Gefängnisdirektor zu zeigen. Und man läßt ihn umgehend wegen Schuldunfähigkeit frei.»

«Nein!»

«Doch.»

«Das wünsch ich Ihnen. Als Unzurechnungsfähiger haben Sie alle Chancen. Eine Partie über zehn Zähler, mehr nicht. Bei jedem Punkt darf weitergespielt werden. Vergessen Sie den Einsatz nicht. Sie fangen an.»

René tritt näher, Angelo bleibt, die Kreide in der Hand, neben der Punktetafel. Benoît kann sich noch immer nicht entschließen hinzusehen und flüchtet sich still und leise zum Balkon. Linnel zittert ein bißchen und gibt zu, vollkommen aufgeschmissen zu sein.

«Beugen Sie ganz leicht die Knie, Ihr Gewicht muß sich auf beide Beine verteilen», ruft ihm René zu.

Er stößt gleich zum Auftakt einen «Kiekser»: die Spitze des Stocks gleitet an der Kugel ab und beendet ihre Reise auf dem Tuch, nur um Haaresbreite von einem Riß entfernt. Und als ich mich den Bällen entgegenstemme, mach ich so gut wie das gleiche.

«Glauben Sie, daß es zweckmäßig ist weiterzumachen?» fragt mich Linnel.

«Mehr denn je.»

Eine Viertelstunde später ist noch keine Verbesserung in Sicht. Wir sind immer noch bei 0 zu 0. Ich ähnele jenen Greisen, die wie in den besten Jahren zu gehen versuchen. Und auf einmal, nachdem er lange überlegt hatte, spielt Linnel einen Punkt heraus. Ein leichter Stoß, einverstanden, die beiden zu berührenden Bälle liegen beinahe wie zusammengeklebt. Seiner rollt mehr schlecht als recht los, berührt dann aber die beiden anderen, ganz sachte. Ein einfacher Punkt, der aber den Vorteil hat, der erste zu sein. Linnel läßt einen kleinen Schrei heraus, und er verpatzt den zweiten, einen noch leichteren. René kommt etwas näher heran und sucht meinen Blick. In der Ferne, im Dunkeln, dreht Benoît den Kopf in unsere Richtung. Angelo schreibt die Ziffer 1 in Linnels Spalte. Gleich danach erziele ich ebenfalls einen Punkt.

3 zu 6 für mich. Linnel holt mich ein, er gewinnt nach und nach an Sicherheit, doch ich sehe genau, woran es bei seinen Stößen krankt. Er haut mitten in den Ball und wirklich zu stark.

«Dieser Stoß wird Ihnen nicht gelingen, wenn Sie wie ein Verrückter draufschlagen. Streifen Sie die Rote nur leicht, und dann läuft Ihr Spielball von allein weiter.»

Angelo hält es nicht mehr an seinem Platz, und René kniet nieder, den Kopf knapp über dem Tuch. Niemals zuvor habe ich ihn so nervös erlebt.

Linnel fragt mich:

«Werden Sie Hélène besuchen, dort unten in ihrer Provinz?»

«Spielen Sie ...»

7 für ihn.

«Diesmal müssen Sie der Weißen ein klein wenig Effet auf der linken Seite verpassen, sie wird dann über die Bande gehen und die Rote rechts berühren. Kümmern Sie sich um nichts weiter.»

Er hält sich buchstabengetreu an meine Anweisungen. Sein Ball kommt an der Roten zum Stehen. Er schließt die Augen. Es ist, als ob ich wieder spielen würde, zum ersten Mal. Die anderen, an Meisterpartien gewöhnt, finden es herrlich. Diese wahnwitzige Partie wird zu einer Ode auf Menschen, die über sich selbst hinauswachsen. Der Krüppel, der kämpft; der Laie, der entdeckt.

«Los, einen zweiten hinterher, solange die Bälle noch heiß sind, der ist nicht schwer.»

Ich zeige ihm, wie er es anstellen muß. Seine Hand ist

verheißungsvoll. Gebannt beobachtet uns Benoît aus der Ferne.

Linnel bemüht sich, meine Haltung so gut wie möglich nachzuahmen. Allmählich gleicht er seinem rostigen Alteisenbildnis aus dem Jahre 62.

Der Punkt ist gemacht.

Er brüllt vor Freude.

«Sagen Sie, Linnel, erzählen Sie mir, wer tatsächlich dieser Gentleman ist. Und ob ich Chancen hab, ihn eines Tages wiederzusehen.»

Er ist woanders, in anderen Sphären.

«Niemand weiß, wer er wirklich ist. Delarge hätte Ihnen das auch nicht verraten können. Er diente ihm gelegentlich als Fälscher, aber ich glaube, daß er andere Ambitionen hatte. Eines Tages mußte er sich für die Welt im Verborgenen, die Anonymität, das Zwielichtige entscheiden. Alles, was ihm Edgar anbot. Ich habe lediglich rausgefunden, daß er die *Demoiselles d'Avignon* auf der linken Schulter tätowiert hat. Sagen Sie, wo setz ich den Effet bei diesem Stoß hier an?»

«Machen Sie es ganz nach Gefühl.»

Eine Picasso-Reproduktion auf der Schulter ...

Ich denke nicht, daß dieser Gentleman Delmas ein zweites Mal entwischt. Er muß ihn nicht mal einem Verhör unterziehen. Eine Expertise genügt.

9 beide.

Sein Ball rollt davon, geradewegs auf sein Ziel zu.

Wir schauen alle zu, hypnotisiert.

Ich schließe die Augen, um den Zusammenstoß besser zu hören.

8

Einen Augenblick lang habe ich aufgehört, der Musik der Brandung zu lauschen.

Der Ozean hat mich nach sieben Tagen Knast wieder ins Leben zurückgeholt. Die alte Hélène ist von jetzt an in Sicherheit. Linnel ist pünktlich gewesen. Bis zum 3. September, 9 Uhr, zur Fortsetzung des Ermittlungsverfahrens, hat man mir ein paar Wochen Vergessen gewährt, zwischen dem Ultramarin und dem Azurblau. Aber der Liegestuhl ging mir schon bald auf die Nerven. Noch vor Anbruch der warmen Jahreszeit ging ich ein- oder zweimal baden, ganz allein. In Gedanken versunken. Und gleichwohl heiter gelassen. Beinahe. Bald habe ich eine gewisse Unruhe empfunden bei der Aussicht auf all die behäbigen Tage, die bevorstehen. Doch auch deswegen liebe ich Biarritz.

Ich bewohne das obere Zimmer. Die Veranda hat sich im Laufe der Wochen unmerklich verändert. Sie ist zu einer Art Niemandsland geworden, welches mein Vater nicht zu überschreiten wagt.

«Kommst du Tee trinken, ja oder nein ...»

«Ich komme!» rufe ich ohne die geringste Absicht, es zu tun.

Ich habe zu lange gebraucht, um mich auf diese Sache zu

konzentrieren. Und gerade jetzt, nach gut einer Stunde des Hinauszögerns, spüre ich, daß etwas kommt. Nichts Dramatisches, nein, bloß eine kleine Tür, die sich soeben auftut, in der rechten Ecke der Leinwand. Ein paar Tuschestriche für den Bildaufbau. Das darf ich nicht verpatzen. Meine linke Hand ist dabei so bemüht, so gut sie es eben kann. Geduldig, ja, auch sie. Ich spüre sie von ganzem Herzen bei mir. Meine Gefährtin.

Ich habe so viel Zeit. Ich habe ein solches Verlangen nach hellen Farben und sanften Bewegungen. Und vielleicht, eines Tages, sogar nach Geschicklichkeit. Wer weiß?

«Hee, du da, deine grüne Periode kann doch noch eine Viertelstunde warten, der Tee wird kalt.»

Er möchte gerne plaudern, der Vater. Meine Klecksereien irritieren ihn. Er hat nicht gemurrt, als ich ein Eckchen der Veranda beschlagnahmt habe, um dort eine Leinwand hinzustellen, dann zwei, dann einen Krug Wasser und einen Behälter, und zwei Pinsel, dann drei. Er stört mich nie bei der Arbeit. Ich mag das Unfertige nicht, sagt er. Es freut die beiden zu wissen, daß ich noch immer dem ähnele, den sie, meine Eltern, einst gekannt haben. Und dennoch haben sie die Zeitungsausschnitte aufbewahrt.

Der Alte nähert sich der Leinwand, ohne auch nur mit einem Blick auf die durchscheinenden Farben zu schauen, die aus meinem Pinsel herauslaufen.

Lavieren. Lavieren. Lavieren …

Er stellt die Tasse ab und geht wieder. Zurück auf seinem Liegestuhl, fragt er mich:

«Was machst du eigentlich? Suchst du? Oder amüsierst du dich? Ist es dir Ernst?»

«Ja, ich amüsiere mich. Ja, ich suche. Nein, es ist mir nicht Ernst. Es ist nicht kreativ, es ist nicht künstlerisch, nicht symbolisch, nicht mit Sinn befrachtet, nicht kompliziert, weder besonders schön noch besonders neu.»

Er scheint nicht überzeugt.

«Tjaa ... Gleichwohl steht fest, daß du trotzdem malst.»

Ja. Vielleicht. In jedem Fall ist jedoch eines sicher, nämlich daß ich ihm niemals zeigen werde, was ich jetzt, in genau diesem Moment, vor meinen Augen habe.

Ich höre ihn leise lachen, nicht weit von mir.

«Sag mal, Papa, welches ist die Farbe des Zweifels, deiner Meinung nach?»

«Weiß.»

«Und die des Schuldgefühls?»

«Gelb.»

«Und des Bedauerns?»

«Grau, mit einem Hauch Blau.»

«Und die der Stille?»

«Weiß der Himmel ...»

WORTERKLÄRUNGEN

Aficionados: (Span.:) Liebhaber der Stierkämpfe, im übertragenen Sinn auch leidenschaftliche Fans.

BMPT: (Dt. etwa:) kaputte(r) BMW(s).

Camaieu: Monochrome «Ton-in-Ton-Malerei».

Centre Beaubourg oder *Centre Pompidou:* «Musée national d'art et de culture Georges-Pompidou», auf den abgerissenen Pariser Markthallen («Les Halles») errichtetes, 1977 eröffnetes Kunst- und Kulturzentrum mit div. Museen (Cinemathek usw.).

Hand des Gehenkten: Nach mittelalterlicher Legende eine Art Universalschlüssel, der sämtliche Türen öffnen kann.

Jours de France: Unter anderem für seine Nachrufe bekannte Zeitung.

Kilukru: Gesprochen wie «Qui l'êut cru»: «wer hätte das/ihm geglaubt».

Malassis: (Dt.:) Schlechtsitzende.

Minitel: Interaktives, vom Fernsehen unabhängiger Bildschirmtext; wurde bereits in den 80er Jahren von der Post als elektronisches Telefonbuch gratis installiert.

Musée Grevin: Berühmtes Wachsfigurenmuseum.

Neulingstaufen: In Internaten, Hochschulen, Akademien usw. gepflegter Brauch, die Neulinge durch mehr oder minder gelungene, bösartige bis perverse Mutproben, Streiche usw. zu «taufen » (frz. *bizutage*).

Ockrent, Christine: Die Grande Dame der frz. Fernsehnachrichten und des politischen Journalismus vom 2. Programm (Antenne 2, heute: France 2).

Rungis: Nach Rungis, im Süden von Paris, zogen 1969 die Pariser Markthallen (*Halles*).

Sinclair, Anne: Populäre Fernsehjournalistin und Moderatorin des inzwischen privatisierten 1. Fernsehprogramms (TF 1).

Supports-Surfaces: Oberflächenträger.

Eugène Tarpon, Ex-Flic, versucht sich als Privatdetektiv in Paris, ohne Erfolg. Als er schon seine Zelte abbrechen und zu seiner Mama aufs Land zurückkehren will, engagiert ihn eine junge Frau, weil ihre Freundin bestialisch ermordet wurde. Doch Eugène Tarpon muß bald erkennen, daß der Fall eine Nummer zu groß für ihn ist ...
Verfilmt von Jaques Bral.

Jean-Patrick Manchette
Volles Leichenhaus
ISBN 3-923208-43-X

Privatdetektiv Eugène Tarpon leidet immer noch nicht an Überbeschäftigung. Da kommt der Auftrag, ein verschwundenes blindes Mädchen zu suchen, gerade recht. Als seine Mandantin, die Mutter der Verschwundenen, kurz darauf vor seinen Augen erschossen wird, ermittelt Tarpon weiter. Aber das hätte er vielleicht besser lassen sollen ...
Verfilmt mit Alain Delon.

Jean-Patrick Manchette
Knüppeldick
ISBN 3-923208-44-8

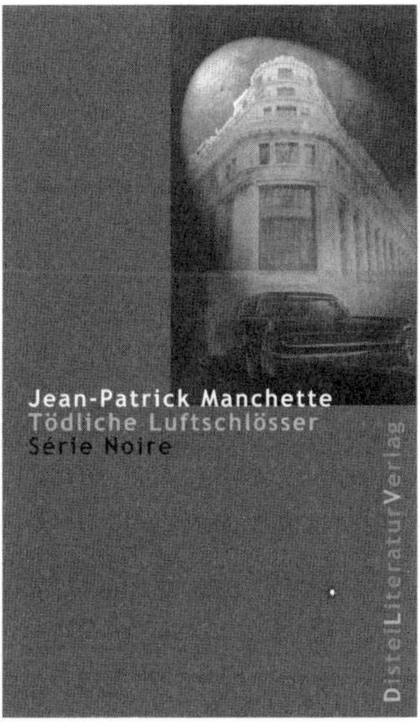

Der Killer Thompson übernimmt den Auftrag, ein Kind aus dem Weg zu räumen. Zunächst nur ein Job. Der wird jedoch zur Obsession, als das Kindermädchen Julie mit dem kleinen Jungen entkommen kann. Nun beginnt eine erbarmungslose Hetzjagd durch Frankreich, ein mörderisches Duell zwischen Julie und Thompson. **Verfilmt von Yves Boisset, mit Marlène Jobert.**

GRAND PRIX DE LITTÉRATURE POLICIÈRE

Jean-Patrick Manchette
Tödliche Luftschlösser
ISBN 3-923208-63-4

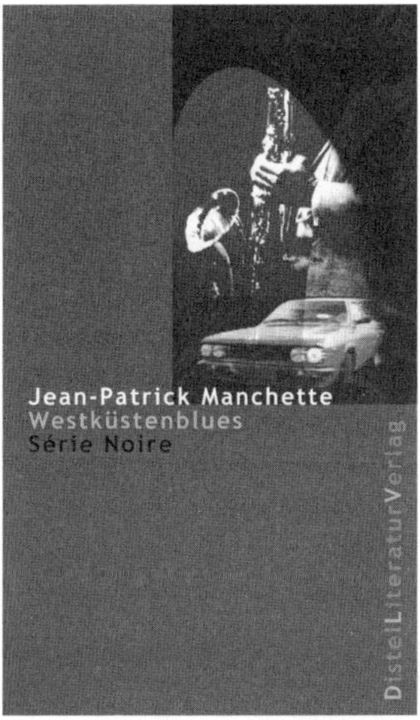

Georges Gerfaut, leitender Angestellter in Paris, macht mit seiner Familie Urlaub am Atlantik. Beim Baden im Meer versuchen plötzlich zwei unbekannte Männer, ihn umzubringen. Er weiß nicht warum. Sein ganzes Leben ändert sich, als Gerfaut erkennt, daß zwei Killer auf ihn angesetzt wurden ... **Verfilmt mit Alain Delon.**

Jean-Patrick Manchette
Westküstenblues
ISBN 3-923208-62-6

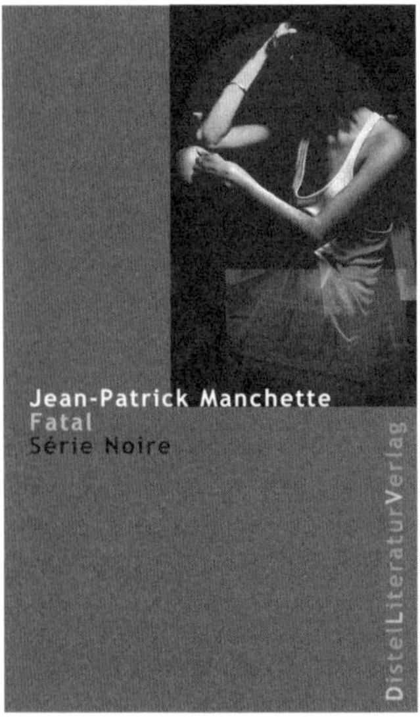

Aimée ist Killerin und zieht von Stadt zu Stadt. Jetzt ist sie in Bléville, einer kleinen Provinzstadt scheinbarer Wohlanständigkeit. Als ein örtlicher Skandal droht, den es zu vertuschen gilt, bietet Aimée den Honoratioren ihre Dienste an. «‹Fatal› rast wie ein führungsloser Nachtexpreß durch die Phantasie des Lesers. Auf gerade 148 Seiten entrollt der bitterböse Roman die Geschichte eines gezielten Amoklaufs.» *stern*

Jean-Patrick Manchette
Fatal
ISBN 3-923208-47-2

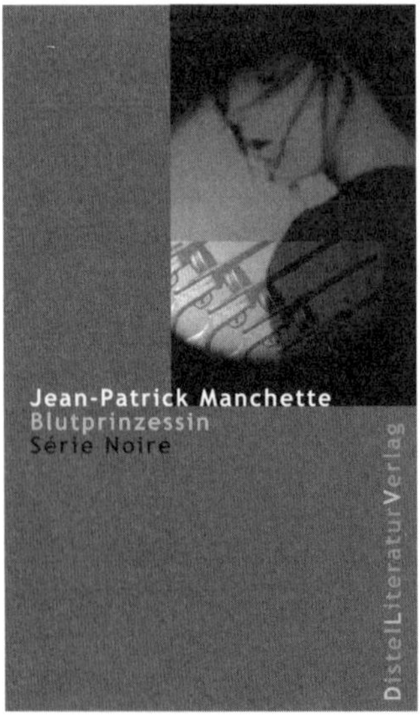

Die junge Fotoreporterin Ivory Pearl ist ausgepowert von ihren Einsätzen an den Krisenherden der Welt. Sie zieht sich auf Rat ihres Freundes Farakhan, ein englischer Geheimdienstagent, nach Kuba in die Sierra Maestra zurück. Dort kreuzt die Spur eines Verbrechens ihren Weg, das sich einige Jahre zuvor in Frankreich ereignet hat. Ivory wird plötzlich zur Schachfigur westlicher Geheimdienste und internationaler Waffenhändler.

Jean-Patrick Manchette
Blutprinzessin
ISBN 3-923208-49-9

Die anarchistische Gruppe «Nada», eine Frau und vier Männer, entführt den amerikanischen Botschafter in Frankreich aus einem Pariser Luxusbordell. Kommissar Goémond, von höchster Stelle beauftragt, die Entführer aufzuspüren, übernimmt die Ausführung mit größtem Eifer. **Verfilmt von Claude Chabrol.**

Jean-Patrick Manchette
Nada
ISBN 3-923208-55-3

Henri Butron will alles – vor allem Geld und Sex –, und das sofort, und er hält sich für einen ganz starken Typen. Ein politischer Wirrkopf. Früher beteiligte er sich an den Gerwalttaten der rechte OAS. Als er Anne und ihre Mutter kennenlernt wechselt er die Seiten; wird Leibwächter von N'Gustro, dem Führer einer afrikanischen Befreiungsbewegung, und mischt sich in Politik und Komplotte ein, nur zum Spaß, wegen des Geldes, dem Ruhm. N'Gustro muß es ausbaden, er wird mitten in Paris entführt, und Butron wird klar, daß er nur ein Spielball der Mächtigen ist ... .

Jean-Patrick Manchette
Die Affäre N'Gustro
ISBN 3-923208-62-2

Mexico-City: Polizei-Offizier Carlos Hernández rackert sich ab für einen Hungerlohn. Kleine Nebengeschäfte sind da an der Tagesordnung, will er seine zwei Familien unterhalten und den Chef mitversorgen. Als er in einem heiklen Fall ermitteln muß – Gringos, Kubaner und Kolumbianer bringen sich gegenseitig um, Prostituierte verschwinden – fängt er sich auch noch eine Kugel im Kopf ein. Und sieht alles in anderen Farben ... Der Roman ist ganz nebenbei eine bitterböse Satire auf Machismus und Korruption.

Rolo Diez
Der Tequila-Effekt
ISBN 3-923208-70-7

17. Oktober 1961, Paris: Bei Demonstrationen gegen den Algerienkrieg werden über hundert Demonstranten getötet. Der Geschichtslehrer Roger Thiraud wird regelrecht hingerichtet. Die Vorfälle werden vertuscht. Sein Sohn stellt Jahrzehnte später Nachforschungen an und wird ebenfalls erschossen. Inspektor Cadin glaubt nicht an einen Zufall. Schon bald muß er sich vor den Schatten der Vergangenheit in acht nehmen.

GRAND PRIX DE LITTÉRATURE POLICIÈRE

Didier Daeninckx
Bei Erinnerung Mord
ISBN 3-923208-56-1

Kommissar Maurice Laice ist im Streß: Zwei Leichen an einem Tag stören das geruhsame Leben im normannischen Granville:
Ein bereits seit Tagen im Ärmelkanal dahindümpelnder Mann wird angeschwemmt. Und im Thalasso-«Wellness»institut steigt eine Frau nicht mehr aus der Badewanne, Todesursache: Überdosis Narkosemittel. Und als ob das nicht genug wäre, mischt sich Agnès, die Schwester der Toten, auch noch in seine Ermittlungen ein ...

Chantal Pelletier
Eros und Thalasso
ISBN 3-923208-46-4

Ein Doppelmord im «Moulin Rouge»: Manfred, homosexueller Startänzer, und Elsa, angehende Garderobiere, werden in inniger Umarmung mit durchgeschnittener Kehle aufgefunden. Gerade der richtige Einstieg für Kommissar Maurice Laice, der nach seinem Aufenthalt in der Normandie wieder nach Paris zurück versetzt worden ist.

GRAND PRIX DU ROMAN NOIR FRANÇAIS

Chantal Pelletier
Der Bocksgesang
ISBN 3-923208-53-7

Tatort: Paris - Korsika - Brasilien. Jemand interessiert sich für Papas Filme, besonders für den mit Trotzki. Und dieser Jemand ist ein Mörder. Nach dem mysteriösen Selbstmord von Bertrants Vater nun auch seine Mutter, erschlagen mit einer Filmdose. Für die Gendarmerie ist die Mutter Opfer eines Einbruchs. Die Tat von Landstreichern. Aber Bertrant glaubt nicht an diese Version. Er will den Film finden — und er will Rache.

Jean-Bernard Pouy
Papas Kino
ISBN 3-923208-59-6

Nizza: Zoj Werstein, Wittgenstein-Fan, Anarchist, zudem Roma. Und hilfsbereit. Auch, als er im Krankenhaus auf Liliane trifft, der eine Autotür ins Kreuz geflogen ist, und ihr seine Wittgensteinausgabe leiht. Liliane ist am nächsten Morgen samt seinem so geliebten Buch verschwunden. Bei der Suche nach ihnen wird Zoj unversehens zum Hauptakteur in einer harten Auseinandersetzung mit einem Ring von Kindesentführern...

PRIX DE LA VILLE DE REIMS

Jean-Bernard Pouy
Engelfänger
ISBN 3-923208-57-X

In Enrics Schrebergarten vor Paris wird die Leiche von Laura, einer Schülerin vom benachbarten Gymnasium, gefunden. Das gibt Ärger. Enric beschließt, den Fall aufzuklären, da ihm die Flics sowieso ständig auf die Füße treten. «Verschroben, lakonisch und fesselnd. Nicht nur Krimi, sondern Gesellschaftsportrait *(Hamburger Abendblatt).*»

TROPHÉE 813 DU MEILLEUR ROMAN FRANCOPHONE

Jean-Bernard Pouy
Die Schöne von Fontenay
ISBN 3-923208-48-0

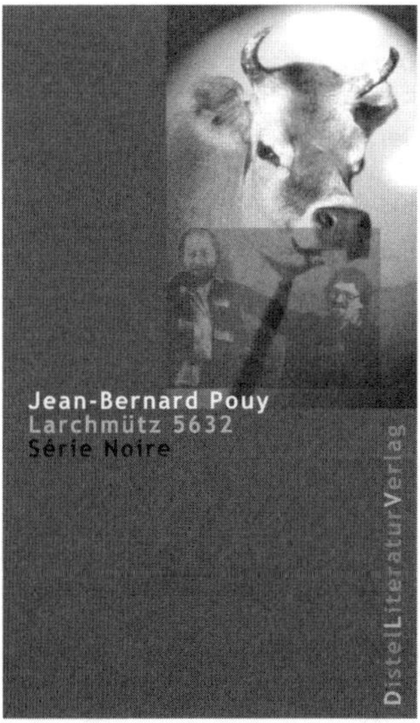

Die beiden «Schläfer» Benno und Adrien, sind auf Larchmütz, einem Bauernhof in der Bretagne, untergetaucht. Nach 25 Jahren werden sie von der «Orga» reaktiviert. Engagiert nehmen sie den Kampf wieder auf – beobachtet von Momone, der Kuh Nr. 5632 mit telepathischen Fähigkeiten. Aber was sind das für eigenartige Aufträge, die sie jetzt ausführen sollen?

PRIX POLAR MICHEL LEBRUN

Jean-Bernard Pouy
Larchmütz 5632
ISBN 3-923208-45-6

In der Reihe «auf abwegen» sind bisher erschienen:

Tonino Benacquista
Drei rote Vierecke auf schwarzem Grund
ISBN 3-923208-69-3

Didier Daeninckx
Bei Erinnerung Mord
ISBN 3-923208-56-1

Rolo Diez
Der Tequila-Effekt
ISBN 3-923208-70-7

Jean-Patrick Manchette
Volles Leichenhaus
ISBN 3-923208-43-X

Jean-Patrick Manchette
Knüppeldick
ISBN 3-923208-44-8

Jean-Patrick Manchette
Fatal
ISBN 3-923208-47-2

Jean-Patrick Manchette
Blutprinzessin
ISBN 3-923208-49-9

Jean-Patrick Manchette
Nada
ISBN 3-923208-55-3

Jean-Patrick Manchette
Westküstenblues
ISBN 3-923208-62-6

Jean-Patrick Manchette
Tödliche Luftschlösser
ISBN 3-923208-63-4

Chantal Pelletier
Eros und Thalasso
ISBN 3-923208-46-4

Chantal Pelletier
Der Bocksgesang
ISBN 3-923208-53-7

Jean-Bernard Pouy
Larchmütz 5632
ISBN 3-923208-45-6

Jean-Bernard Pouy
Die Schöne von Fontenay
ISBN 3-923208-48-0

Jean-Bernard Pouy
Engelfänger
ISBN 3-923208-57-X

Jean-Bernard Pouy
Papas Kino
ISBN 3-923208-59-6

Pascale Fonteneau
Die verlorenen Söhne der Sylvie Derijke
ISBN 3-923208-52-9

Sylvie Granotier
Dodo
ISBN 3-923208-54-5

Thierry Jonquet
Die Goldgräber
ISBN 3-923208-51-0

Serge Preuss
Einverständnis vorausgesetzt
ISBN 3-923208-50-2

Laurence Démonio
Eine Art Engel
ISBN 3-923208-40-5

Marcela Serrano
Unsere Señora der Einsamkeit
ISBN 3-923208-61-8

Jordi Sierra i Fabra
Tod in Havanna
ISBN 3-923208-42-1

Roberto Estrada Bourgeois
Ein Modigliani aus Kuba
ISBN 3-923208-39-1